Ullstein

DER AUTOR:

Loren D. Estleman, Jahrgang 1952, trifft mit seinen Büchern über den Detroiter Privatdetektiv Amos Walker wie kein anderer amerikanischer Schriftsteller Ton und Stimmung des klassischen Detektivromans. Dem mehrfach preisgekrönten Autor – er erhielt unter anderem den *Shamus Award* der Private Eye Writers of America und den *Golden Spur Award* von Amerikas Western-Schriftstellern – gelingt es auch in dem vorliegenden Roman über den Privatdetektiv Amos Walker, Stil und Tradition der großen Vorbilder perfekt in den modernen Großstadtkriminalroman einzubringen.

In Memoriam
JOHN BANICH
für unvergessene Wohltaten

Loren D. Estleman

Detroit Blues

Roman

Aus dem Amerikanischen
von Sigrid Kellner

Ullstein

Kriminalroman
Ullstein Buch Nr. 23730
im Verlag Ullstein GmbH,
Frankfurt/M – Berlin
Titel der Originalausgabe:
Motor City Blue

Neuauflage der
deutschen Erstausgabe

Umschlaggestaltung:
Vera Bauer
Umschlagillustration:
Stefan Wolf

Printed in Germany 1995
Gesamtherstellung:
Ebner Ulm
ISBN 3 548 23730 4

Dezember 1995
Gedruckt auf alterungs-
beständigem Papier mit
chlorfrei gebleichtem Zellstoff

Die Deutsche Bibliothek –
CIP-Einheitsaufnahme

Estleman, Loren D.:
Detroit Blues : Roman / Loren D. Estleman. Aus dem Amerikan. von Sigrid Kellner. – Neuaufl. der dt. Erstausg. – Frankfurt/M ; Berlin : Ullstein, 1995
(Ullstein-Buch ; Nr. 23730 : Kriminalroman)
ISBN 3-548-23730-4
NE: GT

Vom selben Autor
in der Reihe
der Ullstein Bücher:

Killer in Detroit (10594)
Detroit River (10602)
Donner über Detroit (10726)
Detroit Blues/Der Tod in Detroit (10754) *Doppelband*
Die Straßen von Detroit/Frühling in Detroit (10763) *Doppelband*

1

Gesichter aus der Vergangenheit soll man am besten dort ruhen lassen. Wenn Sie mir am Schluß dieses Bandes darin zustimmen, dürfte sich die Mühe gelohnt haben.

Mein Lektion begann, als ich mir an einer Straßenecke – so ziemlich dem einzigen Ort, wo man das noch ungestraft tun kann – eine Winston ansteckte. Oder besser gesagt versuchte, mir eine anzustekken. Um ganz genau zu sein, war es an der Ecke Watson und Woodward, und ein heftiger Novembersturm pfiff hinüber zum Lake St. Clair.

Ich zog mir den Hut tiefer in die Stirn, um ihn daran zu hindern, bis nach Grosse Pointe zu fliegen, wo er garantiert nichts zu suchen hatte, wandte mich mit dem Rücken zum Wind und hatte meinem dritten Streichholz gerade eine Flamme entlockt, als der Mann, zu dem das obenerwähnte Gesicht gehörte, aus dem Hauseingang kam, in den ich mich geflüchtet hatte, mich anrempelte und mir das Streichholz aus der Hand stieß, so daß es in dem Matsch zu meinen Füßen erlosch.

Um etwas weiter auszuholen: Ich war nun schon seit drei Wochen bei der Midwest-Confidential-Versicherungsgesellschaft in meiner Eigenschaft als Privatdetektiv engagiert und hatte während dieser Zeit den Mann beobachtet, der im ersten Stock des Hauses an der gegenüberliegenden Ecke wohnte. Es war dies ein unschönes, rußgeschwärztes Gebäude, das aus den Anfangsjahren der Detroiter Auto-Industrie stammte und sich trotz einer gewissen Verwahrlosung sowie dem Verfall der umgebenden Nachbarschaft eine unleugbare Würde bewahrt hatte, der auch die anreißerische Aufschrift an dem Vordach des Kinos im Erdgeschoß: 24-STUNDEN-NONSTOP-SEX-SHOW. FÜR JUGENDLICHE UNTER 18 JAHREN VERBOTEN nichts anzuhaben vermochte. Zuvor war dort ein Massage-Salon gewesen und noch früher eine Absteige, in dieser Stadt das natürliche Schicksal eines Hotels, das einmal dazu erbaut worden war, den Millionären einer anderen Epoche als Domizil zu dienen.

Der Mann in der Wohnung über dem Film-Theater hatte gegen einen Klienten der Midwest Confidential Klage erhoben wegen einer Sturzverletzung, aufgrund derer er sich angeblich nur noch mit Hilfe von zwei Stöcken und Stahlschienen an den Unterschenkeln fortbewegen konnte. Medizinische Untersuchungen hatten sich als nicht überzeugend erwiesen, und da es zu den Gepflogenheiten der Versicherungsgesellschaft gehörte, alle Ansprüche zu überprüfen, war es mir zugefallen, dem Kläger auf die Schliche zu kommen, vorausgesetzt, er simulierte nur.

Vor allem war bei diesem Unternehmen Geduld gefragt. Manchmal zu Fuß, manchmal auf der gegenüberliegenden Straßenseite in meinem Auto sitzend, hatte ich den größten Teil des Novembers damit verbracht, das Kommen und Gehen George Gibsons im Auge zu behalten in der Hoffnung, ihn eines Tages ohne seine Stöcke zu erwischen. In meiner Tasche steckte eine Kodak Instamatic 20, die beste Erfindung moderner Technologie seit der Möglichkeit, Telefonleitungen anzuzapfen, um ein Ereignis auf der Stelle festzuhalten. Der Nikon in meinem Wagen war natürlich prinzipiell der Vorzug zu geben, nur ließ sie sich leider sehr viel schlechter verstecken. Und lieber nahm ich jederzeit einen Qualitätsverlust in Kauf, als Entdeckung zu riskieren.

Trockener, körniger Schnee von der Art, wie er gewöhnlich in der Stadt fällt, häufte sich auf den Vorsprüngen unbenützter Eingangstüren und säumte in schmalen Bändern die Abflußöffnungen. Vom Wind getrieben, formte er weiße Schlangen auf dem Straßenpflaster, jagte über schmutziges, zerknülltes Zeitungspapier hinweg, riß alte Flugblätter mit Wahlparolen fort und ließ leere Kondom-Packungen und zerbrochene Styropor-Becher gegen die verbeulten Rostlauben prallen, die herrenlos am Bordstein standen. Der Sturm nagte an den brüchigen Ecken der Häuser mit grellfarbigen Schildern, die jede Art von hetero- und homosexuellen Vergnügungen anpriesen, und ließ lockere Bretter klappern, die vor die kaputten Schaufenster verlassener Läden genagelt waren. Mit ihren aus Farbdosen aufgesprühten Totenköpfen und gekreuzten Knochen waren sie als Treffpunkt von Straßenbanden zu erkennen, die man besser mied. Zwei Häuserblocks weiter südlich hatten sich am Fuße des Renaissance-Centers, unweit der Stelle, wo der erste Selbstmörder gelandet war, eine Schar grinsender Menschen versammelt. An einem Backsteinbau forderte mich ein verwittertes Schild mit übergroßen Buchstaben auf, »Detroit einen zweiten Blick zu schenken«. Die Luft war bitter wie eine alte Nutte und roch nach Auspuffgas.

Als mir das Streichholz aus der Hand gerissen wurde, war ich innerlich darauf gefaßt, mich gegen die übliche Gruppe magerer junger Schwarzer zur Wehr setzen zu müssen. Deshalb war ich überrascht, daß ich, als ich herumschnellte, einem wohlgenährten nordischen Typ mit grauen Augen gegenüberstand, unter dessen Mütze aus synthetischem Pelz blonde Haarsträhnen hervorkamen. Noch überraschter war ich, als ich ihn eine Sekunde später erkannte.

Das Erkennen war nicht gegenseitig. Fast ohne mir einen Blick zu schenken, murmelte er eine unterdrückte Entschuldigung und drängte an mir vorbei, um mit steifen, ausholenden Schritten in südlicher Richtung davonzueilen. Ich starrte ihm einen Moment lang nach. Dann warf ich entschlossen meine Zigarette weg, die ich bei dem Zusammenprall beinahe durchgebissen hatte, und nahm seine Verfolgung auf. Es sah nicht so aus, als ob Gibson heute noch einmal herauskommen würde, und der Zufall, im wahrsten Sinne des Wortes, auf jemanden gestoßen zu sein, den ich zuletzt vor sieben Jahren in einer anderen Hemisphäre gesehen hatte, weckte meine Neugier.

Wo immer er hinwollte – er war entweder bereits im Verzug oder wollte sich zumindest nicht verspäten. Zweimal noch prallte er fast mit Fußgängern zusammen, als er sich seinen Weg durch das dichte Gewühl auf den Bürgersteigen bahnte und dabei mit den Augen die Straße nach einem Taxi absuchte. Und einmal war er gezwungen, einen wilden Charleston aufzuführen, um nicht hinzufallen, als er auf einem Stück Glatteis ins Rutschen geriet. Nicht, daß ihn diese Beinahe-Malheurs vorsichtiger gemacht hätten. Eher beschleunigte er noch sein Tempo, wie um die verlorene Zeit aufzuholen. Ich folgte ihm in – wie es in Agenten-Romanen immer heißt – diskreter Entfernung, was bedeutet, daß ich mir fast den Hals verrenkte, um ihn nicht aus den Augen zu verlieren.

Hätte er ein Taxi erwischt, wäre ich jetzt noch um etliches jünger. Dann hätte ich ihn eben nicht weiterverfolgen können, wäre nach Hause gefahren und hätte später vielleicht von ihm in der Zeitung gelesen. Wahrscheinlich hätte ich noch ein paar Minuten über ihn nachgedacht, und das wäre alles gewesen. Es war schon recht bald, daß ich mir wünschte, die Dinge hätten diesen Verlauf genommen. Aber es waren keine Taxis in Sicht, und ich werde auf ewig den Taxi-Dienst für das verantwortlich machen, was später geschah.

Ich beschattete ihn bis Adelaide, wo er endlich eines der gelben Fahrzeuge erspähte und zum Bordstein trat, um es heranzuwinken, als ein blauer Nova, den ich zuvor gar nicht bemerkt hatte, von der äußeren Fahrspur der Woodward Avenue herüberwechselte und meinen Mann zwischen zwei parkenden Wagen einklemmte. Er zögerte einen Augenblick, machte dann fluchend kehrt und wollte um einen der parkenden Wagen herumeilen, als der Beifahrer des Nova ausstieg und seinen Namen rief. Die nasale Stimme war Rhett Butler in Reinkultur.

Bei dem Klang seines Namens blieb der Mann stehen und drehte sich um. Das gab dem Fahrer des Nova Gelegenheit, ebenfalls auszusteigen, um den parkenden Wagen herumzugehen und sich meinem Mann von hinten zu nähern. Fahrer und Beifahrer sahen sich ähnlich wie Brüder. Beide hatten sie das gleiche fleischige Gesicht und eine große Nase, beide trugen sie dunkle Anzüge mit schwarzen Schlipsen unter grauen Mänteln, und beide hatten sie ihre ziemlich langen schmutzig-blonden Haare mit Pomade zurückgekämmt, so wie es noch im Süden Mode ist. Der Fahrer war älter und größer, aber abgesehen davon hätten sie Zwillinge sein können.

Es entspann sich eine gedämpfte Unterhaltung, in deren Verlauf ich mich – Macht der Gewohnheit – in einen Hauseingang verzog und so tat, als benütze ich dessen Schutz, um mir eine frische Zigarette anzuzünden, während ich die Situation beobachtete. Eine gutangezogene junge Frau, die zufällig vorbeikam, bedachte meine Zigarette mit einem strafenden Blick. Ich nahm einen tiefen Zug und grinste die junge Frau durch den Rauch hindurch an.

»Ziehen Sie keine falschen Schlüsse«, sagte ich mit einem Augenzwinkern. „Das ist Marihuana.« Aber das machte die Sache bei ihr auch nicht besser. Ohne zu antworten, strebte sie weiter.

Ich konnte nicht verstehen, was die drei sagten, doch nach dem Tonfall und den Gesten zu urteilen, war mein alter Bekannter über irgend etwas aufgebracht, und die beiden anderen versuchten ihn zu besänftigen. Nach ein paar Sekunden vergeblichen Hinundhers legte der jüngere der beiden Rotnacken seine Hand auf den Arm des dritten Mannes, wie um ihn zum Wagen zu eskortieren, und letzterer schien ihm auch bereitwillig zu folgen. Aber das schien in der Tat nur so. Ich war drei Jahre lang Militärpolizist gewesen und wußte es besser. Mit diesem Griff an seinem Ellbogen war es meinem alten Bekannten unmöglich, Widerstand zu leisten. Oder er mußte sich damit abfinden, für den Rest seines Lebens einen steifen Arm zurückzubehalten. Der Fahrer hatte sich des anderen Arms mit dem gleichen Griff bemächtigt. Zusammen führten sie den Mann wie einen geprügelten Hund zum Wagen.

Im letzten Augenblick, als die hintere Tür schon geöffnet war und sie ihn hineinschoben, lockerte der jüngere der Entführer seinen Griff, und der Gefangene begann sich zu wehren. Sein Widerstand wurde von seinem Peiniger jedoch sofort mit einem kurzen, wohlgezielten Stoß in die Magengrube gebrochen. Es war ein Boxhieb, der den Gefangenen wirkungsvoll ruhig stellte. Er versteifte sich und klappte vornüber zusammen. Der jüngere Mann stieg neben ihm ein und zog hastig die Tür hinter sich zu, während der andere zur Fahrerseite eilte, sich hinter das Lenkrad setzte und unverzüglich losfuhr. Der Nova verschwand geräuschlos in Richtung Süden.

Die ganze Aktion war Maßarbeit gewesen. Wer nicht ganz genau hingesehen hatte, mußte annehmen, eine der üblichen Fahrgemeinschaften habe auf dem Heimweg einen Mitfahrer eingesammelt. Wahrscheinlich erregte ich selbst, wie ich mitten auf dem Bürgersteig stand und die Nummer des Nova in mein abgegriffenes Notizbuch kritzelte, mehr Aufsehen als der ganze Vorfall. Was ein Kommentar – oder auch nicht – über die Haltung der Detroiter gegenüber Kriminalität sein mochte, je nachdem, ob man für die Zeitungen arbeitete oder für den Bürgermeister.

Ich sah mich meinerseits nach einem Taxi um, aber ich brauche wohl nicht zu erwähnen, mit welchem Ergebnis. Dann steuerte ich zur nächsten Telefonzelle, wozu ich leider ziemlich weit tippeln mußte, und rief die Polizei an. Ich verlangte Lieutenant John Alderdyce zu sprechen, und nachdem ich meine Bitte noch zweimal für irgendwelche Mädchen aus der Telefonzentrale wiederholt hatte, meldete sich die tiefe Stimme des Lieutenants.

»Alderdyce.«

»John, hier spricht Amos Walker. Ich brauche dringend den Besitzer einer Autonummer.«

»Dann ruf die Zulassungsstelle an.«

»Da kenne ich keinen. Deshalb wollte ich dich bitten.«

»Worum handelt es sich denn?«

»Eine Entführung.«

»Wende dich an das FBI.«

»Nun laß die Ausflüchte, John. Es geht wirklich um Leben und Tod.« Wie ich selbst fand, klang das ziemlich melodramatisch. Also unternahm ich einen zweiten Versuch. Aber es gab keine andere Möglichkeit, es auszudrücken. Ich skizzierte Alderdyce, was ich gesehen hatte. Es folgte eine Pause, bevor er sprach. Wer mit ihm telefonierte, hätte nie vermutet, daß er ein Schwarzer war. Auf der West Side in einer Mittelklasse-Gesellschaft aufgewachsen, hatte er an der University of Michigan studiert, wo ihm im Konkurrenzkampf mit weißen Studenten kaum noch etwas von dem lässigen, gedehnten Tonfall geblieben war, den die Generation seiner Eltern während des Zweiten Weltkriegs in den Norden gebracht hatte.

»Kannst du das Opfer beschreiben?« wollte er wissen.

»Besser noch. Ich kann dir seinen Namen geben.«

»Verdammt rücksichtsvoll von ihm, sich vorzustellen.« In seinem Ton schwang leichte Reizbarkeit mit.

»Der Bursche war mein Kompaniechef in Nam. Deshalb bin ich ihm gefolgt. Captain Francis Kramer, etwa vierzig Jahre alt, ungefähr einsfünfundsiebzig, Gewicht neunzig Kilo, blonde Haare, graue Augen. Hast du alles mitbekommen?«

»Wort für Wort.«

Ich beschrieb die Entführer und den Wagen, den sie gefahren hatten. Dann gab ich die Zulassungsnummer durch. »Hör mal«, sagte ich, »wenn du den Wagenhalter nicht für mich ausfindig machen willst, gib die Sache wenigstens an die zuständigen Leute weiter. Ich will schließlich von niemandem einen Gefallen.«

»Wie viele Augenzeugen gibt es außer dir?«

»Gar keine.«

»Gar keine?« Sein Unglauben war mit Ärger gepaart. »Auf der Woodward Avenue um halb sechs Uhr nachmittags? Wen willst du eigentlich auf den Arm nehmen? Menschenleer ist es dort zum letztenmal während der Krawalle gewesen.«

»Ich habe ja auch nicht behauptet, daß keine anderen Leute da waren. Sie haben die Entführung nur nicht gesehen.«

»Aber du.«

»Weil ich besonders darauf geachtet habe. Ich sagte doch bereits, diese Kerle waren Profis.«

»Also gut, ich gebe die Sache weiter.«

»Warum kannst du sie nicht selber übernehmen?«

»Weil ich beim Morddezernat bin. Und weil ich mit der Ermordung von Freeman Shanks alle Hände voll zu tun habe. Aber keine Sorge, ich werde die Kollegen bitten, besonders sorgfältig zu recherchieren, weil du mit Kramer befreundet warst. Wenn unsere Väter nicht Partner gewesen wären, würde ich das allerdings nicht tun. Noch gehst du mir nicht auf den Wecker, Walker, aber das wird sicher noch kommen.«

Seine letzte Bemerkung ließ ich unbeachtet. »Ich war mit Kramer nicht befreundet. Ich sehe es nur nicht gern, wenn Leute am hellichten Tag auf offener Straße entführt werden. Das weckt in mir die Frage, wer als nächster dran ist.«

»Halte dich zur Verfügung. Die Kollegen werden noch mit dir sprechen wollen.«

»Ich habe einen Anrufbeantworter und einen Piepser, falls die Batterien noch funktionieren«, versicherte ich ihm. »Gibt es ihm Fall Shanks schon irgendwelche Hinweise?«

»Mehrere hundert. Deshalb werde ich auch ein angesehenes Mitglied des Detroiter Yacht-Clubs sein, bevor er gelöst ist. Es sei denn, du hättest auch bezüglich Shanks etwas auf Lager?« Es war Ironie, aber aus Verzweiflung geboren. Die Untersuchung der Hintergründe des gewaltsamen Todes des populären schwarzen Arbeiterführers, der im August des Jahres erschossen worden war, zog sich schon drei Monate hin, und sowohl die *News* als auch die *Free Press* verlangten nach Aufklärung oder nach den Köpfen gewisser Verantwortlicher.

»Who killed Jimmy Hoffa?« sagte ich.

»Scher dich zum Teufel, Walker.« Dann hatte er aufgelegt.

2

Kommen Sie ruhig mal vorbei und besuchen Sie mich in meiner bescheidenen Hütte gleich westlich von Hamtramck. Aber bringen Sie nicht zu viele Polen mit. Die Nachbarschaft ist überwiegend ukrainisch, und alte Animositäten lassen sich nur schwer überwinden. Es ist ein einstöckiges Holzhaus, während der großen europäischen Hungersnot in den zwanziger Jahren gebaut, als die Auswanderer scharenweise hierherkamen, und kann sich eines Bades, eines Schlafzimmers und eines kombinierten Wohn- und Eßzimmers rühmen, das allerdings nur groß genug ist für eines von beiden. Eine Küche ist natürlich auch vorhanden. Es ist nicht gerade die Lobby des *Detroit Plaza*, aber es bietet doch mehr Platz, als ein einzelner Mensch braucht. Vielleicht werde ich Ihnen, wenn wir uns besser kennen, von der Person erzählen, die es einmal mit mir geteilt hat. Auf alle Fälle genügt es meinen Ansprüchen so lange, bis mich die Steuern bei lebendigem Leibe auffressen.

Ich kam gerade rechtzeitig nach Hause, um die wichtigsten Meldungen der Sechs-Uhr-Nachrichten auf Kanal 4 mitzukriegen, den Teil, der nach dem ersten Werbespot kommt, wenn die »heile Welt«, mit der sie heutzutage so gern beginnen, vorbei ist. Über Francis Kramer war nichts dabei. Auch auf den Kanälen 2 und 7 kam nichts zu diesem Thema, aber im Gegensatz zu Kanal 4 wird dort im allgemeinen mit den härteren Sachen aufgemacht, und ich konnte die entsprechende Meldung verpaßt haben. Die Abendausgaben der *News* und der *Free Press* hatte ich mir unterwegs gekauft, aber ich erwartete nicht, Kramer darin zu finden. Seinen Leberhaken hatte er kassiert, als die Blätter schon auf der Straße gewesen waren.

Mein Abendessen war ein Fertiggericht aus der Tiefkühltruhe. Nicht, daß ich etwa nicht kochen kann. Aber ab und zu ist es doch ganz lustig festzustellen, daß irgendwo irgend jemand einem vorgegebenen Muster folgt. Erbsen in der einen Abteilung, Fleisch in der anderen, und in der dritten kleine, runde Kartoffeln, säuberlich aufgereiht wie die Zinnsoldaten. Ich zerstörte die Schlachtordnung mit einem kräftigen Stich meiner Gabel.

Meine Verdauungssäfte waren dabei, sich zur Vernichtung zu sammeln, als ich zum Fernsehgerät zurückkehrte. Die Kanadier übertrugen Eishockey, und ich sah ein paar Minuten zu. Aber dann drehte ich ab, weil sich die Bodychecks häuften. Wenn ich die menschliche Natur in ihren schlimmsten Formen sehen wollte, konnte ich auch zu den Nachrichten zurückschalten. Ich spreche von den Fans, nicht den Spielern.

Ich erwog, eine 78er-Platte aufzulegen, entschied mich jedoch dagegen. Meine Sammlung von Jazz und frühem Rock war eine Quelle des Stolzes für mich gewesen, bevor die Scheidungsmodalitäten mir nur noch einen schäbigen Rest übriggelassen hatten. Eine Platte davon anzuhören, würde mich nur in Depressionen versetzen.

Aus reiner Langeweile überflog ich das ausgedruckte Fernsehprogramm und wurde dabei fündig. Der Zwanzig-Uhr-Film auf Kanal 50 brachte Humphrey Bogart. »Die barfüßige Gräfin«, nicht einen seiner besten, aber immerhin Bogart. Bis Beginn hatte ich noch anderthalb Stunden totzuschlagen. Also ließ ich mich in meinem einzigen Sessel nieder, um mich systematisch und intelligent der Lektüre der *Free Press* zu widmen. Zuerst las ich den *Beetle-Bailey*-Comic.

Das Telefon schrillte gerade in dem Moment, als Rossano Brazzi mit Ava Gardners Leiche auf den Armen aus den Büschen trat. Ich ließ es bimmeln, bis der Nachspann über den Bildschirm flimmerte, und meldete mich erst beim siebenten Läuten.

»Amos Walker?« Eine nichtssagende Stimme, nicht jung, nicht alt. Aber eindeutig männlich. Ich bestätigte seine Vermutung.

»Ben Morningstar möchte mit Ihnen sprechen.«

Meine Hand zerdrückte den Hörer nicht. Aber es war nahe daran. Ben Morningstar war nicht jemand, mit dem man telefonierte. Es war ein Name in *Newsweek*, ein Foto bei der Beerdigung eines Killers mit dem Teleobjektiv quer über die Straße geschossen, ein Paar nervöser Hände, die in den frühen fünfziger Jahren während eines Kongreß-Hearings mit einer Packung Zigaretten gespielt hatten. Er war Anthony Quinn in einer nur wenig verschleierten Rolle, die nie bis in die Kinos gelangt war, weil die Anwälte alle Hebel in Bewegung gesetzt hatten. Er war der Schlagring in der Hand jedes öffentlichen Anklägers, dessen Blick sich auf das Justizministerium richtete. Für Hymie »the Lip« Lipschitz, einen kleinen Alkohol-Schmuggler und Ganoven, längst vergessen, hätte es im Fernsehen nicht die Wiederaufführung der alten Warner-Brothers-Streifen gegeben, war er achtzig Pfund Zement und eine Lunge voll Flußwasser gewesen. Nach ein paar Sekunden, die mir wie ein Stunde vorkamen, hatte ich wieder genug Stimme gefunden, um zu sagen: »Ich höre.«

»Mr. Morningstar benutzt das Telefon nicht«, erklärte die Stimme. »Wir schicken Ihnen einen Wagen.«

»Aus Phoenix?« Das war der Ort, wo er sich laut *Newsweek* zur Zeit aufhielt.

»Von Grosse Pointe. Halten Sie sich in etwa einer Stunde bereit.«

»Das paßt mir aber gar nicht. Ich muß morgen früh raus. Er kann mich morgen nachmittag in meinem Büro erreichen.« Morgen früh mußte Gibson aus dem Haus, um sich seine Arbeitslosenunterstützung abzuholen. Und wenn er auch nicht dumm genug war, ohne seine Stöcke loszugehen, konnte man nicht wissen, was er tat, wenn er es eilig hatte.

»Wir werden einen Wagen schicken.« Es klickte, und dann kam nur noch das Freizeichen.

Ich hielt noch eine Weile den Hörer ans Ohr, bis eine Stimme vom Band mich aufforderte, den Hörer aufzulegen. Ich gehorchte, bevor das automatische Warnsystem losblöken konnte. Das war auch so etwas, um das uns die Technologie gebracht hatte – das Recht, das Telefon uneingehängt zu lassen. Mein einziger Trost war, daß ich mich in diese Situation, wie immer sie sich erweisen mochte, ausnahmsweise einmal nicht selbst hineingeritten hatte. Jedenfalls soweit ich wußte.

Fünf Minuten vor elf ertönte die Türklingel. Keine schlechte Zeit für die Strecke quer durch die Stadt, aber auch nicht überwältigend. Da die Unruhen von 1967 dem Detroiter Nachtleben, oder was davon noch übriggeblieben war, einen lähmenden Schlag versetzt hatten, war gewöhnlich nach halb elf nichts mehr auf den Straßen los. Bis früh um zwei, wenn die illegalen Pinten mit ihrem Ausschank begannen, konnte man vom oberen Ende der Woodward, ohne irgendwie dabei behindert zu werden, mit einer Kanone einen Volltreffer auf der Cobo Hall landen.

Als ich aufmachte, rechnete ich eigentlich halb damit, ein Paar Galgenvögel in ausgepolsterten Anzügen mit Platz genug für Schulterhalfter vor mir zu sehen, die Nase schief eingeschraubt im Gesicht und mindestens einem Blumenkohlohr. Ich war enttäuscht, einen hochgewachsenen jungen Farbigen auf der Schwelle zu finden, von der Art, wie sie auf Plakaten der *United Negro College Fund* abgebildet sind, sehr ernst und seriös aussehend, mit Hornbrille und einem blauen Hughes & Hatcher unter dem leichten grauen Mantel. Ein Typ, wie ich ihn eher unten in Wayne State anzutreffen erwartet hätte.

»Mr. Walker?« Eine forsche Stimme mit nur einer entfernten Spur von Alabama bei den R's. Es war nicht die Stimme, die ich am Telefon gehört hatte. Seine kräftigen, etwas vorstehenden Zähne stachen weiß von der kaffeebraunen Haut ab, wenn er sprach. Mit der Brille erinnerte er mich an Little Stevie Wonder, ein weiteres Detroiter Produkt.

»Wo ist Ihr Kumpel?« fragte ich ihn.

»Mein Kumpel?«

»Tretet ihr nicht gewöhnlich paarweise auf?« Ich kämpfte mich in meinen Mantel, setzte den Hut auf und strich die Krempe zwischen Daumen und Zeigefinger glatt.

Einen Moment lang klopfte er meine Bemerkung von beiden Seiten ab. Dann hellte sich seine Miene auf, und er lächelte, daß mich sein Gebiß blendete. »Sie haben zu viele alte Filme gesehen. Für George Raft bin ich zu schwarz und für Barton MacLane zu mager.« Er trat zur Seite, während ich herauskam, die Tür hinter mir zudrückte und abschloß.

»Ein Schwarzer, der alte Filme kennt«, sagte ich kopfschüttelnd, als wir zusammen zur Straße gingen. Ich schlug meinen Mantelkragen hoch. Der Sturm hatte sich gelegt. Der Himmel war klar wie früher einmal der Lake Michigan, und die Kälte kam direkt aus dem Weltraum. Wenn man atmete, war es, als zöge man geriebenes Glas in die Lungen. »Ich wußte nicht, daß Sie zu den Eingeweihten gehören.«

»Wir verbringen nicht unsere ganze Zeit damit, Schnapsläden auszurauben und weiße Frauen zu vergewaltigen.« Die Art, wie er das sagte, ließ die Temperatur noch um ein Grad sinken. Dann spürte er plötzlich, daß ich es nicht ernst gemeint hatte, und verzog das Gesicht zu einem Grinsen. »Ich bemühe mich, Stepin Fetchit zu vermeiden.«

Ich lachte. »Ich wollte schließlich wissen, mit wem ich es zu tun habe.«

»Prüfung bestanden?«

»Mit Auszeichnung.«

Er reagierte so erheitert, wie es diese Bemerkung verdiente, und öffnete die Beifahrertür eines gelben Pinto für mich. Damit war ich wieder eine Illusion ärmer. Nächstens würde er mir noch erzählen, daß sie ihre Maschinenpistolen gegen Luftgewehre eingetauscht hatten.

Als Autofahrer war er keine Offenbarung, aber wenigstens wußte er, wer an Stopp-Straßen die Vorfahrt hatte – eine Kunst, die allmählich ausstirbt – und besaß die Geistesgegenwart, ein paar

Spaßvögeln, die beim Näherkommen nicht abblenden wollten, die Augäpfel zu braten. Nach einem Dutzend Querstraßen fragte ich ihn, wie lange er Taxis gefahren habe.

Auf seinem Gesicht breitete sich langsam ein Grinsen aus. »Woher wußten Sie das?«

»Sie kennen die Abkürzung von Hamtramck nach Grosse Pointe, aber ich wette meinen nächsten Honorarscheck, daß Sie nicht aus dieser Gegend sind. Der Rest war Kombination.«

»Ein richtiger Sherlock Holmes!« Er nahm mit Karacho eine gefährlich nach Glatteis aussehende Kurve.

»In einem von sechs Fällen klappt es.«

»Ich glaube allmählich, der Boss hat gar keine so schlechte Wahl getroffen?«

»Wofür?«

Er wechselte das Thema. »Ein Weißer, der einen Filzhut trägt«, meinte er grüblerisch, den Blick auf die Fahrbahn gerichtet. »Ich wußte nicht, daß *Sie* zu den Eingeweihten gehören.«

»Neunzig Prozent der Körperwärme entweichen durch den Kopf und die Füße«, erklärte ich. »Wollen Sie mal meine Socken sehen?«

Er gluckste unterdrückt, ohne zu antworten. Die Grenzen waren abgesteckt. Ich fragte ihn nicht über seine Mission aus, und er interessierte sich nicht für meine Garderobe. Blieb nur noch das Wetter, über das es wenig zu sagen gab. Den Rest der Fahrt legten wir schweigend zurück.

Wer immer gesagt hat, alle Menschen seien gleich erschaffen, muß dabei einen Wohnsitz in Grosse Pointe im Auge gehabt haben. In dieser Demokratie kann jeder kleine Junge in der Hoffnung aufwachsen, einmal dort zu wohnen, vorausgesetzt, seine Kreditwürdigkeit ist erstklassig und es macht ihm nichts aus, sich bis über beide Ohren zu verschulden. Vor etwas über hundert Jahren noch befand sich ein recht beträchtlicher Teil dieser Gegend unter der Kontrolle von Billy Boushaw, Chef des Ersten Polizeireviers des Bezirks Nummer eins, dessen alte Kneipe und Matrosen-Absteige an der Nordwestecke von Beaubien und Atwater Street lag. Aber dieses Stück Geschichte wird in den hiesigen Schulen nicht gelehrt. Jetzt ist hier die Domäne der Reichen, wo die meisten Streifenwagen unterwegs sind. Auf Landkarten erscheint sie gewöhnlich grün eingezeichnet.

Das Haus war allerdings eine Enttäuschung. Es hatte nicht mehr als vierzig Räume, und die österreichische Kavallerie hätte sich in Sechserreihen aufstellen müssen, um durch die Eingangstür zu kommen. Eine Steinmauer von zwei Meter fünfzig schirmte ein fünf

Morgen großes Parkgelände ab, das von in Hausnähe auf Bäumen montierten Scheinwerfern in grelles, gelbes Licht getaucht war. Im Sommer mußte das verheerende Wirkung auf den Rasen haben. Hier war der Punkt, wo wir die Grenze zwischen öffentlicher Imagepflege und privater Notwendigkeit überschritten.

Der Mann, der, als wir vorfuhren, hinter dem mit Stahlspitzen versehenen Eingangstor erschien, hatte unbedeckte blonde Haare, die ihm bis zum Kragen reichten, und scharfe teutonische Gesichtszüge von der Art, die Jahr für Jahr unverändert aussehen, bis sie schließlich über Nacht zusammenfallen. Im Augenblick brauchte er sich deswegen noch keine Sorgen zu machen. Er war jung, gesund und sonnengebräunt und trug eine dunkelblaue Marinejacke über einem weißen Hemd mit Rollkragen. Ich überzeugte mich davon, daß auch er nicht derjenige war, mit dem ich am Telefon gesprochen hatte, als mein Chauffeur aus dem Wagen stieg, um mit ihm zu reden und er mit einem deutschen Akzent antwortete, der direkt aus *Stalag 17* zu stammen schien. Ben Morningstar war ein Arbeitgeber, der auf Chancengleichheit achtete.

Nach einer kurzen Unterhaltung, während der er sich umdrehte, um mich durch die Windschutzscheibe zu mustern, nickte der Germane und entriegelte das Tor. Bis der Schwarze wieder eingestiegen war, hatte er es aufgerissen, und wir fuhren durch. Eine Haarnadel-Auffahrt mit frisch gefegtem Asphaltbelag führte an einem dürftig modernen Vorbau vorbei und verbreiterte sich zu einem Wendekreis vor einer angebauten Garage, die nicht dürftig genannt werden konnte. Wir hielten vor dem Vorbau und stiegen aus.

Die Tür wurde von einem Mann in einem rot-schwarz karierten Hemd geöffnet, dessen Bindfadenkrawatte von einem Hopi-Totem aus Silber mit Türkisen zusammengehalten war. Er hatte ungefähr meine Größe, mochte also etwa ein Meter achtzig sein, und trug ein breites Lächeln zur Schau, das bis zu seinen Augen reichte, tief in Krähenfüße eingebettete Brillanten. Von Natur aus hager, hatte er mit den Jahren einen kleinen Bauch angesetzt, den er durch einen Gürtel mit Rodeo-Schnalle einzuzwängen versuchte. Seine Levis waren so neu, daß sie raschelten, wenn er sich bewegte. Im Gesicht hatte er zahllose kleine Furchen und Fältchen, von einer Sonne eingebrannt, wie es sie in Michigan nicht gab. Er sah aus wie fünfzig, konnte aber ebensogut vierzig oder sechzig sein, und hatte den Kopf voll üppiger schwarzer Haare, die ihm in einer natürlichen Welle über die rechten Augenbraue fielen. Es war ein großer Kopf, viel zu groß für den Rest des Mannes, ausgenommen die Hände. Mit einer davon umschloß er meine Hand in einem Griff wie eine elektrische Stromschiene.

»Sie müssen Amos Walker sein«, bemerkte er und schraubte sein Lächeln noch um eine Spur höher, während er beiseite trat, um uns eintreten zu lassen. Sein Tonfall war reinstes El Paso.

»Und Sie müssen Paul Cooke sein.« Ich bemühte mich, meine Hand freizukriegen und knetete die Knochen wieder an die richtige Stelle zurück.

Sein Blick wurde starr. »Sind wir uns schon einmal begegnet?«

»Sie sind berühmt. Seit die ›Aktuelle Stunde‹ im vergangenen Jahr diese Enthüllungsgeschichte über Ihr Hotel in Tucson gebracht hat. Wie wurde es doch gleich genannt? ›Der Palast des Kleinen Cäsar.‹«

Das Lächeln war ausgelöscht. Es sagte etwas, das ich nicht wiederholen kann, und fuhr dann fort: »Darüber ist das letzte Wort sowieso noch nicht gesprochen. Wissen Sie, daß ich zumachen mußte, nachdem diese Sendung gelaufen war? Keine Buchungen mehr für Tagungen und Kongresse. Die Gäste hatten Angst, in ihren Betten von Maschinenpistolen durchlöchert zu werden. Dabei ist nie irgend etwas Schlimmes passiert in den sechs Jahren, die ich den Laden besessen habe. Nun gut, eine Vergewaltigung vor achtzehn Monaten, aber das Verfahren wurde niedergeschlagen. Es stellte sich nämlich raus, daß die Frau eine Nutte war. Diese Armleuchter in New York werden schon noch merken, wie scharf man solche Verleumdungen bestraft.«

Seine Gesichtslandschaft war jetzt eine Wüste. Kein Lächeln hatte je dort geblüht, noch würde eins irgendwann aufsprießen. Er warf einen Blick auf den Schwarzen, der einen Schritt in meine Richtung machte. Ich las ihm durch die Brillengläser seine Absicht von den Augen ab.

»Ich bin bewaffnet«, sagte ich. »Links an meinem Gürtel. Ein Achtunddreißiger.« Ich knöpfte mit einer Hand mein Jackett auf und breitete dann die Arme aus.

Ohne meinen Blick loszulassen, faßte der Schwarze unter meine Jacke, tastete herum und zog den Smith & Wesson aus dem Halfter unter dem Gurtband meiner Hose. Er reichte die Waffe Cooke, der sie mit Daumen und Zeigefinger am Knauf faßte und zuschaute, wie der Schwarze auch meine Brieftasche herausholte, meine sämtlichen Taschen abfühlte und mit geübter Hand an den Innenseiten meiner Schenkel bis zu den Knöcheln hinabfuhr. Nachdem er sich wieder aufgerichtet hatte, nahm er mir, als sei ihm das erst verspätet eingefallen, den Hut vom Kopf und unterzog ihn der gleichen sorgfältigen Prüfung. Als er mit mir fertig war, wußte er, wieviel

Kleingeld ich bei mir hatte, ohne es gesehen zu haben. Schließlich trat er mit einem kurzen Nicken zurück und gab die Brieftasche an den Texaner weiter. Cooke klappte sie auf, studierte die Fotokopie meiner Berufslizenz und gab die Tasche dann wieder an den Schwarzen zurück, der sie mir aushändigte. Mein Glaube an gewisse Regeln war wiederhergestellt.

»Nicht besonders schlau«, sagte Cooke, meinen Revolver noch immer mit spitzen Fingern wie eine tote Ratte haltend. Es gab etliche in seiner Branche, die keinen Geschmack an Schießeisen hatten. Sie bezahlten andere, für sie Waffen zu tragen.

»Normalerweise ist dies nicht mein Revier«, erwiderte ich ausweichend.

Er gab sich damit zufrieden. »Nachher kriegen Sie das Ding wieder zurück«, meinte er etwas unwillig und streckte den Revolver dem Schwarzen entgegen, der ihn nahm und in seiner Jackentasche verschwinden ließ. Dann geleiteten mich Stevie Wonder und der Mitternachts-Cowboy ohne weitere Vorreden durch ein mit dicken Teppichen ausgelegtes Foyer zur Audienz.

3

Den Leibwächter mußten sie sich von einer Schauspielervermittlung besorgt haben. Eher etwas zu kurz geraten, mit leicht angewinkelten Armen und einem Brustkasten, für dessen Umfang ein Bandmaß nicht ausreichte, gab er keine schlechte Kopie des Felsens von Gibraltar ab, wie er so zwischen den Schiebtüren zur Bibliothek stand, als wir uns näherten. Sein schwarzer Anzug saß ihm wie eine zweite Haut auf dem Körper, und den gestreiften Schlips trug er zu einem Knoten gebunden, den man auch mit Hammer und Meißel nicht aufbekommen hätte. Einen Hals besaß er nicht. Vielleicht hatte er einmal einen besessen und jemand hatte ihm zufällig den Kopf abgeschlagen, um dafür eine braune, grau-gesträhnte Perücke auf den Stumpf zu kleben und letzteren ersatzweise mit Gesichtszügen zu bemalen. Denn aufgemalt hätten seine Züge durchaus sein können, so flach und leblos wie sie waren, mit blasenähnlichem Narbengewebe über den Augen und einem Halbmond toter weißer Haut auf jeder Wange. Entweder er hatte die Ohren von Roderick Usher, oder er hatte uns durch den Türspalt beobachtet, denn wir waren noch nicht ganz herangekommen, als er beide Flügel schon lautlos aufrollen ließ und eine Pose einnahm wie aus »Tausendundeiner Nacht«. Mit dem einen Unterschied, daß er einen Daumen in das Knopfloch seines linken Jackettaufschlags gehakt hatte, wo etwas unter seinem Arm die Linie seines Anzugs verdarb. Im Theater hätte ich über ihn gelacht. Hier nicht.

»Schon in Ordnung, Merle«, versicherte Cooke. »Das ist der Bursche.«

Merle musterte mich zweifelnd. »Hat er eine Waffe bei sich?«

Bingo. Der weiche Wohlklang seiner Stimme stand in solchem Kontrast zu seiner Rausschmeißer-Figur, daß er von mir automatisch als der Mann am Telefon ausgeklammert worden war, bevor er den Mund aufgemacht hatte. Aber das war ein Irrtum gewesen. Ja mehr noch, als ich ihn jetzt gleichzeitig sah und hörte, wußte ich plötzlich, wer er war.

»Nicht mehr. Wiley hat ihn durchsucht.«

»Auch die Socken?«

Cooke nickte und bedachte mich mit einem schiefen Blick. »Das fragt er immer«, erläuterte er. »Seit sich vor zwei Jahren jemand mit einer kleinen Remington in den Strümpfen an ihm vorbeigeschmuggelt hat.«

Ich erinnerte mich an den Vorfall. Zwei Kugeln aus einer Zweiunddreißiger. Eine war in die Brust gedrungen, die andere hatte sich von einem Punkt unmittelbar über der rechten Schläfe unter dem Skalp entlang an der Schädeldecke einen Weg bis zum Nackenansatz gebahnt. Zwei Wochen später war Morningstar aus dem Krankenhaus direkt hinein in einen Schwarm aufflammender Blitzlichter entlassen worden. Seinen Kontrahenten hatten sie noch am Nachmittag der Schießerei im Wohnzimmer des Opfers vom Fußboden abgekratzt. Danach gab es den üblichen politischen Zirkus, die übliche Verhandlung vor einem Geschworenengericht und im Jahr darauf als Konsequenz die üblichen Kongreß-Neuwahlen. Die unerwünschte Publizität hatte Morningstar, wie es hieß, zum Rückzug ins Privatleben gezwungen. Der leere Platz, den er hinterließ, war kurz darauf von jemand mit einem klangvollen mediterranen Namen eingenommen worden.

»Sind Sie nicht Merle Donophan?« fragte ich den Leibwächter.

Er richtete einen ausdruckslosen Blick auf mich. »Und wenn?«

»Sie waren vor drei Jahren noch bei den Detroiter Red Wings. Ich habe Sie ein paarmal im Olympia in Aktion gesehen.«

»Ja?« quetschte er aus dem Mundwinkel hervor und paßte nun wieder besser in mein Weltbild. »Auch beim letzten Spiel?«

»Leider nein. Davon habe ich bloß gehört. Eine tätliche Auseinandersetzung. Sie haben einen Spieler von den Paple Leafs mit Ihrem

Stock bearbeitet.«

»Er hat mich zuerst geschlagen. Der einzige Unterschied war, daß ich beide Hände benützt habe und er nur eine. Warum haben sie also mich rausgeschmissen und nicht ihn?«

»Er sitzt noch immer in einer Heilanstalt und starrt die Wände an.«

»Laß sie, um Himmels willen, reinkommen, Merle, und mach diese verdammte Tür zu. Zug ist schlimmer als eine Pistolenkugel.«

Wenn Sie noch nie einen Menschen mit einem Kehlkopfgenerator sprechen gehört haben, kann ich es Ihnen nicht beschreiben. Ein Abfallkipper oder eine automatische Müllvernichtungsanlage, die plötzlich der menschlichen Sprache mächtig geworden sind, trifft als Vergleich nur sehr mangelhaft. Am ehesten dürfte noch Alvino Rey herangekommen sein, als er in der alten »King Family Show« seine elektronische Gitarre reden ließ. Daran mußte ich jedenfalls denken, als der monotone Klang an mein Ohr drang.

Der Raum besaß die ganze Wärme und Geborgenheit eines Wartezimmers beim Zahnarzt. Einzige Lichtquelle war eine jener kupfernen christbaumartigen Stehlampen mit trichterförmigen Metallschirmen, die wie die Blätter von Gummibäumen herabhängen. Wie das bei den meisten gemieteten Häusern, gleich welcher Größenordnung, der Fall ist, ließ das Ganze jede Persönlichkeit vermissen. Die mußte von der Gestalt beigesteuert werden, die neben der Lampe in einem grünen Armsessel kauerte.

Ob Benjamin Morningstar, ohne zweiten Vornamen, auf die Achtzig zusteuerte oder sie bereits hinter sich hatte, wußte niemand, nicht einmal Ben selbst. Die Strafregister-Eintragung seiner ersten Verhaftung im Jahre 1917 hatte 1900 in dem Kästchen mit der Beschriftung »Datum der Geburt« vermerkt, das konnte jedoch durchaus auf der Vermutung eines überarbeiteten Polizisten beruhen. Aber ein paar Jahre rauf oder runter spielten jetzt sowieso keine Rolle mehr.

Er trug einen ausgebeulten senffarbenen Pullover mit Schalkragen über etwas, das vermutlich ein teures weißes Hemd war, aber lappig und ungestärkt viel zu weit an seinem eingeschrumpften Körper hing. Seine anthrazitgrauen Hosen mit Nadelstreifen und Umschlägen, die zu zwei Dritteln die braunen Schuhe bedeckten, saßen ebenso locker. An der rechten Armlehne des Sessels hing ein dicker Spazierstock mit Gummispitze. In Reichweite des Stocks ruhte auf seinem Schoß eine zuckende Hand. Die andere Hand hatte er zum Gesicht gehoben, wo sie einen fleischfarbenen Napf aus perforiertem Plastikmaterial um seinen Mund und seine Nase preßte.

Seine Augen waren große, feuchte Pflaumen, die hinter dicken

Brillengläsern schimmerten, als er uns entgegenblickte. Weiter oben, an seinem Stirnansatz, wuchs ihm dichtes, glattes Haar, schwarz und glänzend wie neue Gummigaloschen, durch das sich eine auffallende weiße Furche zog, die den Weg einer Kugel beschrieb, an die außerhalb dieses Raumes niemand mehr dachte. Nicht ein graues Haar war zu sehen. Das ließ Morningstar um so hinfälliger wirken, wie einen schäbigen, alten Stuhl, den man mit einem frisch gestärkten Spitzendeckchen auf der Rücklehne aufgeputzt hat.

Als wir alle eingetreten und die Türen hinter uns geschlossen waren, ließ er den Filter sinken, und ich sah erst jetzt seine Adlernase, über deren Rücken sich straff und glänzend die Haut spannte, die Streifen lockeren Fleisches, die unter seinem Kinn die Narben von seiner Halsoperation bedeckten, und den breiten, ausgemergelten Mund mit den herabgezogenen Lippen. Einen Moment lang zeigte sich als dünner roter Streifen so etwas wie Leben um seine untere Gesichtshälfte, wo der fleischfarbene Napf gegen seine Haut gepreßt war, aber das schwand schnell wieder.

Der Blick seiner wäßrigen Augen blieb sekundenlang auf mir haften und glitt dann zu dem Leibwächter weiter. »Nimm ihm seine Sachen ab, Merle«, befahl er. »Man kann von niemandem erwarten, daß er einem Vorschlag zuhört, wenn er schwitzt wie ein Schwein.«

Erst nachdem er es erwähnt hatte, merkte ich, daß der Raum überheizt war. Die Anlage schien auf volle Pulle zu laufen, und ich konnte die heiße Luft durch die quadratische Reguliervorrichtung im Fußboden hinter mir aufsteigen spüren. Ich zog meinen Mantel aus und reichte ihn zusammen mit meinem Hut dem Ex-Hockeyspieler, der vorgetreten war, um beides entgegenzunehmen.

»Mein Gott, ein Fedora«, rief er aus, noch immer Allen Jenkins. Er konnte das an- und abstellen. »Seit Jahren habe ich niemand unter fünfzig mit einem Filzhut als Kopfbedeckung gesehen.«

Darauf hatte ich meinen Vers schon an den Mann gebracht, also schwieg ich, während er zu einer Tür auf der gegenüberliegenden Seite ging, sie öffnete, meine Sachen auf einem Bett in dem dunklen Schlafzimmer deponierte, um dann wieder auf seinen Platz in der Mitte des Raumes zurückzukehren. Er bewegte sich mit einem gleitenden Schwung, die eine Schulter vorgereckt, als befände er sich noch immer auf dem Eis. Seine Hände waren zusammengepreßt, unbehaarte Knoten von Muskelsträngen mit doppelt soviel Fingerknöcheln, wie ich sie besaß. Zu viele Hockeyschläger hatten in der Hitze des Gefechts unsanft damit Berührung gehabt.

Cooke fing einen Blick des Schwarzen auf und nickte, worauf der

Schwarze einen Schritt vortrat und meinen Achtunddreißiger auf die polierte Platte des Tisches neben dem linken Ellbogen des alten Mannes legte.

»Den haben wir bei ihm gefunden«, erläuterte der Texaner.

Morningstar gönnte der Waffe einen Blick. »Gebt ihm das Ding zurück.«

Niemand reagierte. Cooke wollte zu sprechen anfangen, doch der alte Mann schnitt ihm mit einer gereizten Bewegung der rechten Hand das Wort ab. »Könnt ihr nicht sehen, daß er nicht geladen ist, verdammt noch mal?«

Der Texaner zögerte. Dann trat er auf den Tisch zu und nahm den Revolver in die Hand, um ihn zu untersuchen. Durch die Löcher in der Kammer fiel Licht. Er sah mich an.

»Sie haben mich nicht gefragt«, sagte ich.

Er stieß einen unterdrückten Fluch aus und knallte mir den Revolver in die ausgestreckte Hand, daß es schmerzte. Ich schob die Waffe in das Halfter zurück. Die Patrone unter dem Abzugshahn ließ ich unerwähnt. Zuweilen ist es ganz nützlich, andere denken zu lassen, man sei ängstlich bei Waffen.

Wiley, der Schwarze, begann zu schwitzen. Der Schweiß brach ihm in Perlen am Haaransatz aus und lief allmählich über seine Stirn runter. Niemand hatte ihn aufgefordert, seinen Mantel auszuziehen. Lieber wäre er zu einer kaffeefarbenen Pfütze zerschmolzen. Es war so trocken im Raum, daß ein Streichholz die Luft hätte in Brand setzen können. Ich beschloß, es zu riskieren.

»Darf ich rauchen?«

Morningstar nickte. Ich zog eine Zigarette hervor, steckte sie an und sog den kühlen Rauch mit was weiß noch was in meine Lungen. Der Mann in dem Lehnstuhl saß regungslos, nur seine Nasenflügel bebten, als versuche er etwas von dem Aroma meiner Zigarette mitzubekommen.

»Um was für einen Vorschlag geht es?« drängte ich.

Der Mund zuckte wieder. »Sie sind in Ordnung, Walker. Sie besitzen genug Grips, einem alten Mann mit ein bißchen Frechheit zu begegnen. Nicht viele von diesen jungen Kerlen würden das tun.«

Während er das sagte, ließ er seine Augen zwischen seinen Hilfskräften hin und her wandern, um den Blick schließlich auf Cooke zu heften. »Paul, verschwinde hier. Und nimm Wiley mit. Für einen Tag habe ich genug Schwarze gesehen.« Er schaute den beiden nach, bis sich die Tür hinter ihnen schloß. »Das war eine von Pauls Ideen, diesen Farbigen zu engagieren, um hier alles im Auge zu haben. Der

Bursche scheint ja ganz in Ordnung zu sein, aber das heißt nicht, daß er mir behagt. Eher gehört er zu den Gründen, warum ich nicht zuletzt diese Stadt verlassen habe. Sie halten mich für einen voreingenommenen Halunken, nicht wahr?« versuchte er mich festzunageln.

»Solange ich nicht bezahlt werde, betätige ich meine Gehirnzellen möglichst gar nicht.«

»In diesem schwulen Aufzug hier herumzustolzieren.« Er schien mich gar nicht gehört zu haben. »In Phönix zieht er sich nicht so an.«

»Wiley?«

»Cooke. Nehmen Sie Platz. Ich habe einen Kehlkopf von Sears & Roebuck, den Magen eines Meerschweinchens, nur noch eine Lunge, und der Rest von mir ist in Labors von hier bis zur Westküste verstreut. Einen steifen Hals brauche ich nicht auch noch.«

Die einzigen verfügbaren Sitzgelegenheiten waren ein Vinylstuhl mit kurzer Rückenlehne, aber ohne Armstützen, und ein bequemer Ledersessel, so üppig gepolstert wie die Reifenreklame von Uniroyal gleich nördlich der I-94. Ich wählte den Vinylstuhl, weil ich während des Gesprächs nicht einschlafen wollte.

»Geh ins Bett, Merle«, sagte der alte Mann.

Der Leibwächter zögerte. »Sind Sie sicher?« Ich las in seinem Blick, daß er mich gewogen und zu leicht befunden hatte.

»Verdammt noch mal, Merle, wenn du diese Fragerei nicht bleiben läßt, werde ich dir eines Tages noch ein Loch in den Hintern brennen.«

Beim Hinausgehen murmelte Merle etwas vor sich hin, was ich nicht verstand.

Morningstar lehnte sich zurück und stieß einen langen, scheppernden Seufzer aus. »Sportler«, sagte er. »Mir ist noch keiner begegnet, dessen Hirn man nicht durch ein Handtuch hätte pressen können.« Er senkte für ein paar Sekunden die Lider, und ich begann mich schon zu fragen, ob er eingenickt war oder womöglich schlimmer, als er sie mühsam wieder hob. »Erzählen Sie mir etwas über sich.«

»Warum? Wenn Sie mich nicht genau überprüft hätten, säße ich jetzt nicht hier.«

»Tun Sie mir den Gefallen.«

»Ich bin zweiunddreißig Jahre alt und stamme aus einer kleinen Stadt zirka fünfzig Kilometer von hier entfernt, die Sie wahrscheinlich nicht einmal dem Namen nach kennen. Ich habe den Bachelor in Soziologie gemacht, aber fragen Sie mich nicht, warum. Dann habe ich mich als Polizist versucht, aber das war nichts für mich, deshalb ließ ich mich zum Militärdienst einziehen. Beim Militär lernte ich, wie man tötet, doch bevor ich meine Kenntnisse in die Praxis umsetzen konnte, fand einer meiner Vorgesetzten heraus, was ich zuvor gemacht hatte, und ich landete bei der Militärpolizei. Bis auf die Uniform gefiel mir der Dienst, und so sah ich mich nach meiner Entlassung nach einer Tätigkeit um, bei der ich dasselbe tun könnte, ohne eine Uniform tragen zu müssen. Ich bin noch immer auf der Suche.«

»Sie haben einen zwölfwöchigen Polizei-Trainingskurs nach elf Wochen abgebrochen. Warum?«

»Wie ich schon sagte, das war nichts für mich.«

»Da erwarte ich denn doch eine etwas überzeugendere Antwort.«

Ich zuckte die Achseln. »Ein Kursteilnehmer machte mir im Duschraum unsittliche Anträge. Er war sehr penetrant, und ich habe ihm die Kinnlade gebrochen.«

»Das war doch eigentlich kein Grund, Sie gleich rauszuschmeißen.«

»Er war der Neffe eines amerikanischen Kongreß-Abgeordneten.«

»Ich verstehe.«

»Das dachte ich mir.«

Es folgte ein kurzes Schweigen. Dann meinte er: »Sie stehen in dem Ruf, ein Mann zu sein, der selbst beim Zahnarzt nicht den Mund aufmacht.«

»Wer sagt das?«

»Spielt das eine Rolle?«

»Es ist mir ganz lieb, gelegentlich zu wissen, auf wessen Liste ich stehe.«

Morningstar räumte ein, daß dieser Standpunkt vernünftig sei, und nannte mir einen Namen, den ich kannte, aber unwichtig fand. »Ich will offen mit Ihnen sein«, fuhr er dann fort. »Sie sind nicht der einzige, dessen Namen ich hatte, und auch nicht der erste, bei dem ich einen Versuch unternommen habe. Vor Ihnen habe ich mich schon an zwei andere gewandt, aber einer ist angeblich nicht in der Stadt und der andere übernimmt keine derartigen Aufträge mehr. Behauptet er jedenfalls. Ich glaube, beide sind zurückgeschreckt, als sie erfuhren, wer ihr Auftraggeber sein würde. Empfinden Sie es als etwas Ungewöhnliches, für Ben Morningstar zu arbeiten?«

»Es bedeutet, daß ich ein höheres Honorar kassieren kann.«

Wieder dieses Zucken. Allmählich hielt ich es tatsächlich für ein Lächeln. Dann war es verschwunden. »Man hat mir gesagt, Sie seien sowohl auf vermißte Personen wie auf Versicherungsbetrug spezialisiert.«

Es fiel ihm offenbar schwer, zum Punkt zu kommen. Ich schlug die Beine übereinander, schnippte meine Zigarettenasche in den Hosenumschlag und lehnte mich zurück, um die Zigarette zu Ende zu rauchen. Ich studierte sein Gesicht durch den aufsteigenden Qualm.

»Wer wird vermißt?« fragte ich.

4

Er zog eine postkartengroße Fotografie aus seiner Hemdtasche und reichte sie mir. Unsere Hände streiften sich, als ich mich vorneigte, um das Foto entgegenzunehmen. Seine Hand hatte sowohl die Temperatur wie die Konsistenz, um zu dem Vergleich mit dem Roquefort-Käse zu passen.

Es war das Schulabschlußporträt eines dunkelhaarigen Mädchens mit noch dunkleren Augen, die selbst auf dem Foto zu leuchten schienen, und einem Teint so glatt und weich, wie einem ein zwölf Jahre alter Scotch die Kehle hinunterrinnt. Sie war anscheinend hübsch, aber Schulfotos können täuschen. Diese Retuschier-Künstler bringen es fertig, das Bildnis des Dorian Gray wie Robert Redford am Strand aussehen zu lassen.

»Eine Verwandte?« Ich behielt das Bild in der Hand. Es zurückzugeben, wäre eine Geste der Ablehnung gewesen. Wenn ich es in meine Tasche steckte, war ich festgenagelt.

»Meine Pflegetochter. Ihr Vater hat sich 1963 erschossen, als ihn die Regierung wegen Drogenschmuggels über die mexikanische Grenze beschuldigte. Ich habe sie großgezogen. Ihr Name ist Marla. Marla Bernstein.«

»Die Tochter von Leo Bernstein?«

Er nickte. »Ich sehe, Sie sind auf dem laufenden, was die Cosa Nostra betrifft. Er war der Sohn von Big Leo Bernstein, dem König der Räuber-Höhle. Aber daran können Sie sich natürlich nicht erinnern, höchstens Ihr Vater vielleicht. So wurde Leo damals jedenfalls von den Zeitungen genannt, als er während der Prohibition unten in Ecorse die »Old Log Cabin« gegenüber von Windsor unterhielt. Dabei war er gar nicht groß, bloß einsfünfundsechzig, und wog kaum mehr als einen Zentner. Sie nannten ihn nur so, weil die Blätter in Chicago Al Capone, diesen Fettarsch, Big Al getauft hatten. Er war mein Partner. Leo, nicht Al. Ich denke, ich kann das jetzt sagen, denn inzwischen ist alles verjährt. Obwohl das nun auch keine Rolle mehr spielt.« Er legte eine kurze Verschnaufpause ein.

»Nachdem meine Frau gestorben war, habe ich mich so gut ich konnte um Marla gekümmert. Und ich scheine meine Sache gar nicht so schlecht gemacht zu haben, weil sie mir nie einen Grund gegeben hat, nicht stolz auf sie zu sein. Jedenfalls nicht bis . . .« Er unterbrach sich und machte seinen Kehlkopf mit einem kräftigen Räuspern frei. Es klang wie das Explodieren von Knallerbsen in einem Abflußrohr. »Vergangenes Jahr, als sie in Phoenix den Schulabschluß gemacht hatte, schickte ich sie in ein Mädchenpensionat in Lansing. Seither habe ich sie nicht mehr gesehen«

»Warum Lansing? Hätte sie nicht in Arizona bleiben können?«

»In Arizona gibt es keine Mädchenpensionate. Sie haben verrückte Freizeit-Ranches, wo überspannte Großstädter Cowboy spielen, und Colleges mit Gigolos vom Dienst und Präservativ-Automaten in den Herren-Toiletten. Ich hatte die Nase voll von diesen Gesundheitsaposteln und Salon-Cowboys, die immer um sie herumschwirrten, als sie noch zu Hause war. Außerdem hatte ich meine kleine Schwester 1928 in dasselbe Pensionat geschickt und war sehr zufrieden mit dem, was sie ihr dort beigebracht hatten. *Miss Fordham's School for Young Ladies* hieß das Pensionat damals. Jetzt ist es das *Miriam H. Fordham Institute for Women.* Die Leiterin ist immer noch dieselbe. Esther Brock. Sie ist mindestens zehn Jahre älter als ich, aber das würden Sie ihr nicht ansehen. Eher würden Sie Esther Brock auf etwa hundert schätzen. Aber sie hat ihre Lehrmethoden beibehalten, und deshalb sollte Marla nach Lansing. Vor etwa einem Jahr hörte sie auf, Briefe nach Hause zu schreiben. Damals dachte ich mir nichts weiter dabei. Die Weihnachtsferien standen bevor, und ich nahm an, sie wolle sich die Neuigkeiten für ihren Besuch aufheben. Als dann aber Weihnachten vorbeiging, ohne daß sie auftauchte, rief ich Miss Brock an.« Er schwieg sekundenlang, bevor er fortfuhr.

»Sie teilte mir mit, Marla habe das Pensionat zwei Wochen vor Beginn der Weihnachtsferien verlassen, und zwar mit der Begründung, sie beabsichtige zu heiraten und wolle mit ihrem Verlobten zurück nach Phoenix, um ihn mir vorzustellen. In das Pensionat käme sie nicht mehr. Danach sah eine ihrer Zimmergenossinnen, wie sie in einen Wagen stieg, der vor dem Schulgebäude parkte und an dessen Steuer ein Mann saß. Sie fuhren los, bevor die Zimmergenossin das Fahrzeug erreichen konnte. Das war das letzte, was man von ihr gesehen hat.«

»Gibt es eine Beschreibung des Mannes oder des Wagens?«

Er schüttelte den Kopf. »Der Wagen war entweder grün oder blau oder vielleicht auch schwarz. Der Mann war im Schatten und trug einen dunklen Anzug und eine dunkle Krawatte. Sie wissen, wie diese jungen Mädchen sind. Nie achten sie wirklich auf etwas.«

»Haben Sie sich an die Polizei gewandt?«

»Das habe ich mir schon vor fünfzig Jahren abgewöhnt, als ich feststellte, daß man die meisten Polizisten mit einem Zwanzig-Dollar-Schein blind machen konnte. Zuallererst hätten sie die Geschichte doch der Presse gesteckt, und dann hätte es überall in den Schlagzeilen geheißen: ›Polizei fahndet nach Pflegetochter von Ganoven-König.‹ Diese Art von Aufsehen wollte ich Marla ersparen.«

»Aber das öffentliche Interesse zu erregen, hätte vielleicht geholfen, sie aufzufinden.«

»Nicht in diesem Fall. Eher im Gegenteil.«

»Was heißt das?«

Sein Gesichtsausdruck alarmierte mich. Wenn er ein schlechtes Herz hatte, und sein Allgemeinzustand ließ darauf schließen, gab diese Grimasse Anlaß, nach einem Krankenwagen zu telefonieren. Aber dann begann er wieder zu sprechen, und ich merkte, daß der Schmerz sehr viel tiefer saß.

»Gleich nachdem sie verschwunden war, engagierte ich in Lansing einen Privatdetektiv. Aber er hatte nicht genug Material, auf das er sich stützen konnte, und resignierte, als seine letzte Spur vor zwei Monaten wieder im Sand verlief. Inzwischen hat er sein Büro aufgegeben und ist nach Kalifornien gezogen, wie so viele andere, die das Klima hier nicht vertragen können. Ich habe erst gestern erfahren, daß er weg ist, als ich ihn zu erreichen versuchte, um ihn über dies hier zu informieren.«

Langsam, sehr viel langsamer als beim erstenmal, faßte er in dieselbe Tasche, aus der er das Schulfoto gezogen hatte, und brachte ein weiteres Stück weißen Fotokartons zum Vorschein, ein bißchen größer als das erste. Er hielt es mir mit einer Bewegung entgegen, als sei das Gewicht viel zu schwer für seine Hand. Ich mußte halb von meinem Stuhl aufstehen, um es ihm abzunehmen.

Er hatte mir einen Schwarz-Weiß-Schnappschuß gegeben, auf steife Pappe gezogen, um eifrigem Befingern besser standzuhalten. Es war keine gute Fotografie. Die Beleuchtung ließ zu wünschen übrig, und auf den ersten Blick war schwer festzustellen, was eigentlich vorging in dem schäbigen Zimmer, an dessen Wand, gerade noch zu erkennen, ein Druck von *September Morn* hing. Was sich dort abspielte, war sehr viel weniger delikat als des Künstlers Darstellung einer keuschen Badenden. Ein hübsches, dunkelhaariges Mädchen, nackt bis auf einen schwarzen Strumpfhaltergürtel, Netzstrümpfe und hochhackige Pumps, führte kniend an einem üppig bestückten Mann etwas aus, das vom Obersten Bundesgericht als widernatürlicher Akt bezeichnet wird. Das Mädchen hätte Marla Bernstein sein können. Niemand hatte das Foto retuschiert, und die Schulmütze fehlte.

»Das kann irgendein Mädchen sein«, sagte ich. »Warum sind Sie so überzeugt, daß es Marla ist?«

»Sie ist es. Ich habe sie aufwachsen sehen. Ich weiß es. Und wenn ich noch irgendwelche Zweifel hätte, würde der Leberfleck auf ihrem rechten Schulterblatt sie zerstreuen.«

Ich sah noch einmal hin. Vorher hatte ich das kleine Muttermal gar nicht bemerkt. Es war nicht die Sorte von Foto, auf denen man solche Einzelheiten wahrnimmt.

»Haben die da draußen das Foto gesehen?« Ich deutete mit dem Kopf zu der Schiebetür.

»Sie wissen davon. Sie sind der einzige, dem ich es gezeigt habe, seit ich es vor einer Woche in die Hand kriegte. Ich hatte wenig Lust, es am Schwarzen Brett auszuhängen.«

»Sind Sie Sammler?«

»Keineswegs.« In seinen wäßrigen Augen zuckte ein Funke auf. »Ein alter Geschäftsfreund von mir, der Name spielt keine Rolle, ist an einem Unternehmen beteiligt, das Porno-Läden und Bordelle mit Fotos dieser Art beliefert. Es ist nur ein Nebenzweig. Normalerweise bekommt er das Zeug, das da durchläuft, kaum zu Gesicht. Aber vor zehn Tagen war er zufällig bei dem Mann, der dafür verantwortlich ist, und dieses Foto lag dort auf dem Schreibtisch. Besagter Geschäftsfreund ist oft bei mir zu Hause gewesen und kennt Marla fast so gut wie ich selbst. Er hat sie sofort erkannt und kam zu mir nach Phoenix.«

»Konnte er sagen, wer das Foto gemacht hat?«

»Er hat seinen Mann befragt. Aber der war nicht sicher. Es kann aus einem der zwölf Studios sein, mit denen er hier in Detroit arbeitet, er kann es aber auch zusammen mit einem Packen anderer Aufnahmen von irgendeinem Typ auf der Straße gekauft haben. Über seinen Schreibtisch gehen täglich Hunderte solcher Bilder. Er kann unmöglich die Herkunft jedes einzelnen wissen.«

»Na fabelhaft. Kommt Postbestellung in Frage?«

»Keinesfalls. Das würde mit dem Gesetz kollidieren.«

»Ich brauche seinen Namen.«

Morningstars Gesichtszüge verhärteten sich. »Den meines Geschäftsfreundes?«

»Den des Mannes, der für ihn arbeitet. Außerdem eine Liste der Studios, von denen er die Foto bezieht, sofern Sie die haben. Falls nicht, kann ich mir die Liste von ihm direkt geben lassen.«

»Mit dem Namen des Mannes kann ich Ihnen dienen. Er heißt Lee Q. Story. Das Q ist wichtig. Ich habe mir sagen lassen, er legt größten

Wert darauf. Er hat einen Schuppen, der sich *Story's After Midnight* nennt, auf der Erskine. Auch wieder ein Schwarzer, aber das brauche ich in dieser Stadt ja wohl kaum extra zu erwähnen. Offen gestanden war ich überrascht zu hören, daß Sie Weißer sind, bei einem Vornamen wie Amos.«

»Ein paar von uns sind noch übrig. Also dann muß ich sie mir wohl von ihm beschaffen.«

»Was beschaffen? Ach so, die Liste. Ja. Ich habe an so was nie Geschmack gefunden. Schlimm genug, daß ich mir im Vorbeifahren diese ganzen Etablissements von außen ansehen muß. In meiner Jugend waren das alles Lichtspieltheater. Wunderschöne Kinos. Paramount, Roxy, Beijou. Clara Bow. Ramon Novarro. Dick Arlen und Buddy Rogers in *Wings*. Den Film habe ich dreimal gesehen, jedesmal mit einem anderen Mädchen. Wissen Sie, was gerade jetzt im Roxy gespielt wird? *Sluts of the Third Reich*. Was sind das für Zustände, daß man für so etwas meterhohe Reklameschilder anbringt, die von allen Kindern gelesen werden können?«

Auf seinen Wangen zeigten sich hektische Flecken. Ich versuchte ihn zu unterbrechen, bevor er einen Schlaganfall bekam, aber er war gerade erst richtig in Fahrt gekommen.

»Heute vormittag habe ich mich von Wiley hinunter zur Twelfth Street fahren lassen, wo ich aufgewachsen bin. Rosa Parks Boulevard nennt sich das jetzt. Mir ist bei dem Anblick ganz schlecht geworden. Das Haus, in dem ich geboren bin, haben sie während der Unruhen abgebrannt. Bis auf die Grundmauern. Genauso wie die anderen Häuser, wo ich als Junge gearbeitet habe, um meine Familie zu unterstützen, nachdem mein Vater getötet worden war. Nichts als schwarzes Mauerwerk und leere Fensterhöhlen und ab und zu ein Schornstein oder ein eiserner Ausguß, der noch irgendwo an der Wand hängt. Ich erinnere mich, daß ich oft als Junge dachte, wie häßlich die ganze Gegend sei und welch ein Segen es wäre, wenn jemand das alles in Schutt und Asche legen würde. Aber ich habe mich geirrt. Jetzt ist es noch schlimmer.«

Ich hatte mir mit einem Bleistiftstummel, den ich zwischen Fusseln und Büroklammern aus meiner Jackentasche hervorgegraben hatte, ein paar Stichworte zu dem Fall in mein abgegriffenes Notizbuch gekritzelt. Nun merkte Morningstar, daß ich nicht mehr schrieb. Über seine eingefallenen Gesichtszüge zuckte so etwas wie ein ironischer Ausdruck.

»Nun sprechen Sie es ruhig aus«, sagte er. »Ich bin einer von diesen alten Zauseln, die zuviel reden.«

Auf diese Bemerkung ging ich nicht ein. »Jemand in Ihrer Position hat Feinde. Könnte es sein, daß Marla in diese Situation gezwungen worden ist, um Sie zu treffen?« Ich schnippte mit dem Finger gegen das Foto.

»Der letzte meiner Feinde ist vor zehn Jahren gestorben. Ich habe mich von allen Geschäften zurückgezogen. Was ich heutzutage besitze, besteht in Investitionen, um die sich Paul Cooke kümmert. Selbst wenn ich etwas hätte, worauf andere scharf sind, würde es ihnen wenig nützen, mich im dunkeln zu lassen. Auf diese Sache bin ich nur durch Zufall gestoßen.«

»Durch Ihren Geschäftsfreund.«

Er lächelte dünn, ohne zu zucken. »Das habe ich natürlich auch überlegt. Ich traue ihm nicht mehr als jedem anderen. Aber in diesem Fall ist er über allen Verdacht erhaben. Er hat keine Familie, und der Krebs, der seinen Magen zerfrißt, wird ihn eher krepieren lassen, als mich mein Lungenkrebs ins Grab bringt. Es hat bei uns immer ein Sprichwort gegeben, und ich glaube, es gilt auch heute noch: Das Totenhemd hat keine Taschen.«

»Gibt es sonst noch etwas, das ich über Marla wissen sollte? Steckenpferde? Ambitionen? Bedürfnisse medizinischer oder anderer Art?«

»Ihre Gesundheit ist in Ordnung, da gibt es also nichts. Sie ist eine wirklich gute Sängerin mit einer hübschen Stimme. Und sie spielt ausgezeichnet Klavier. Sie wollte immer zur Bühne, aber ich hoffte, im Pensionat würden sie ihr diese Flausen austreiben. Im Show-Busineß wimmelt es von Schwulen und Nutten. Das weiß ich. Nicht umsonst habe ich einmal einen Nachtklub besessen.«

Ich saß fast eine Minute lang schweigend, die Lippen vorgeschoben, und trommelte mit den beiden Fotos gegen meine Handfläche. Morningstars Blick konnte ich fast körperlich spüren. Schließlich holte ich tief Luft und schob die Fotos zusammen mit meinem Notizbuch und dem Bleistiftstummel in die Innentasche meines Jacketts. Dann stand ich auf.

»Mein Honorar beträgt zweihundert pro Tag plus Spesen. Für den ersten Tag Vorauszahlung. Ich erstatte Bericht, sobald ich etwas habe, früher nicht. Sind Sie damit einverstanden?«

»Mit dem Honorar schon. Wegen der Berichterstattung bin ich mir nicht so sicher. Ich würde, wenn das möglich ist, lieber jeden Tag von Ihnen hören.«

Ich wollte eigentlich ablehnen, aber etwas war mit seinen Augen vorgegangen. Die Pflaumen waren getrocknet. Sie hatten den Glanz verloren. Ich seufzte. Walker, du weichherziger Trottel.

»Ich werde Ihnen geben, was ich kann.«

Er nickte. Die bloße Anstrengung, seinen Kopf auf und ab zu bewegen, schien ihn seine letzten Kraftreserven gekostet zu haben. »Wenden Sie sich draußen an Paul. Er wird Ihnen das Honorar für den ersten Tag geben und den Bericht des anderen Detektivs, falls das eine Hilfe für Sie ist.«

Ich ging hinüber ins Schlafzimmer, um meinen Hut und Mantel zu holen. »Eines noch«, sagte ich und blieb vor seinem Stuhl stehen. »Ich arbeite im Augenblick an einem Versicherungsfall und werde einen Teil meiner Zeit darauf verwenden. Sie bekommen aber trotzdem von mir den Gegenwert eines vollen Arbeitstages. Ich schlafe nämlich nicht. Das habe ich mir abgewöhnt.«

»Ich auch.«

Ich verabschiedete mich und strebte der Tür zu.

»Walker.« Seine Stimme war kaum hörbar. Ich wandte mich zurück. Seine Lider hinter den dicken Brillengläsern waren geschlossen, und sein Kopf ruhte auf der dicken, weichen Rücklehne des Sessels. Sein Gewicht reichte nicht aus, um eine Delle in das Polster zu drücken.

»Sollte ich meinen Namen morgen in der Zeitung lesen, wird Ihrer in der nächsten Ausgabe erscheinen. Und zwar schwarz gerändert.«

Ich ging hinaus.

Es war nach zwei Uhr, als Wiley mich zu Hause absetzte. Weil ich viel zu aufgedreht war, um schlafen zu können, und alle Kanäle, die gute Filme brachten, Sendeschluß hatten, knipste ich die Stehlampe neben meinem Sessel an und ließ mich mit einem Glas Hiram Walker's (keine Verwandtschaft) und dem Bündel Papier nieder, das mir Paul Cooke zur Lektüre gegeben hatte. Der Privatdetektiv aus Lansing, ein Bursche namens Stillman, konnte zwar FBI nicht buchstabieren und seine Grammatik hatte Hilfsschulniveau, dafür besaß er jedoch einen ausgesprochenen Hang zur Weitschweifigkeit. Der Bericht seiner neunmonatigen Suche nach Marla Bernstein nahm mich volle fünf Minuten gefangen, bevor ich entschlummerte.

Das schrille Läuten durchdrang, was immer ich träumte, ohne es ganz zu zerstören, und ich schlief weiter in der Erwartung, daß der Wecker wieder aufhören würde. Er hörte jedoch nicht auf, und nach ein paar Sekunden wurde mir bewußt, daß es das Telefon war. Ich rappelte mich von meinem Sessel hoch, ließ den Stoß schreibmaschinenbeschriebener Blätter von meinem Schoß rutschen, taumelte hinüber zu dem nervenzermürbenden Apparat, versuchte mit meiner linken Hand, die noch schlief, den Hörer abzunehmen, gab das auf und benutzte die rechte.

»Zwölfmal klingeln. Das ist selbst für dich eine Art von Rekord.«

Es war John Alderdyce. Ich richtete den Blick mit einiger Mühe auf das Zifferblatt meiner Armbanduhr und fragte ihn, ob er wisse, daß es vier Uhr morgens sei.

»Die Uhr kann ich nun schon seit einigen Jahren lesen«, antwortete er in gereiztem Ton. »Ich möchte, daß du dich schnellstens hierher bewegst.«

»Wohin?«

»Ins Leichenschauhaus. Es dürfte dir Freude machen. Es wird so etwas wie ein Veteranentreffen werden.«

Das brauchte einen Moment, um in mein verschlafenes Gehirn zu dringen. Als ich begriffen hatte, sagte ich, er könne mich in zwanzig Minuten erwarten und war schon halb in meinen Mantel geschlüpft, bevor ich merkte, daß ich noch den Hörer in der Hand hielt. Ich legte ihn auf und zog mir den Mantel auf dem Weg zur Garage an.

5

Ich fahre die Sorte von Wagen, neben dem Sie Ihren nicht abstellen würden, wenn er noch so neu ist, daß die detaillierte Preisliste am Seitenfenster klebt. Staat zu machen ist mit meinem Cutlass wirklich nicht. Eher hat er das archaische Aussehen, das in diesen Tagen neurotischen Wechsels jedes Automobil befällt, das älter ist als zwei Jahre, und in der richtigen Beleuchtung zeigt er mehr Schadstellen, als ich fairerweise General Motors anlasten kann. Wenn man ihn so ansieht, würde man nie auf die Idee kommen, daß ihm ein 455-Cadillac-Coup-de-Ville-Motor unter der Haube sitzt oder daß er bereits auffünfundsechzig beschleunigt hat, noch bevor Sie die Beifahrertür geschlossen haben. Zum Teil ist das der Tatsache zu verdanken, daß ihm weniger Apparaturen zur Vermeidung von Luftverschmutzung zusätzliches Gewicht verleihen wie etwa dem Ford T-Modell. Aber bis jetzt ist es mir noch immer gelungen, den periodischen Verkehrskontrollen der Polizei zu entgehen, die sie durchführen, um Abgas-Sünder zu ertappen.

Da sich jedoch vor Morgengrauen so gut wie nichs tut auf den Straßen, ließ ich mir lieber etwas Zeit für die Strecke den Walter P. Chrysler Freeway hinunter bis Brush und Lafayette, wo sich hinter dem Verkehrsgericht das Leichenschauhaus befindet. Um keine

Aufmerksamkeit zu erregen, übertrat ich die Geschwindigkeitsbegrenzung höchstens bis fünfzehn Stundenkilometer.

Der Name Alderdyce gestattete mir Zutritt zum Kühlraum, wo ich den Lieutenant in Begleitung eines Angestellten in weißem Kittel und Inspektor Proust antraf, den ich noch von meinem letzten Besuch im Polizeipräsidium her kannte. Trotzdem trat ich auf die drei Männer zu, die vor einer Wand mit großen, rechteckigen Schubkästen standen. Die Kästen wirkten wie überdimensionale Aktenablagen, nur waren das sie das nicht.

John Alderdyce ist der einzige wirklich Schwarze, den ich kenne. Seine Haut hat die Farbe einer unbenutzten Seite frischen Kohlepapiers mit demselben Hochglanz, und niemand sieht besser aus in einem gelben seidenen Sporthemd, wie man es beim Kegeln trägt. Nicht, daß wir kürzlich miteinander gekegelt hätten. Heute trug er ein pastellblaues Hemd mit einem passenden Schlips, einen gutgeschnittenen Fischgrät-Anzug und darüber einen halblangen Ledermantel mit Gürtel. Wenn es möglich war, sich von dem Gehalt eines Polizeileutnants wie ein Modegeck zu kleiden, konnte John als Modell dienen. Sollten *Vogue* und *Police Times* je zusammengelegt werden, durfte er jedenfalls mit einer Nebentätigkeit als Dressman rechnen. Er besitzt energische, ausgeprägte Gesichtszüge und einen wachen Verstand. Die Haare trägt er kurzgeschnitten in einer Façon, die bei richtiger Beleuchtung auf geschickte Art die dünnen Stellen verbirgt. Im Augenblick herrschte nicht das richtige Licht.

Proust war weiß, und zwar weißer als üblich, da er praktisch unter einem breitrandigen Filzhut lebte, neben dem der meine wie ein Freimaurerkäppchen wirkte. Im Farbton stimmte der Fedora so ziemlich mit dem Grau von Prousts Haaren überein, und stellenweise war er so zerknittert wie dessen Gesicht. Proust war ein Überbleibsel aus den Tagen der alten City-Noteinsatz-Kommandos, bevor sie anfingen, sich gegenseitig zu beschießen und zu viele Bürger mit der falschen Hautfarbe festzunehmen. Mit ein Grund für seine Einstellung gegenüber Menschen im allgemeinen und Privatdetektiven im besonderen war die Tatsache, daß er meinte, längst Kommissar sein zu müssen. Das datierte bis auf das Jahr 1970 zurück, als er einen jungen Neger auf frischer Tat beim Einbruch in einen Güterwagen ertappt und dem Jungen seine .357er Magnum mit den Worten ins Ohr gebohrt hatte: »Rat mal, wer das ist, du schwarzer Hurensohn!« Diese unorthodoxe Methode, sich als Polizist auszuweisen, wurde weidlich ausgeschlachtet, nachdem der junge Schwarze im Prozeß ausgesagt hatte, und tauchte immer wieder auf, sobald das Thema einer

Beförderung Prousts vor einer überwiegend farbigen Polizeikommission zur Sprache kam. Und er blieb Inspektor.

»Haben Sie viereckige Räder an Ihrer Karre?« fragte Proust, als ich näher kam. Er galt unter Kollegen als besonders witzig, was gewisse Rückschlüsse auf das Niveau des Humors im Polizeipräsidium zuläßt.

»Es gibt eine Energiekrise«, rief ich ihm in Erinnerung. »Soll ich etwa das Gesetz übertreten?« Ich bedachte John mit einem Kopfnikken, und er nickte zurück. Das war der Stand, auf den unsere Freundschaft verkommen ist, seit die Staatspolizei mir meine Lizenz ausgestellt hat. Dann nickte er kaum weniger herzlich zu dem aknegesichtigen Jüngling in dem weißen Kittel hinüber, der nach dem Metallgriff eines der Schubfächer langte, um es etwa ein Drittel herauszuziehen.

Das grelle Oberlicht trug wenig bei zur Verschönerung von Francis Kramers rundem Babygesicht, das eher schon feist genannt werden konnte. Das daumengroße schwarze Loch in seiner linken Schläfe machte die Sache auch nicht besser. Die Kugel hatte sich hinter seinen Augen durchgegraben und sie vorgetrieben und war mit bedeutend mehr Aplomb aus dem Schädel ausgetreten, als sie eingedrungen war. Dabei hatte sie die rechte Seite seiner Hirnschale in Fetzen gerissen wie einen zu prall gefüllten Autoreifen. Die Farbe seiner Haut ließ mich bezweifeln, ob ich je wieder in der Lage sein würde, ein Glas hausgemachter Marmelade zu genießen, nachdem ich das Paraffin gesehen hatte, mit dem es zugesiegelt war.

Ich machte eine offizielle Identifizierung und fügte hinzu: »Das muß irgendwo eine ganz schöne Schweinerei hinterlassen haben.« Meine Kehle war wie zugeschnürt.

»Auf dem ganzen Rücksitz«, bestätigte der Lieutenant. Er nickte noch einmal, und der Mann im weißen Kittel schloß die Schublade. Dann entfernte er sich lautlos auf Gummisohlen. »Er ist um halb drei auf dem City-Airport gefunden worden, im Kofferraum eines blauen Nova, Baujahr 78. Die Zulassungsnummer kennst du. Hast du je das Wort idiotisch gehört? Den ganzen Flughafen-Parkplatz hatten sie zur Verfügung, und ausgerechnet auf dem kleinen Stück, das für die Flughafen-Leitung reserviert ist, haben sie den Wagen abgestellt. Einer der Angestellten rief die Flughafen-Polizei, die bemerkte Blut und alarmierte uns. Der Gerichtsmediziner schätzt, er ist seit etwa zehn Stunden tot. Das stimmt so ziemlich mit der Uhrzeit deiner Beobachtungen auf der Woodward Avenue überein.«

»Ich habe es dir ja gleich gesagt.«

Er runzelte die Stirn, was seinem Gesicht einen entschieden afrikanischen Ausdruck gab. »Das mag ich so besonders an dir, Walker. Du schmierst es einem nie aufs Butterbrot.«

»Was stehen wir hier rum?« ließ sich Proust unwillig vernehmen. »Sacken Sie ihn ein, und nehmen wir ihn in die Mangel.«

»Mr. Walker ist ein Augenzeuge, Inspektor, kein Verdächtiger. Er ist aus freiem Willen hierhergekommen.«

»Na schön, es ist Ihr Fall, und ich will mich nicht einmischen. Aber dieser Bursche weiß mehr, als er ausspuckt.«

»Bis jetzt habe ich noch gar nichts ausgespuckt«, sagte ich.

»Davon rede ich ja!«

»Laß uns ins Präsidium hinübergehen, Amos.« Das war extra für Proust. John nannte mich sonst nie beim Vornamen. Das hatte er nicht einmal getan, als sein Vater und meiner eine Autoreparatur-Werkstatt unterhalten und wir als Kinder miteinander gespielt hatten.

Es war zwar eisig kalt, aber nur ein Katzensprung vom Leichenschauhaus zum Präsidium in der Beaubien. Die nächste Stunde verbrachte ich in einem kahlen Verhörraum der Kriminalpolizei und wiederholte auf Befragen meine Geschichte, die auf Tonband aufgenommen und von einem Mädchen mitstenografiert wurde, das hübsche Beine hatte, aber sonst nicht viel. Nachdem das Ganze überstanden war, wußte wir alle keinen Deut mehr, als Alderdyce und ich schon elf Stunden zuvor gewußt hatten. Dann durchblätterte ich das Verbrecheralbum, bis mir die Augen tränten, mit noch weniger befriedigendem Ergebnis. Schließlich erschien jemand mit den Schablonen zur Herstellung von Phantombildern auf der Bildfläche, und mit vereinten Kräften brachten wir eine gewisse Ähnlichkeit mit den Hager-Zwillingen zustande. Mehr kann man auch kaum erwarten bei einer Behörde, die zu geizig ist, einen richtigen Porträtkünstler zu engagieren.

Als Proust aufbrach, um Abzüge machen zu lassen, und ihm die Stenografin hinausfolgte, lehnte ich mich in den Schalensessel zurück und klopfte mir eine Winston aus der Packung, meine dritte in dieser mit Fliegendreck bekleckerten Zelle. Der Lieutenant beobachtete mich mit hungrigem Blick.

»Bist du noch immer dabei, dir das Rauchen abzugewöhnen, John?«

Er nickte. »Seit achtzehn Tagen jetzt. Es ist eine Viecherei.« Er war in Hemdsärmeln und fischte einen Kugelschreiber aus seiner Brusttasche, den er zwischen seinen grau-rosa Handflächen hin und her rollte. Ich hatte aufgehört, darauf zu achten, wie oft er das jetzt schon getan hatte, seit wir hier hereingekommen waren. »Ganz im Vertrauen,

Walker, was für ein Typ war dieser Kramer?«

Ich machte Anstalten, die Zigarette anzuzünden, überlegte es mir dann jedoch anders und blies das Streichholz wieder aus. Einen Sargnagel weniger. Es hatte keinen Sinn, Alderdyce unnötig zu quälen. »Im Vertrauen oder nicht, ich kann dir kaum etwas sagen, weil ich selber nichts weiß«, erwiderte ich. »Ein gewöhnlicher Soldat kommt kaum in Berührung mit seinem Kompaniechef, nicht mal im Kampf. Auf mich machte er einen etwas pingeligen Eindruck. Wann immer wir uns in der Nähe von Wasser aufhielten, war sein Drillichzeug tadellos sauber und gebügelt, und in seinem Hemdkragen steckte ein adrettes Halstuch. Seinem Wunsch nach sollten wir genauso aussehen, doch er ignorierte es, wenn wir nicht mitmachten. Eine Art jüngere Ausgabe von Georgie Patton, nur ohne den Saft und die Kraft. Ich glaube nicht, daß er ein Feigling war. Vielleicht wenig entscheidungsfreudig. Übervorsichtig, wie sie es in Washington nennen. In der Nähe von Hue verloren wir mehr Männer als nötig, weil er sich zu spät entschloß, einen Hügel zu nehmen. Die Kompanie drohte mit einem Generalstreik, als schließlich jemand Einsicht zeigte und er auf einen Schreibtisch-Job in die Staaten zurückbeordert wurde. Was ich dir jetzt sage, weiß ich nur vom Hörensagen, aber mir wurde erzählt, seine Beförderung zum Captain habe er erreicht, weil er den Burschen, der eigentlich vor ihm dran war, irgendwo angeschwärzt hat. Das magst du bewerten, wie du willst. Aber es würde meiner Meinung nach zu seinem Charakter passen. Ja, und er war ein besessener Schmalfilmer. In Saigon hat er sich für ein Spottgeld eine fabelhafte Ausrüstung zusammengekauft.«

»Echtes Offiziersmaterial. Kein Wunder, daß wir drüben verloren haben.«

»Wir haben nicht verloren. Wir haben uns strategisch zurückgezogen.« Ich band mir mein Halstuch neu. »Was hast du über den Wagen herausbekommen?«

»Ich habe die Zulassungsnummer, gleich nachdem du sie mir durchgegeben hattest, überprüfen lassen. Der Wagen war gestern nachmittag in Ann Arbor als gestohlen gemeldet worden. Im Augenblick sind die Labor-Leute noch dabei, den Innenraum genau unter die Lupe zu nehmen. Das Geschoß ist in einem abwärts gerichteten Winkel von fünfundvierzig Grad in den Rücksitz gedrungen und gegen den Rahmen geprallt. Es war eine Vierundvierziger-Patrone, und nach der Wirkung zu urteilen, die sie beim Austritt an seinem Kopf angerichtet hat, ist sie aus einer Magnum abgeschossen worden. Das Autoradio war auf einen Sender eingestellt, der durchgehend Country-

und-Western-Musik spielt.«

»Das paßt zu dem, was ich gesehen und gehört habe. Nicht, daß es vor Gericht standhalten würde. Aber diese Musik ist jenseits des Flusses ganz besonders beliebt. Vielleicht hört aber auch der Wagenbesitzer gern Country und Western.«

Er schüttelte den Kopf. »Um das nachzuprüfen, ist der arme Kerl schon aus dem Bett geklingelt worden. Er schwärmt nur für die Oper.«

»Kramer könnte in dem Haus auf der Woodward gewohnt haben, aus dem er herausgestürmt kam. Hast du schon jemanden hingeschickt?«

»Sie sind gerade dabei, dort Erkundigungen einzuziehen.«

»Laß dich mit Johnny Cash verbinden. Stelle fest, wo er sich gestern nachmittag um sechs aufgehalten hat.« Alderdyce lachte nicht. Ich wechselte das Thema. »Was hast du überhaupt mit dem Fall Kramer zu tun? Haben Sie dir die Untersuchung der Mordsache Freeman Shanks abgenommen?«

»Das Glück ist mir nicht beschieden. Vielleicht hast du noch nichts davon gehört, aber es gibt mehr als genug Morde in dieser Stadt, um uns rund um die Uhr in Trab zu halten. Die durchschnittliche Anzahl von Straftaten ist zwar zurückgegangen im vergangenen Jahr, aber der Prozentsatz an Gewaltverbrechen steigt so konstant wie die Lebenshaltungskosten.«

Er rollte seinen Kugelschreiber jetzt schneller zwischen den Handflächen. »Es würde mir ja nicht soviel ausmachen, wenn diese Denkweise nicht auch auf das Präsidium übergreifen würde. Jetzt müssen wir schon als Aushängeschild für das Handelsministerium herhalten. Wenn man die Dinge beim richtigen Namen nennt, riskiert man ein Disziplinarverfahren. Und inzwischen breitet sich das Übel aus wie eine Geschlechtskrankheit, weil jeder meint, es einfach totschweigen zu können.«

»Das Parteitreffen der Republikaner im nächsten Jahr wird da sicher eine Änderung herbeiführen«, meinte ich besänftigend.

»Blödsinn. Das ist auch so ein Problem, auf das wir verzichten können. Was passiert, wenn trotz aller Sicherheitsmaßnahmen einer der Abgeordneten umgelegt wird? Dallas versucht noch immer, den November 1963 in Vergessenheit geraten zu lassen. Was meinst du wohl, was das für Detroit bedeuten würde? Als ob wir noch nicht genug am Halse hätten!« Er fuhr sich erregt mit der Hand über die kurzgeschnittenen Haare.

»Ein populärer junger farbiger Arbeiterführer verschwindet während einer Gewerkschaftstagung und taucht vierzehn Stunden später am East Grand River mit drei Kugeln aus einer Achtunddreißiger im Rücken wieder auf. Wer hat es getan? Der Mann, den er bei der Wahl zum Regional-Vorsitzenden geschlagen hat? Die Mafia-Bosse, deren Entfernung aus der Gewerkschaft er versprochen hatte? Oder irgendein Unbelehrbarer, der es nicht erträgt, daß ein Neger Erfolg hat? Ich war einmal mit seiner Schwester befreundet, deshalb haben sie mir die Klärung des Falles anvertraut. Und dann ziehen sie mir die Hälfte meiner Leute ab, um Jagd auf Prostituierte zu machen und Porno-Läden zu schließen, weil sich so etwas angeblich negativ auf das Parteitreffen auswirken könnte. Dabei wissen die Herren doch selber ganz genau, daß vor allem dies die Republikaner überhaupt hierher zieht. Und meine Kinder fragen mich, warum ich nicht so ulkige Geschichten wie die Polizisten in ›Barney Miller‹ erzähle.«

»Fühlst du dich jetzt besser?« fragte ich.

Er starrte mich an. Dann brach sich ein Lächeln durch die steinerne Fassade. »Ein bißchen«, sagte er. »Walker, wir wären noch nicht so weit mit dem Fall Kramer, wenn du mich gestern abend nicht angerufen hättest. Dafür stehe ich in deiner Schuld.«

»Ich habe nur meine Pflicht als Staatsbürger erfüllt. Falls du dich aber tatsächlich revanchieren willst, kannst du mir einen Gefallen tun.« Ich zog das Schul-Foto, das mir Ben Morningstar gegeben hatte, aus der Tasche und las die Personenbeschreibung vor, die jemand mit energischer Handschrift hinten draufgeschrieben hatte. Alderdyce machte sich mit dem Kugelschreiber Notizen auf einen gelben Block.

»Hast du auf sie Absichten?«

»Zu jung für mich. Ihr Name ist Marla Bernstein, falls sie ihn jedoch noch benützt, ist sie naiver, als ich sie einschätze. Vor etwa einem Jahr ist sie mit einem unidentifizierten Mann, Alter und Rasse unbekannt, aus einem piekfeinen Mädchenpensionat in Lansing verschwunden, in dem ihr alter Herr sie untergebracht hatte. Es gibt Anhaltspunkte, daß sie ins Pornogeschäft eingestiegen ist. Vermutlich betätigt sie sich auch als Prostituierte. Das liegt ja beides dicht beieinander. Du hast doch mal bei der Sitte gearbeitet. Hast du noch irgendwelche Freunde dort?«

»Meinen Schwager.«

»Falls ein Mädchen, auf das diese Beschreibung zutrifft, seit vergangenem Dezember aufgegriffen worden ist, wäre ich für eine Information dankbar.«

»Wer ist dein Klient?«

Diesmal war ich an der Reihe zu lächeln. »Scher dich zum Teufel, Alderdyce.«

In der Stadt war kaum etwas los, als ich meine Karre anschmiß und das Leichenschauhaus hinter mir ließ. Es herrschte zwar etwas Verkehr, aber es war noch dunkel, und der frühmorgendliche Betrieb würde erst in etwa einer Stunde einsetzen. Ein paarmal spähte ich in den Rückspiegel und meinte denselben hellfarbigen Mittelklassewagen zwei bis drei Häuserblocks hinter mir zu sehen. Als ich nach Westen auf den Milwaukee abbog, fuhr er jedoch ohne anzuhalten weiter, und ich entspannte mich. Als ich mich dem General Motors Building näherte, kam derselbe Wagen oder zumindest sein Doppelgänger hinter mir aus der John R Street heraus.

Ich beschloß, mich vorläufig nicht beunruhigen zu lassen. Die Stadt war voll von gelben Pintos.

6

Sollten Sie aus irgendeinem Grund je in die Lage kommen, in der Detroiter *Public Library* die auf Mikrofilm gespeicherten Ausgaben der *News*, der *Free Press* oder der alten *Times* aus dem Jahre 1931 durchzusehen, stoßen Sie womöglich auf das Foto eines schwer zu beschreibenden Gebäudes mit einem Malteserkreuz über einem der Fenster. Dem Begleittext können Sie entnehmen, daß dieses Fenster eine Wohnung kennzeichnet, wo eines Nachts drei Männer von der *Purple Gang* erschossen wurden. Die Bluttat bekam damals den Namen Collingwood-Massaker.

Das Gebäude steht noch heute an der Ecke Collingwood und Twelfth Street – Verzeihung, Rosa Parks Avenue –, und wenn es auch nicht an Schönheit gewonnen hat seit jenen Tagen der Prohibition, kann es doch den zweifelhaften Ruhm für sich in Anspruch nehmen, eines der wenigen Bauwerke zu sein, die vor zwölf Jahren von den Unruhestiftern unzerstört gelassen worden sind.

Es brannte Licht in mehreren Wohnungen, als ich auf der Rosa P. parkte und das rußgeschwärzte Foyer betrat. Aber ich war nur an einer interessiert. Der Pinto war nirgendwo in Sicht, als ich die Straße verließ, aber das wollte natürlich nichts heißen.

Ich drückte auf einen schwarzen schmierigen Knopf unter einem noch schmierigeren rechteckigen Stück Karton, das den Namen trug, den ich suchte. Es war nicht der Name, mit dem der Bewohner des Hauses geboren worden war, und soweit ich wußte auch keiner, den er noch woanders benutzte. Bei jemandem, der so vorsichtig war wie er, ließ sich in Anbetracht des Rufes, in dem das Gebäude seit achtundvierzig Jahren stand, die Wahl dieses Domizils allerdings nicht anders als pervers bezeichnen. Aber mehr davon später.

Gerade war ich zu dem Schluß gelangt, daß die Klingel kaputt sei, als eine drahtige Gestalt, die ich gut kannte, auf dem Treppenabsatz hinter der verschlossenen Tür mit dem vergitterten Glaseinsatz erschien. Er erspähte mich und kam eilig die Treppe herab, ein freundliches Grinsen auf seinem Gesicht, das den Spezialisten für plastische Chirurgie, die so viele Stunden daran gearbeitet hatten, es wieder zusammenzuflicken, alle Ehre tat. Straff aufgerichtet war er über einen Meter achtzig groß, von athletischer Statur mit sandfarbenen Haaren und offen blickenden Augen, deren Farbe nur zu würdigen verstand, wer den Lake Superior je an einem klaren Tag gesehen hatte. Dazu besaß er ein Kinn von der Sorte, mit dem man ganz Hollywood in Ekstase versetzt: kantig, aber nicht zu kantig.

Er öffnete die Tür und streckte mir die linke Hand entgegen. An der rechten trug er einen weißen Baumwollhandschuh, um zu kaschieren, daß ihm ein paar Finger fehlten. Bewegen konnte er sie ohnehin nur mit Hilfe der anderen Hand.

»Hallo, alter Bulle.« Sein Griff zerquetschte niemals irgendwelche Knochen, wenn er es nicht wollte. Für mich hatte er denselben festen, sicheren Druck parat, der Freunden und seinem Tennisschläger vorbehalten war.

»Hallo, Zeitungsschnüffler.«

»Geschäft oder Vergnügen?«

»Beides, wenn du es schaffst, noch vor Sonnenaufgang zwei Whiskys einzuschenken.«

»Versuchen kann ich's ja mal.« Er drehte sich um, stieg immer zwei Stufen auf einmal nehmend wieder zum ersten Stock hinauf. Ich folgte gemächlicher Stufe um Stufe.

Barry Stackpole hatte fünf Jahre lang die Polizeiberichte für die *Detroit News* geliefert, bevor er ein Kolumnist geworden war, dessen Enthüllungen über organisierte Verbrechen auch überregionale Blätter zu interessieren begonnen hatten. So wie er sich bewegte, hätte niemand vermutet, daß das untere Drittel seines rechten Beins aus Fiberglas bestand oder daß die Gesichtsplastik, die an ihm vorgenommen worden war, eine Titanium-Platte verbarg – beides Erinnerungen an eine Sprengstoff-Überraschung, die ihm jemand kurz bevor er vor Gericht über illegale Machenschaften der Gewerkschaft in der Autoindustrie aussagen sollte, unter der Motorhaube seines Wagens versteckt hatte. Der Bombenleger hätte sich die Mühe sparen können. Nachdem Stackpole von seinen Verletzungen genesen war, verbrachte er wegen Nichtachtung des Gerichts und Zeugnisverweigerung drei Monate hinter Gittern. Seine Quellen gab er nicht preis.

Auf der Straße hieß es, seine Ohren seien pro Stück fünfundzwanzig Riesen wert, zahlbar an denjenigen, der sie beibringe. Aber das stimmte nicht. Wäre es die Wahrheit gewesen, hätte ihm längst ein Schicksal wie Francis Kramer geblüht.

Wahr oder nicht wahr, jedenfalls lebte er so, als glaube er den Gerüchten. Es gab drei Leute in der Stadt, die gegebenenfalls seinen Aufenthaltsort kannten, inklusive ihn selbst. Blieben noch seine Mutter und ich, und es gab Zeiten, wo ich nicht sicher war, ob er ihr traute. Mir? Meine Existenz ist ebenso wie die seine davon abhängig, wie nahe ich dem Verhungern kommen kann, bevor ich den Mund aufmache.

Er hatte eine Flasche, einen Koffer und eine Reiseschreibmaschine in seiner Zwei-Zimmer-Wohnung, mehr nicht. Alles andere gehörte zur möblierten Einrichtung. Die Schreibmaschine konnte benutzt werden, ohne sie aus ihrem Kasten zu nehmen, deshalb stand sie nur mit hochgeklapptem Deckel auf dem Schreibtisch. Der Koffer lag geöffnet auf dem Bett. Er enthielt all seine Sachen mit Ausnahme des Polohemdes und der Baumwollhose, die er auf dem Leibe trug. In der Flasche befand sich gerade noch genug für zwei Portionen. Anderthalb Minuten nachdem wir eingetreten waren, traf das allerdings nicht mehr zu. Sein ganzes Leben verbrachte Stackpole mit einem Fuß im Startloch. Der Unterschied war nur, daß er schon über alle Berge sein mußte, bevor der Schuß zum Starten fiel.

»Was für eine windige Geschichte soll ich denn diesmal für dich in die Presse lancieren?« Er reichte mir eins der beiden Wassergläser, die er halb mit McMaster's, seiner Lieblingssorte, gefüllt hatte, und nötigte mich auf meinen üblichen Platz auf seiner Bettkante, während er sich in dem Stuhl vor der Schreibmaschine niederließ und den rechten Knöchel auf das linke Knie legte. Über dem Strumpfrand war bräunliches Fiberglas zu sehen. Er rutschte unbehaglich hin und her, griff dann in seine rechte Hosentasche und zog eine neun Millimeter Luger heraus, ohne die ich ihn seit dem Tag, als wir uns während eines Tieffliegerangriffs in einem Dreckloch südlich von Phnom Penh begegnet waren, noch nie gesehen hatte. Damals war er Kriegsberichterstatter und ich einfacher Soldat gewesen. Die Waffe landete mit einem Plumps auf den Papieren auf dem Schreibtisch. »Kalter Stahl«, sagte er, sein Glas hebend.

»Heißes Blei.« Wir tranken. Es war ein Ritual, das wir immer einhielten, wenn wir uns trafen. »Kalter Stahl, heißes Blei«, hatte ich ihm als Titel für das Buch vorgeschlagen, in dem er damals, als wir bis zum Hals in Yak-Urin und Motoröl gesteckt hatten, seine Erlebnisse in Vietnam und Kambodscha zu Papier bringen wollte. Das Buch hatte er nie vollendet, aber der Titel gab einen fabelhaften Trinkspruch ab.

»Diesmal gar keine«, antwortete ich, mein Glas auf dem Knie balancierend, während ich die Zigarette ansteckte, die ich in Alderdyces Gegenwart ungeraucht gelassen hatte. Stackpole bot ich keine an. Er war Nichtraucher. Manchmal glaube ich der einzige zu sein, der Tennessee davor bewahrt, Pleite zu machen. »Ich möchte dich bloß bitten, ein bißchen für mich im Archiv zu graben.« Ich reichte ihm Marla Bernstein davor und danach.

Er widmete der Betrachtung beider Fotos die gleich Aufmerksamkeit. Nicht einmal seine Wimpern zuckten, als er die aktuellere Aufnahme besah. Manchmal war er mir unerklärlich. Er reichte mir die Bilder zurück.

»Behalt sie ruhig«, sagte ich abwehrend. »Ich kann nachher in der Redaktion vorbeikommen und sie abholen.«

»Ich brauche sie nicht.«

Ich hatte sein fotografisches Gedächtnis vergessen. Also steckte ich meine beiden Bildchen wieder ein und gab ihm eine Kurzfassung dessen, was ich bereits wußte.

»Bernstein«, wiederholte er, und der Computer in seinem Kopf klickte. »Ben Morningstars Pflegetochter.«

Zum Teufel mit seinem enzyklopädischen Wissen über die Unterwelt. Laut sagte ich: »Daß du die Geschichte nicht etwa an die Wände irgendwelcher Herren-Toiletten kritzeln sollst, brauche ich dir ja wohl nicht extra zu sagen. Wenn herauskäme, daß ich diese Aufnahmen ausgerechnet einem Reporter gezeigt habe, würde ein gewisser ehemaliger Hockey-Spieler meinen Kopf als Puck benützen.«

Stackpoles Gesicht zeigte ein Lächeln. Nicht das offene Grinsen, mit dem er mich begrüßt hatte. »Merle Donophan. Ich hatte schon gehört, daß er wieder unter Vertrag steht. Was willst du? Die übliche Geschichte einer Festnahme?«

»Falls es eine gibt. Es sollte nicht allzu schwierig sein, das festzustellen, schließlich befinden wir uns nicht in einem Wahljahr. Razzien in Bordellen werden gewöhnlich nur durchgeführt, wenn der Bürgermeister auf Stimmenfang aus ist. Du mußt wahrscheinlich tiefer bohren. Prostituierte annoncieren recht gern. Wer will mit mir das Zimmer teilen? Akt-Modell sucht Beschäftigung. Reisebegleiterin hat noch

Termine frei. Du kennst die Verschen. Überprüfe seit Jahresanfang alles, was dir in Frage zu kommen scheint. Falls du auf etwas stößt, hinterlasse Nachricht bei meinem Auftragsdienst. Die geben mir dann Bescheid.«

»Viel darfst du sowieso nicht erwarten. Die *News* ist so seriös, daß die Herausgeber mit zwischen den Beinen verknoteten Nachthemden schlafen. Die Anzeigenabteilung nimmt nicht einmal Inserate von Kinos, die Sexfilme spielen, entgegen.«

»Diese Call-Girls inserieren gewöhnlich unter ›Vermischtes‹. Falls du irgendwelche Sauf-Kumpane unter deinen Kollegen von der *Free Press* hast, kannst du sie vielleicht auch anspitzen. Für einen halben Tag Arbeit gibt es einen ganzen Hunderter. Mein Klient wird trotzdem nicht verhungern.« Ich zückte meine Brieftasche und entnahm ihr einen der beiden Scheine, die ich von Paul Cooke bekommen hatte.

»Steck ihn wieder ein. Ich bin kein Lakai.« Er leerte sein Glas mit einem Ruck. Ich bewundere immer Leute, die das können.

»Seit wann denn das? Ich habe bei dir noch nie erlebt, daß du es ablehnst, ein paar schnelle Dollar nebenbei zu machen.«

»Jetzt hast du es. Vergangene Woche haben sie mich aus New York angerufen und mir eine feste Sendezeit bei *Today* angeboten, wo ich dasselbe bringen soll, was ich hier bringe, und zwar für zwölfmal soviel, wie mir diese geizigen Hunde hier dafür bezahlen, daß ich sechs Tage in der Woche hinter meine Schreibmaschine schwitze. Ich fliege noch heute abend ab, um mich mit dem Programmdirektor zu treffen.«

»Das beruhigt mich.«

»Warum?« Seine blauen Augen wurden kristallhart.

»Weil ich glaube, daß mir einer von Ben Morningstars Leuten hierher gefolgt ist.«

Ich spähte aus dem Fenster zu meiner Rechten, über dessen Sims hinweg ich von meinen Platz aus in der Morgendämmerung gerade noch das Dach eines gelben Wagens erkennen konnte, der auf der gegenüberliegenden Straßenseite parkte. Stackpole sprang mit einem Fluch auf und humpelte hinüber zum Fenster. Im allgemeinen lief er völlig normal. Nur wenn etwas geschah, das ihn an seinen Verlust erinnerte, begann er zu hinken.

Ich leerte mein Glas Schluck für Schluck, so bedächtig wie ich die Treppenstufen nahm. »Es tut mir leid, Barry. Ich dachte, ich hätte ihn auf der Trumbull abgeschüttelt. Aber jedenfalls ist er nicht hinter dir her. Ich bezweifle, ob er überhaupt eine Ahnung hat, wen ich hier besucht habe.«

»Na ja, es spielt ja auch tatsächlich keine Rolle mehr.« Er kehrte zum Schreibtisch zurück, ohne dem Fenster seinen Rücken zuzudrehen. Ob er die Geschichte mit dem Preis auf seinen Kopf nun glaubte oder nicht, die Möglichkeit, daß es jemand anders tat, reichte aus, um ihn die meiste Zeit wie Bill Hickok reagieren zu lassen. »Vom Büro aus fahre ich direkt zum Flugplatz. Hierher komme ich nicht mehr zurück. Das heißt, falls mich das Herumstöbern in der Vergangenheit deiner Freundin nicht meine Maschine verpassen läßt.«

»Machst du es trotzdem?«

»Meine Kolumne ist bereits bis nächsten Dienstag fertig. Wenn du nicht vorbeigekommen wärst, hätte ich sowieso bloß herumgetrödelt.«

Ich bot ihm noch einmal die Hundert-Dollar-Note an. »Um die Burschen drüben bei der *Free Press* zu schmieren.«

»Behalte dein Geld«, wehrte er ab. »Ich habe mir sowieso schon überlegt, wie sich Freddie Sloane dort drüben noch vor meinem Weggang für einen Gefallen bei mir revanchieren kann.«

Ich steckte den Schein weg und erhob mich. »Dann stehe ich jetzt in deiner Schuld.«

»Sogar doppelt.« Er grinste. »Vergiß nicht die flotte Rothaarige, die ich dir vergangenen Sommer zugeschanzt habe.«

Wiley saß hinter dem Lenkrad des Pinto und hatte den Sportteil der *News* vom vergangenen Abend aufgeschlagen, als ich mich ihm vom Seiteneingang des Hauses her näherte.

»Die Wings haben ihren Sieg noch in den letzten zweieinhalb Minuten vergeben«, informierte ich ihn.

Er hatte mich aus den Augenwinkeln beobachtet und wandte sein Interesse jetzt den Comics zu. »Mein Sport ist Baseball.«

»Das habe ich schon gemerkt. Sie haben den ganzen Morgen mein Spielfeld gehütet. Warum?«

»Ich führe nur Anweisungen aus. Sie stehen ja auf mächtig gutem Fuß mit der Polizei. Ganz egal, wie spät es ist, Sie sind offenbar zu jeder Tages- oder Nachtzeit willkommen und werden gleich zweiundsiebzig Minuten lang freundlich unterhalten. Oder ist es etwas anders herum?«

»Sie haben bloß Benzin vergeudet. Ihr Boss ist nicht der einzige Klient, den ich je gehabt habe. Sein Name wurde mit keiner Silbe erwähnt.«

»Das hoffe ich in Ihrem Interesse. Wer wohnt in dieser Bruchbude?« Er neigte seinen Kopf mit dem gemäßigten Afro-Look in Richtung des Gebäudes, das ich gerade verlassen hatte.

»Was, wenn ich Ihnen sagen würde, ein Reporter, den ich kenne?«

Zum erstenmal sah er mir voll ins Gesicht. »Ich würde antworten, das wäre ein trauriger Tag für einen gewissen Schnüffler«, versetzte er nach kurzem Zögern.

»Wie ich schon sagte, arbeite ich nicht exklusiv. Es war vereinbart, daß Ihr Boss seinen Namen nicht in der Presse wiederfindet. So lange das nicht geschieht, besuche ich, wen ich will. Richten Sie das in Grosse Pointe aus.«

Ich beeilte mich loszufahren, um Wiley wegzulocken, bevor Barry das Haus verließ. An der West Forest hängte ich Wiley ab, auf der Woodward hatte er mich jedoch wieder eingeholt, und danach blieb er mir an der hinteren Stoßstange kleben. Er war wirklich gut. In einer Imbißstube genehmigte ich mir ein leichtes Frühstück, und pünktlich um acht stand ich schräg gegenüber von George Gibsons Wohnung geparkt, als Fraglicher steifbeinig aus der Haustür trat und mit Hilfe seiner Stöcke die Straße hinab bis zur nächsten Bushaltestelle humpelte. Er war ein knochiger, weißhaariger kleiner Kerl mit einem entschlossenen Gesicht, das ihn zehn Jahre älter, als er war, wirken ließ.

Ich legte die Morgenausgabe der *Free Press* beiseite, in der ich gelesen hatte (über Francis Kramer stand nichts drin, aber das hatte ich auch nicht erwartet, weil die Zeitung dafür schon zu früh in Druck gegangen war), und ordnete mich in den Verkehrsstrom ein, in dem ich unauffällig mitrollte, bis Gibson sein Ziel erreicht hatte. Dann blieb ich in zweiter Reihe geparkt neben einem Lieferwagen stehen und wartete, daß Gibsons Bus kommen würde. Er hatte nur eine Viertelstunde Verspätung, gerade genug Zeit für mich, meine Spiegel zu überprüfen und zu dem Schluß zu gelangen, daß Wiley seinen frustrierenden Job offenbar aufgegeben hatte. Was bedeutete, daß er meine Erklärung entweder geschluckt hatte oder zurückgefahren war, um das Mißtrauen des alten Mannes zu bestätigen.

Als der Bus mit Gibson abfuhr, überholte ich ihn und wartete bereits gegenüber vom Arbeitsamt, als Gibson ausstieg und hineinging, um seine Arbeitslosenunterstützung abzuholen. Meine Nikon lag mit dem Teleobjektiv neben mir auf dem Sitz. Auch beim Herauskommen blieb er eisern auf seine Stöcke gestützt, und selbst während einer kurzen Einkaufstour in der Stadt gab er nicht im geringsten zu der Vermutung Anlaß, daß er womöglich ohne Stützen auskommen könne. Als er kurz vor zehn in seine Wohnung zurückkehrte, fuhr ich weiter. Vielleicht war mein Zynismus in diesem Fall wirklich fehl angebracht. Vielleicht war Gibson ein anständiger Kerl, der einfach Pech gehabt hatte. Und vielleicht hatte der Bürgermeister bei der letzten Wahl republikanisch gewählt.

7

Mein Büro befindet sich im zweiten Stock eines der älteren Häuser in der Grand River Avenue, einen Pistolenschuß von der Woodward entfernt. Als ich sie zum letztenmal putzte, trug die Krisselglastür, die mich immer an das Fenster einer öffentlichen Bedürfnisanstalt erinnert, in geschmackvoll angeordneten, wenn auch bereits etwas abgeblätterten Lettern die Aufschrift A. WALKER – ERMITTLUNGEN. Der Mann, von dem ich die Praxis übernommen habe, nachdem er eine für mich bestimmte Kugel kassiert hatte, pflegte das Unternehmen APOLLO VERTRAULICHE ERMITTLUNGEN zu nennen, nach dem griechischen Gott, der Licht in das Dunkel brachte. Aber ich änderte das, weil ich die Nase voll hatte, Anrufe von Leuten entgegenzunehmen, die »Mr. Apollo« zu sprechen wünschten.

Es ist ein ganz angenehmes kleines Schlupfloch, das zwar nie einen Staubwedel gesehen hat oder einen Besen mit Borsten, die hart genug sind, auch in die Ecken zu kommen, ganz zu schweigen von Möbelpolitur, sonst aber so ziemlich über alles verfügt, was ein Privatdetektiv so braucht. Etwa einen Aktenschrank aus Metall, dessen schlimmste Dellen zur Wand gekehrt sind, ein Sofa ohne Lehne, um zwischendurch mal ein Nickerchen zu machen, und einen Schreibtisch mit einem unteren Fach, das hoch genug ist, einer aufrecht stehenden Flasche Hiram Walker's Platz zu bieten, damit man sich auch einmal einen hinter die Binde kippen kann. Ich muß zugeben, daß es eine ziemliche Kutscherei ist von meiner Behausung in der Nähe von Hamtramck bis zum Büro, aber der Verbrennungsmotor hat uns alle verdorben für die zweifelhaften Freuden einer City-Wohnlage.

Den Tag angefangen hatte ich mit Scotch, und ich trinke nie durcheinander, außerdem stand bereits die Sonne am Himmel und beobachtete mich. Es war also nicht die Flasche, die ich im Sinne hatte, als ich die Bürotür aufschloß und das Vorzimmer durchquerte.

Ich führte zwei Telefonate. Eins mit der Auskunft, das zweite mit der Nummer, die mir das ungeduldig klingende Fräulein vom Amt als Anschluß des Miriam H. Fordham Institute for Woman in Lansing genannt hatte. Esther Brock erwies sich als eine Dame mit dröhnender Stimme. Ihr besonderer Stolz schien zu sein, in direkter Linie von General Sir Isaac Brocks abzustammen, dem schlauen, alten, britischen Fuchs, der Detroit 1812 vom jenseitigen Flußufer aus unter Artilleriebeschuß genommen hatte und einen bunt zusammengewürfelten Haufen von Guerillas, britischen Soldaten und Indianern die Jefferson Avenue hinaufmarschieren ließ, um Detroit zur einzigen bedeutenden amerikanischen Stadt zu machen, die sich je der Besetzung durch eine feindliche Macht ausgeliefert hat. Miss Brocks überschüttete mich gleich in den ersten fünf Minuten damit, was gewisse Vermutungen zuläßt, wie geschwätzig sie werden kann, wenn sie richtig auftaut.

Allmählich bekam ich Grund unter den Füßen. Ja, Miss Bernstein hatte ihr zwei Wochen vor Beginn der Weihnachtsferien gesagt, sie würde die Schule verlassen, um zu heiraten. Nein, wer der Bräutigam sei, hatte sie nicht mitgeteilt. Ja, ihre Zimmergenossin war ganz sicher, daß es Miss Bernstein gewesen war, die sie später an diesem Nachmittag mit einem Mann in einen Wagen hatte einsteigen sehen. Nein, die betreffende junge Dame war nicht mehr Zögling im Fordham Institute. Sie hatte inzwischen geheiratet und lebte jetzt in Maine oder Maryland oder sonst einem Staat, der mit M anfing. Leider machten heutzutage ja so wenige junge Damen ihren Abschluß. Miss Bernstein hatte übrigens von vornherein die Hoffnung gehegt, die Schule verlassen zu können, um eine künstlerische Karriere zu machen. Ob Mr. Walker vielleicht eine Schwester oder Tochter im College-Alter besaß? Oh, das war bedauerlich. Ja, er würde als erster benachrichtigt, falls Miss Bernstein etwas von sich hören ließ. Auf Wiedersehen, Mr. Walker, und erinnern Sie sich an Fordham, wenn Sie heiraten und mit weiblichen Nachkommen gesegnet werden.

Ich roch förmlich den Duft von gestärkten weißen Handschuhen, als ich auflegte. Erst ein Blick auf meinen Wandkalender mit dem Bild eines hübschen, leichtbekleideteten Mädchens gab mir die Gewißheit, während dieses Telefongesprächs nicht fünfzig Jahre in die Vergangenheit zurückversetzt worden zu sein. Dann überantwortete ich die Post, die ich beim Hereinkommen aufgehoben hatte, dem Papierkorb und machte mich auf den Weg zur Erskine Street, wo sie die roten Laternen seit langem schon aus demselben Grund abgenommen haben, aus dem eine Kirche kein besonderes Kennzeichen braucht, um sich als Gotteshaus auszuweisen.

Story's After Midnight teilte sich mit einem halben Dutzend ähnlicher Etablissements einen verwitterten Häuserblock auf der Nordseite der Erskine, einer Straße, wo Geschäfte hinter Bretterzäunen und auf den Rücksitzen blitzend neuer Cadillacs und Lincolns abgewickelt wurden und wo sich in schwülen Augustnächten Polizisten nur zu zweit auf Streife wagten. Eine Straße, wo ein Stöhnen unkontrollierter Leidenschaft und ein erstickter Schrei aus dem grauen, stinkenden, schmalen Durchgang zwischen zwei Häusern eine schnelle Nummer für zehn Dollar oder eine Vergewaltigung bedeuten konnten. Mit ihren ausgeschlachteten, räderlosen Blechgehäusen, die einmal Autos gewesen waren, und dem vom Wind ziellos durch die Gegend getriebenen Unrat gehörte sie nicht zu den Straßen, die auf Werbeplakaten abgebildet wurden. Wenn ihr überhaupt je Beachtung geschenkt wurde, dann höchstens recht flüchtig in den Elf-Uhr-Nachrichten im Fernsehen. Kamera-Teams hatten schon Hunderte mit Gummiplanen bedeckter Leichen aufgenommen, die aus den engen Hauseingängen gekarrt worden waren, während im Vordergrund ernste, junge Reporter mit Mikrofonen, die frisch gefönten Haare vom Wind zerzaust, in gedämpftem Bariton Namen und Fakten heruntergerasselt hatten.

Es war eine Gegend, die eine sinnlose, chaotische Art von Gewalttätigkeit hervorbrachte. Aber in den richtigen Lokalen konnte man noch immer guten Jazz hören.

Um meinen Wagen durch die Fensterscheibe im Auge behalten zu können, parkte ich unmittelbar vor dem Laden neben einem mit einer hohen Schneehaube bedeckten Hydranten. Ich mußte mir meinen Weg durch eine Gruppe mißmutig dreinblickender schwarzer Jugendlicher in abgewetzten Steppjacken bahnen, die vor dem Eingang herumlungerten und eine zerdrückte Zigarette von Hand zu Hand wandern ließen. Meine Nervenenden kribbelten, als ich mich an den Burschen vorbeidrückte. Ich bin nicht voreingenommener als andere Leute, aber wenn diese Typen rudelweise auftreten, versetzt mich das immer in Alarmstimmung.

Es war einer jener Läden, wo man dem Mann am Tresen erst einmal fünfzig Cents in die Hand drücken muß, ehe er einen überhaupt reinläßt. In diesem Fall war es ein knochiger, junger Schwarzer, der auf einem Hocker hinter einer Auswahl von Latex-Brüsten und männlichen Plastik-Gliedern thronte. Er hatte einen Afro-Look, eine Brille mit Spiegelgläsern, die seine Augen verbarg, und jede Menge Einstiche auf seinem Handgelenk, das aus der Manschette hervorkam, als er mein Geld nahm.

»Kalt draußen«, bemerkte ich.

»So ist nun mal die Welt, Mann.«

Ein Philosoph. Sein Akzent war echtes Mississippi mit einem Stich Twelfth Street. Er ließ die beiden Fünfundzwanzig-Cent-Stücke in einer altmodischen Registrierkasse verschwinden, während ich mich ein bißchen umzusehen begann.

Es gab so ziemlich alles, wovon der gutgekleidete Perverse träumen mochte. Vor allem reichlich Lektüre – von beinahe Klassikern des Genres wie »Ein jeder Mann, der hat nun mal, 'nen Hang zum Küchenpersonal« und der »Geschichte der O« bis zu den modernen »Heißen Muschis« und »Anale Genüsse«, deren Titelblätter Angehörige beiderlei Geschlechts in provozierenden Posen zeigten, um Appetit zu wecken auf die hygienisch in Plastikfolie versiegelten Freuden, die den Betrachter zwischen den Buchdeckeln erwarteten. Gewiße Quietsch- und Grunzlaute, die von überall und nirgends herzukommen schienen, und ein Hinweiszeichen, das einem männlichen Geschlechtsteil nachempfunden war, deuteten darauf hin, daß in den hinteren Räumen auch noch eine Peep-Show »mit Ton« zum Preis von einem Dollar geboten wurde. In den üblichen Drehständern aus Metall steckten Grußkarten, die man seiner Großmutter nicht zu Weihnachten schickt. Ein paar Kästen enthielten Super-acht-Filme von fünfzehn Minuten Dauer mit Titeln wie »Eine Unterrichtsstunde bei Miss Dove« und »Blaskonzert im Heu«. In einer Glasvitrine in der Nähe des Eingangs lag eine faszinierende Sammlung von Apparaturen, unter denen sich auch eine befand, deren Beschilderung verhieß, mit ihrer Hilfe würde sich »der Umfang Ihres Organs in Minuten vergrößern«. Es war eine sinnreiche Konstruktion mit einer Glasröhre und einer Saugpumpe, die ideal zu sein schein, Golfbälle aus Schlammpfützen zu retten.

Der einzige andere Kunde in diesem Teil des Landes war ein untersetzter Schwarzer vom Typ des mittleren Angestellten mit einem braunen, über dem rundlichen Bauch zugeknöpften Kashmir-Mantel und graumelierten, bereits etwas schütteren Haaren. Sein einziges Interesse galt der Spezialecke für Schwule, wo die Titelfotos der einschlägigen Magazine genau betrachtet einen Schnellkurs für zwischenmännliche Beziehungen boten. Vermutlich ein Verkäufer, schätzte ich ihn ein, der seine Kaffeepause auf eine Weise verbrachte, von der seine Kollegen nichts ahnten.

Es war nicht die finstere Höhle, an die Bewohner von Villenvororten dachten, wenn sie Sonntag vormittags zusammentrafen, um sich gegen das Vordringen der Pornographie zur Wehr zu setzen. Glitzernde Neonröhren an der Decke tauchten die ausgestellten Waren in helles Licht, und der Fliesenboden glänzte unter einer frischen Wachsschicht. Auch die Schaufensterscheibe war makellos sauber. Nur das Sortiment unterschied sich von dem Angebot anderer Geschäfte.

Der schräge Vogel hinter der Theke teilte seine Aufmerksamkeit zwischen einem konvexen Spiegel zur Ladenüberwachung und einem Taschenbuch in seinen Händen. Als er es anhob, um eine Seite umzublättern, konnte ich den Titel erkennen. *Catch-22.* Das war für mich so überraschend, wie ein Schild »Vorübergehend geschlossen« an einer McDonalds-Filiale zu finden. Ich trat auf ihn zu.

»Lee Story?«

»Lee Q. Story.« Er blickte nicht hoch.

»Entschuldigung. Man hat mir gesagt, Sie betreiben auch Großhandel.«

Mein Gesicht spiegelte sich in seinen Brillengläsern. »Wer interessiert sich dafür?« Er knickte eine Ecke der Seite ein, die er gerade gelesen hatte, und legte das Buch weg.

»Andy Jackson.« Ich wedelte ihm mit einem abgegriffenen Zwanziger vor der Nase.

Ob sein Blick darauf reagierte oder nicht, vermochte ich nicht zu sagen. »Sind Sie ein Bulle oder so was ähnliches?«

Der Kunde, der sich in der Schwulen-Ecke delektierte, hörte ihn und drückte sich eilig an mir vorbei, um den Laden zu verlassen. Obwohl ihn sein wadenlanger Mantel behinderte, machte er mit seinen fetten Beinen weit ausholende Schritte.

»So was ähnliches.« Ich legte den Geldschein auf die Theke, zog meine Brieftasche hervor und ließ ihn meine Zulassung sehen. Nachdem ich ihm genügend Zeit gegeben hatte, sie zu betrachten, steckte ich sie wieder ein und deponierte das interessantere der beiden Fotos, die Morningstar mir gegeben hatte, auf dem Zwanziger.

»Ohne Ihre Brille können Sie es vielleicht besser erkennen«, meinte ich.

Er hatte weit auseinanderstehende Augen mit Pupillen, die nur langsam auf Licht reagierten. Nun ja, er war ein Fixer. Dem Foto schenkte er kaum Beachtung.

»Das kenne ich schon, Mann. Ist es das, worauf Sie aus sind?« Er langte nach dem Geldschein, aber ich hielt sein Handgelenk fest.

»Was ich will, ist der Name des Fotografen«, sagte ich.

»Ich habe schon jemand anders erklärt, daß ich den nicht weiß.« Das brachte ihn auf eine Idee. »Sagen Sie mal, arbeiten wir etwa für denselben Boss?«

»Nicht ausgeschlossen. Dann möchte ich eine Liste der Quellen, von denen Sie Ihre Fotos beziehen.«

»Ist das alles?« fragte er in ätzendem Ton. »Hören Sie mal, es gibt Leute, denen ich Rechenschaft ablegen muß. Lassen Sie meine Hand los.«

Ich hielt ihn weiter fest. »Wie lange kann es dauern, ein paar Namen zu notieren? Fünf Minuten? Das sind zweihundertvierzig Dollar die Stunde. Soviel zahlt Henry Ford jr. nicht. Auch Senatoren gaunern sich nicht soviel zusammen.« Er sah noch immer zweifelnd aus. »Die Leute, denen Sie Rechenschaft ablegen müssen, sind ihrerseits anderen Rechenschaft schuldig«, fügte ich hinzu. »Und denen werde ich eine Erklärung abgeben.«

Was immer damit gemeint sein mochte, es schien ihn zu überzeugen. Ich ließ ihn los, und er zog seine Hand zurück, ohne den Zwanziger genommen zu haben.

»Eine Sekunde.« Er schwang seinen Drehstuhl herum zu einem kleinen Schreibtisch, auf dem ein paar grobkörnige Fotos von der Art, wie ich ihm eins gezeigt hatte, lagen, nahm sich einen Kugelschreiber und begann die Rückseite eines großen Quittungsformulars zu bekritzeln. Dann riß er das Blatt vom Block, ließ den Stuhl wieder zurückschnellen und reichte es mir mit der Rechten, während er mit der Linken gleichzeitig nach dem Geldschein griff.

Auf dem Blatt standen dreizehn Namen, von denen ich ein paar kannte. Ich steckte es zusammen mit einer Packung Stabbatterien aus dem Ständer mit der Aufschrift »Für den Vibrator der jugendlichen Dame« ein, gab Story einen Dollar und verzichtete auf das Wechselgeld. Er ließ den Schein ohne Kommentar in der Registrierkasse verschwinden.

»Sonst noch was?« fragte ich.

»Irgendwann müssen Sie doch mal ein Bulle gewesen sein, Mann.« Er sah gereizt aus. »Sie sind verdammt hartnäckig.«

»MP«, versetzte ich. »Drei Jahre, nach Vietnam und Kambodscha.«

»Sie waren in Vietnam?«

»Sie auch?«

»Beinahe. Ich habe ein Jahr in Leavensworth gesessen, weil ich mir mit meinem Einberufungsbefehl einen Joint angesteckt habe.«

Ich tippte auf das Foto. »Auf diesem Bild kann man an der Tür einen Anschlag erkennen. Könnte eine Hausordnung sein oder eine Preisliste. Welche von Ihren Mädchen arbeitet in einem Hotel oder Motel?«

»Welche nicht? Wir sind hier nicht in Los Angeles.«

»Was ist mit dem Mädchen auf dem Foto? Ist sie Ihnen bekannt?«

»Mann, die sehen doch alle gleich aus, wenn sie keine Klamotten anhaben.«

»Geben Sie mir meinen Zwanziger zurück. Mit dummen Reden laß ich mich nicht abspeisen.«

Sein hageres Gesicht erstarrte zur Maske. »Verschwinden Sie hier. Aber ein bißchen plötzlich.«

Da ich mich nicht bewegte, griff er unter den Ladentisch und knallte einen zerschrammten Zweiundzwanziger mit einem Achtzehn-Zentimeter-Lauf auf die Platte. Ich entfernte mich.

Als ich hinaustrat, lümmelten die Jugendlichen noch immer vor der Tür herum. Ich versuchte, mich an ihnen vorbeizudrücken, doch sie blieben mir auf den Fersen. Auch als ich die Richtung änderte, folgten sie mir. Es waren vier. Einer, der offensichtlich den Ton angab, war ein großer, geschmeidiger Baseballspieler-Typ mit einem kleinen Kopf und ungepflegter Haarmähne auf einem langen, mageren Hals. Seine Handgelenke ragten mehrere Zentimeter aus den Ärmeln seiner Steppjacke hervor. In dem typischen Erskine-Street-Jargon sagte er etwas über meine Mutter und begann mich anzurempeln.

So fängt es immer an, mit einem Rempler. Die meisten von uns lernen das schon in der Grundschule. Als er mir mit seinen beiden großen Handflächen vor die Brust stieß, machte ich mir seine mangelnde Deckung zunutze und rammte ihm das Knie so heftig in den Unterleib, wie ich es riskieren konnte, ohne die Balance zu verlieren. Es genügte. Er stieß mir eine Wolke von abgestandenem Marihuana-Atem ins Gesicht und klappte vornüber.

Unter den anderen herrschte ein Augenblick schockierter Unentschlossenheit. Dann kam ein kleiner, untersetzter Schwarzer mit rundem Bauch – das genaue Gegenstück zu der Bohnenstange – mit ausgestreckten Armen auf mich zugestürmt, um mich in den Schwitzkasten zu nehmen, was seine Spezialität zu sein schien. Ich wich ihm aus und versetzte ihm einen Tritt in den wohlgepolsterten Hintern, so daß er mit seinem wolligen Schädel an der Hausecke landete. Die Schaufensterscheibe zitterte, hielt jedoch stand, während Fatty etwas ziellos mit weichen Knien den mit Unrat bedeckten Bürgersteig entlang taumelte.

Blieben noch zwei, denen ich nicht maßgenommen hatte, aber die mußten abwarten. Der Lange hatte sich wieder erholt und griff jetzt in die Jackentasche.

Die Klinge des Klappmessers schnellte wie die Zunge einer Schlange aus dem plastikverzierten Metallgriff und zuckte mit der Lässigkeit eines sechsten Fingers in seiner Hand auf und ab. Ein Grinsen breitete sich auf seinem Gesicht aus, während er meine Reaktion beobachtete. Dann stieß er zu.

Die Klinge rasierte etwas von dem Flor meines Mantels ab, als ich mich hart gegen die andere Seite des Hauseingangs warf. Ich hob das Bein, um ihn genau wie Fatty in den Hintern zu treten, doch er hatte damit gerechnet und wich mir aus. Deshalb streifte mein Fuß nur seine Gesäßtasche, mehr nicht. Er prallte mit einem dumpfen Knall gegen die Haustür.

Die Jahre, die zwischen mir und meinem letzten Boxtraining lagen, wurden zu einem gewissen Grad durch das milde Narkotikum in seinem Körper ausgeglichen, aber er war jung und mir an Reichweite überlegen. Es war also Zeit, die Spielerei aufzugeben. Als er sich von der Tür löste, umklammerte ich meinen Smith & Wesson und ließ meine Faust mit dem Knauf in seinem grinsenden Gesicht landen. Es gab ein hörbares Knirschen, er flog gegen die Tür zurück und sackte dann langsam in sich zusammen.

Meine Hand begann zu schmerzen, als ich den Revolver herumdrehte und mir auf Wyatt-Earp-Manier den Weg zwischen den drohend murmelnden drei anderen hindurch zu meinem Wagen bahnte. Als ich losfuhr, erhaschte ich einen Blick auf Lee Q. Story, der mich durch sein Schaufenster beobachtete. Seine Miene ließ mich an einen Box-Manager denken, der alles auf den falschen Mann gesetzt hat.

An der St. Antoine benutzte ich eine rote Ampel, um die Liste zu studieren, die mir Story gegeben hatte. Dann knüllte ich sie zusammen und warf sie zu Boden. Der Name, den ich wollte, war vermutlich sowieso der, den er nicht aufgeschrieben hatte. Ich mußte mich noch gedulden.

8

An diesem Tag traf ich auf sämtliche roten Ampeln, aber das machte nichts, weil ich ohnehin nicht wußte, wo ich hinfahren sollte und deshalb auch keine Eile hatte. Am nächsten Stop nahm ich die Batterien aus der Packung, die ich bei Story gekauft hatte, und wechselte sie gegen die alten in dem bleistiftähnlichen Ruf-Apparat aus, den ich an meiner inneren Brusttasche festgeklemmt trage. Es war ein Kampf. Die Knöchel meiner rechten Hand waren aufgeplatzt und bluteten, und die Finger begannen steif zu werden. Kaum hatte ich das Ding wieder zusammengeschraubt, als es zu piepen anfing.

Ich erwischte einen frisch reparierten öffentlichen Fernsprecher, noch bevor ihn der nächste Vandale wieder außer Betrieb gesetzt hatte, und bekam von meinem Auftragsdienst eine Standpauke, weil ich mich auf das Rufzeichen nicht schon eine halbe Stunde früher gemeldet hatte, Barry Stackpoles Durchwahlnummer bei den *News*.

Er hob schon beim ersten Läuten ab. »Wir haben Glück, alter Junge«, sagte er. »Donnerstag, den fünfundzwanzigsten Januar, ein paar Tage nachdem die Republikaner Detroit für ihren kommenden Parteitag ausgesucht hatten, ließ die Stadtverwaltung von der Polizei das Nuttenviertel durchkämmen. Wir hatten einen Fotografen dabei. Wenn das nicht dein gesuchtes Mädchen ist, das hinter einer anderen steht, die gerade auf der John R in einen Polizeiwagen bugsiert wird, zerreiße ich meinen Presseausweis.«

Ich stieß die Luft aus. »Das nenne ich schnelles Abrutschen für jemand, der noch im Dezember der Augapfel seines Pflegevaters war.«

»Nicht umsonst spricht man von ›auf die schiefe Bahn kommen‹. Aber das ist noch nicht alles. An dem Tag war nicht viel los, und die *Free Press* hat über dieselbe Razzia berichtet, wenn auch ohne Fotos. Dafür hat sie aber die Namen der Mädchen veröffentlicht. Wie klingt dir ›Martha Burns‹?«

»Genau wie sich eine Achtzehnjährige nennen könnte, die Marla Bernstein heißt, wenn sie inkognito bleiben will, ohne ihre Identität aufzugeben. Weißt du sonst noch was?«

Für alle Fälle gab er mir auch die Namen der anderen durch, und ich schrieb sie mir in mein Notizbuch. »Danke, Barry. Wie gedenkt dein Blatt übrigens den Mordfall Kramer zu behandeln?«

»Mordfall Kramer sagt mir überhaupt nichts.«

»Vielleicht hat die Polizei den Namen noch nicht preisgegeben. Sie haben ihn heute früh auf dem Parkplatz des City Airport im Kofferraum eines Wagens entdeckt. Er hatte ein Loch von der Größe des Windsor-Tunnels im Kopf.«

»Eben habe ich mit dem Chefredakteur gesprochen. Er sagte, regional gäbe es nichts Besonderes zu berichten, deshalb seien für Seite eins nur überregionale und internationale Meldungen vorgesehen.«

Ich brauchte ein paar Sekunden, um das zu verdauen. Dann sagte ich: »Bleib am Ball, Junge«, und hängte schnell ein, bevor er irgendwelche Fragen stellen konnte. Aber als ich aus der Telefonzelle trat, um dem Burschen Platz zu machen, der schon darauf wartete, den Apparat zu demolieren, gingen mir selbst ein paar Fragen durch den Kopf.

Die Adresse in der John R, die Stackpole mir genannt hatte – einer Straße, die mit einem zusätzlichen Williams nach dem ersten Bürgermeister der Stadt benannt ist, der sonst nichts Erwähnenswertes hinterlassen hat –, gehörte zu einem der großen, adrett aussehenden Klinkerbauten mit eingezäuntem Garten. Trotz der Schneedecke war zu erkennen, wie gepflegt alles war. Ein massiger Schwarzer in einer dicken Jacke mit pelzgefütterter Kapuze war damit beschäftigt, den Hauptweg vom Schnee freizuschaufeln, als ich durch das Gartentor trat. Bei meinem Anblick hielt er inne, um sich zu seiner vollen Größe aufzurichten, die ich zuvor unterschätzt hatte. Falls er kleiner war als ein Meter achtzig, mußte ich geschrumpft sein.

Zum alten Eisen gehörte er noch nicht, aber seine besten Tage mochte er seit vierzig Jahren hinter sich haben. Seine Haut hatte das Alter grau gebleicht, und wo sie nicht aus Narben bestand, war sie so zerknittert wie ein gebrauchtes, glanzlos gewordenes Stück Aluminiumfolie. Was er vermutlich eine Nase nannte, war so oft korrigiert und gerichtet worden, daß nur noch ein Hubbel in seinem Gesicht übriggeblieben war. Seine Schultern waren breit und ausladend, dafür hatte er so gut wie keine Taille.

»Suchen Sie etwas Bestimmtes, Mister?« Niemand hatte ihn je in den Kehlkopf geboxt. Seine Stimme war laut, jedoch eher mißtrauisch als ärgerlich.

»Falls Sie hier angestellt sind, ja.« Die Art, wie er seine Kapuze zurückstreifte und mir ein Blumenkohlohr entgegenreckte, verriet mir, daß er nicht gehört hatte. Normale Lautstärke war für ihn nicht ausreichend. Jetzt begriff ich, warum er selbst so brüllte. Ich wiederholte meinen Satz noch einmal mit erhobener Stimme. Soweit ihm das möglich war, kniff er die Augen zusammen.

»Sind Sie von der Polizei?«

Ich schüttelte den Kopf. »Ein ganz normaler Besucher.«

»Zu dieser Tageszeit empfängt Miss Beryl keine Kunden.«

»Ich bin aus anderen Gründen hier.«

Er wies mit dem behandschuhten Daumen über die Schulter. »Dann gehen Sie mal rein. Ich schippe hier nur Schnee und wimmele Polizisten ab.« Wie um seinen Worten Nachdruck zu verleihen, nahm er seine Tätigkeit wieder auf, wobei er jeweils zwanzig Kilo auf die Schaufel nahm. Ich wich ihm aus und stapfte den ansteigenden Weg hinauf.

Auf mein Läuten wurde die Tür von einem rehäugigen Dienstmädchen geöffnet. Zum drittenmal an diesem Tag zückte ich meine Zulassung und verlangte nach der Dame des Hauses. Unbeeindruckt klappte mir das Mädchen die Tür vor der Nase zu. Als ich gerade noch einmal läuten wollte, ging die Tür wieder auf, und ich wurde eingelassen. Ich übergab dem Mädchen meinen Hut und Mantel, und sie verschwand. Falls sie der Sprache mächtig war, hatte ich davon nichts gemerkt.

In einem bürgerlichen kleinen Salon oder Aufenthaltsraum oder wie immer die Architekten und Hausmakler das Wohnzimmer in dieser Saison zu benennen pflegen, komplett mit einem Stutzflügel in der Ecke und ledergebundenen Büchern in ungelesener Eleganz hinter Glas aufgereiht, blieb ich mir eine Weile selbst überlassen. Drei Rundbögen führten in angrenzende Räume, eine mit dickem Teppich belegte Treppe wand sich gleich neben dem Eingang in den ersten Stock hinauf. Im Kamin glühten bläulich künstliche Holzscheite. Ich erwartete jeden Augenblick, Perry Como mit dem Song »Home for the Holidays« auf den Lippen hereinspaziert zu sehen. So abwegig war diese Vorstellung gar nicht.

»Mr. Walker?«

Der beigefarbene Teppich unter meinen Füßen war so weich, daß ich die Hausherrin erst bemerkte, als hinter mir eine Stimme erklang.

Ich wandte mich um. Sie stand umrahmt von einem der Rundbögen, klein, ein wenig aufgeplustert und rosig, in ein flauschfarbiges rosa Kleid gezwängt, das ihren Körper wie die Pelle eines jener winzigen, teuren Würstchen umschloß, die in Kettenläden in Sechserpackungen angeboten werden. Ihr bläuliches Haar war sorgfältig toupiert und in weich wirkenden Wellen festgesprüht, die ein rundes, kleines rosa Gesicht mit einer kleinen Stupsnase umgaben. Die runden, kleinen, hellen Augen glitzerten aus ihren tief in rosa Fleisch eingebetteten Höhlen hervor wie in ein Zierkissen gestanzte Glasknöpfe. Ihr geschminkter Mund mit der Amorbogen-Oberlippe war zu einem Begrüßungs-Lächeln verzogen, als sie in Trippelschritten auf mich zukam, die aus den wenigen Metern zwischen uns eine wahre Reise machten.

Von nahe nahm ich einen Duft, oder besser den Hauch eines Duftes von teurem Parfüm wahr.

»Ich bin Beryl Garnet.« Eine fleischige, feuchte, kleine Hand schlüpfte in die meine, verblieb dort einen Augenblick und war dann wieder fort. »Wollen wir uns nicht setzen?«

Wir taten es. Beryl Garnet nahm auf der Kante eines Louis-XIV.-Sessels oder einem mit einer ähnlichen Nummer eine damenhafte Pose ein und faltete ihre kleinen Hände im Schoß, während ich in einem zu weich gepolsterten braunen Sofa versank. Als ich mein Gleichgewicht wieder gefunden hatte, stand das Dienstmädchen vor mir. Das Gelöbnis zu schweigen war gebrochen. Wollte der Herr vielleicht eine Tasse Kaffee? Ich musterte skeptisch die beiden weißen Tassen mit den Streublümchen, die auf dem silbernen Tablett in ihren Händen dampften, kam zu dem Schluß, ich würde den Henkel nicht fest genug zu packen kriegen, um keine Scherben zu machen, und lehnte dankend ab. Außerdem hätte es sowieso Tee sein müssen. Meine Gastgeberin machte eine flatternde Handbewegung, und das Mädchen entfernte sich.

»Darf ich rauchen?« Ich griff nicht gleich in meine Tasche. Zu oft schon war ich mit einer Winston in der einen und einem brennenden Streichholz in der anderen Hand von einem dicken, fetten Nein getroffen worden.

»Versuchen Sie doch eine von diesen.« Sie öffnete ein handgeschnitztes Holzkästchen auf dem Glastisch zwischen uns und hielt es mir entgegen. »Es sind türkische.«

Ich nahm eine von den ovalen Zigaretten, die säuberlich ausgerichtet darin lagen, und steckte sie an. Der Tabak war mit zerkleinerten Fasern vom fliegenden Teppich irgendeines Sultans angereichert worden. Als ich mich des abgebrannten Streichholzes entledigen wollte, war bereits ein Glasaschenbecher auf der Armlehne des Sofas zur Verfügung. Das Dienstmädchen schien per Fernsteuerung zu funktionieren.

Es sah aus, als würde ich die Unterhaltung eröffnen müssen. Ich machte gerade Anstalten dazu, als der Fußboden erbebte und eine dänische Dogge von der Größe einer Kuh durch den Rundbogen zu meiner Rechten hereingesprungen kam und mir ihre mächtigen Vorderpfoten mit der Zärtlichkeit eines Preßlufthammers auf die Schultern legte. Meine Zähne bohrten sich halb durch die Zigarette in meinem Mund. Durch den Rauch nahm ich einen mächtigen Schädel mir hornähnlichen Ohren wahr. Schwarzblaue Lefzen gaben elfenbeinfarbene Zähne frei. Mir schlug heißer, nach nicht mehr ganz frischem Fleisch riechender Atem ins Gesicht, während aus der breiten Brust des Tieres ein dumpfes Knurren wie von einem Dynamo erklang.

»Ulysses! Runter!«

Das Gewicht hob sich plötzlich von meinen Schultern, nur noch ein leichtes Druckgefühl blieb zurück, während das Blut wieder in die abgeklemmten Adern strömte. Das mächtige Tier drehte mir seinen kupierten Schwanz zu und ging mit gesenktem Kopf, ein Streicheln erwartend, zu seinem Frauchen hinüber. Diesmal setzte er die Pfoten vorsichtig wie ein Elefant, der erst den Untergrund testet, bevor er ihm sein Gewicht anvertraut.

»Du böser Hund«, sagte sie, doch es klang nicht ernst gemeint. Sie kraulte ihn hinter den Ohren. Er schloß die Augen und stieß einen langen, stöhnenden Seufzer aus wie ein altes Grammophon, das nicht genügend aufgezogen ist. So ein Riesenvieh war mir noch nie begegnet. Von der Schnauze bis zum Schwanz war er fast anderthalb Meter, wobei zwei Drittel davon der Brustkasten einnahm. Die Rippenbögen zogen sich in elegantem Schwung zu den straffen Flanken und den muskulösen Hinterkeulen, zwischen denen sich der Stummelschwanz im gleichen Rhythmus bewegte, mit dem Beryl Garnets knubbelige Finger die empfindlichen Stellen an seinem Kopf streichelten. Selbst wenn er sich nicht bewegte, schienen seine Muskeln unter dem anthrazitfarbenen, kurzhaarigen Fell in ungezähmter Kraft zu vibrieren.

»Sie dürfen sich von Uli nicht erschrecken lassen, Mr. Walker«, sagte sie, dem Hund in die nußbraunen Augen starrend, während sie ihm mit beiden Händen den Hals hinabfuhr. »Im Grunde ist er ganz sanft. Er würde niemals einem Lebewesen, das größer ist als ein Kaninchen, etwas zuleide tun. Nicht wahr, mein Braver?« Ulysses reckte sich vor, um ihr mit einer Zunge wie ein nasser Waschlappen das Ohr zu lecken.

»Gilt das auch für den Burschen draußen, der aussieht wie King-Kong und wie Willie Best redet?«

Es dauerte einen Augenblick, bis bei ihr der Groschen fiel. Dann gab sie ein klingendes Lachen von sich, das sich anhörte, als würde ein chinesisches Mobile in ihrer Kehle bewegt. »Sie meinen Felix. Ja, er ist harmlos. Wenn man seinen Worten glaubt, wäre er 1936 Weltmeister im Schwergewicht geworden, hätten sie ihn nicht gezwungen, bei seinem größten Kampf das Handtuch zu werfen. Falls das stimmt, dürfte es das einzige Mal gewesen sein, daß er für etwas bezahlt worden ist, was er sonst die ganze Zeit unabsichtlich gratis getan hat.«

Während sie sprach, kam ein schlankes farbiges Mädchen mit sehr kurz geschnittenem Haar die Treppe herabgeschlendert, entnahm dem Holzkästchen auf dem Tisch eine Zigarette und zog sich dann wieder in den ersten Stock zurück. Ich verfolgte sie ungeniert mit den Blicken. Alles andere wäre albern gewesen, da sie nichts anderes trug als Duschsandalen. Ihre Haut war tiefbraun mit einem bläulich-violetten Schimmer. Sie hatte konische Brüste, einen runden, festen Popo und Schamhaare, die sich unberührt von einem Rasiermesser üppig auf ihrem Venushügel kräuselten. Beim Gehen klatschten ihr die Sandalen gegen die Fußsohlen, sonst machte sie nicht das geringste Geräusch. Der Hund beobachtete sie mit gelangweilter Miene. Nackte Frauen waren nichts Neues für ihn.

Ich möchte nicht behaupten, ich wäre gleichgültig geblieben. Ich habe mit Frauen geschlafen, die sich nicht einmal vollständig angezogen mit soviel Grazie bewegt hätten. Aber Trinken ist das einzige Laster, dem ich auch schon vormittags fröne. Ich neigte mich vor, um den Rest meiner Zigarette auszudrücken, wobei ich inständig hoffte, daß meine Hand nicht so auffällig zitterte, wie es mir vorkam.

Beryl Garnet sah amüsiert aus. Sie kraulte noch immer Ulysses, der sich inzwischen neben ihrem Stuhl niedergelassen hatte und, wie mir schien, interessiert meine Kehle musterte.

»Lassen Sie sich von Iris nicht irritieren«, sagte sie lächelnd. »Sie ist neu. In dieser Phase sind sie wie Kinder, die immer wieder versuchen, Erwachsene zu schockieren. Nach meiner Erfahrung ist es am besten, einfach zu ignorieren, wenn sie etwas Ungehöriges tun. Dann wird es ihnen selbst peinlich, und sie hören auf damit.« Sie ließ ihre Hand zurück in ihren Schoß sinken. Die Dogge reckte in Erwartung von noch mehr Zuneigung den Riesenkopf. Als keine Reaktion kam, stand sie auf, streckte sich und trottete durch denselben Rundbogen, durch den sie gekommen war, wieder hinaus.

»Sie brennen darauf zu erfahren, wie eine nette, alte Dame wie ich dazu kommt, ein Bordell zu führen.« Sie begann mit fuchtelnden Bewegungen ihren rosa Rock von Hundehaaren zu befreien. »Wenn Sie in mein Alter kommen, werden Sie feststellen, daß man nicht alt und nett werden kann, ohne eine Menge vom Leben kennenzulernen, ob man das nun will oder nicht. Mein Mann war ein Zuhälter. In manchen Kreisen gilt das als Beleidigung, in unserem Haus war das nie der Fall. Das Geld, das er damit verdiente, ermöglichte uns ein sehr angenehmes Leben, und ich sah keine Veranlassung, es aufzugeben, nur weil er starb. In dieser Branche kann man sehr viel mehr abschöpfen als bei der Sozialversicherung. Und wenn ich ab und zu eine Nacht im Gefängnis verbringen muß, buche ich das unter Berufsrisiko ab. Genausogut kann ich aus dem Bett fallen und mir die Hüfte brechen. Nur ist ersteres weniger schmerzhaft und sehr viel einträglicher. Aber daß Sie sich das Geschwätz einer alten Frau anhören, hilft Ihnen nicht weiter, das Mädchen zu finden, nicht wahr?«

Ich hatte gerade in die Tasche greifen wollen, um die Fotos hervorzuholen, und hielt erstarrt in der Bewegung inne. »Wer hat geredet?«

Der Amorbogen zuckte allerliebst. Das war das Wort, allerliebst. »Sie selbst, Mr. Walker. Sie sagten meinem Dienstmädchen, daß Sie

Privatdetektiv sind. Herren, die diese Tätigkeit ausüben, sind uns hier nichts Neues. Im Durchschnitt tauchen zwei bis drei jährlich auf, von irgendwelchen Vätern oder Müttern, Onkeln oder Großeltern engagiert, die ihre liebe Susie seit dem Schulabschluß nicht mehr zu Gesicht bekommen haben. Gewöhnlich kommen sie allerdings während der Geschäftsstunden, damit die Fahrt nach hier, auch falls nichts herauskommt, wenigstens über Spesen abgerechnet werden kann. Manchmal kann ich Ihren Kollegen helfen, manchmal nicht. Wenn es nicht die Ausreißerinnen gäbe, müßte ich unter ›Hausgehilfin gesucht‹ in der Zeitung inserieren. Von irgendwelchen Arbeitsvermittlungen kann ich nicht viel erwarten.«

»Wie steht es bei ihr?« Ich gab ihr das Foto vom Schulabschluß. Sie griff nach einer goldgeränderten Lesebrille und betrachtete die Aufnahme wie einen etwas zweifelhaften Geldschein. Dann breitete sich ein Lächeln auf ihrem Gesicht aus. Diesmal ein echtes Lächeln, das eine Reihe perfekt modellierter und eingepaßter Perlenzähne sehen ließ.

»Das ist Martha.« Sie reichte mir das Foto zurück. »Ein hübsches Mädchen. Ich wußte, daß sie zu jemandem gehört.«

»Martha Burns?«

Sie nickte. »Sie haben gute Vorarbeit geleistet.«

»Das haben andere für mich erledigt. Ist Martha hier?«

»O nein. Schon seit Anfang Februar nicht mehr. Sie verließ uns zu Lichtmeß. Fragen Sie mich nicht, warum ich mich gerade daran erinnere.«

»Sagte sie, wo sie hinwollte?«

»Wieder Fehlanzeige. Mädchen in diesem Geschäft hinterlassen selten Nachsende-Adressen. Geschweige denn ihre richtigen Namen.«

»Erzählen Sie mir eine Geschichte.« Ich zückte meinen Notizblock und einen Bleistift.

Sie nahm ihre Brille ab und steckte sie weg. Der Ausdruck ihrer Augen hatte sich verändert. »Nein, fangen Sie an. Meine Mädchen nennen mich Tante Beryl, Mr. Walker, weil ich mich um sie kümmere. Ich will sie nicht in Unannehmlichkeiten bringen. Besonders nicht Martha. Erst muß ich wissen, warum Sie nach ihr auf der Suche sind.«

Ich deckte ihr meine Karten auf, ohne Namen und Orte zu nennen. Sie studierte mich dabei wie ein Revisor, der die Bücher prüft.

»Haben Sie schon einmal Betrügerei in Betracht gezogen, Mr. Walker?« fragte sie, nachdem ich geendet hatte. »Was meinen Sie, wie oft wir es hier mit irgendwelchen Schwindlern und Bauernfängern zu tun haben. Die meisten von ihnen sind nicht anders als Sie, höflich und jung und anscheinend voller Ehrlichkeit. Aber Sie haben etwas, was die meisten von ihnen nicht haben. Ich glaube, es sind ihre braunen Augen. Sie vermitteln mir den Eindruck, daß ich hinter Ihrer Stirn lesen kann. Nun ja, ich werde es also riskieren.«

Sie sprach, und ich schrieb.

9

»Sie erschien am achtundzwanzigsten Dezember auf meiner Türschwelle.«

Die alte Dame faltete ihre rosigen Hände und starrte mich, auf eine Frage wartend, aus ihren Brillenaugen an. Da ich jedoch schwieg, fuhr sie von sich aus fort. »Ich weiß, es war der achtundzwanzigste, weil das der einzige ruhige Tag ist, den wir während der Ferienzeit zwischen Weihnachten und Neujahr haben. Daß Weihnachten das Fest der Familie ist, mag ja ganz gut klingen, Mr. Walker, aber mehr auch nicht. Wenn dem so wäre, würde ich im Monat Dezember bei der Post aushelfen. Ich konnte sofort sehen, daß sie eine junge Dame war. Heutzutage scheint diese Bezeichnung unter Frauen fast eine Beleidigung zu sein, aber es gibt eine Kunst, so auszusehen, als gehöre man überall hin, wo man erscheint, ohne deshalb Teil der Szenerie zu werden. Martha hatte dieses gewisses Etwas. Sie hatte noch viel mehr, wenn ich davon auch nicht profitiert habe.«

»Da muß ich einhaken. Warum nicht?« Ich blickte von meinen Notizen hoch.

»Darauf komme ich noch. Sie befand sich in Begleitung eines jungen Mannes. Zumindest hielt ich ihn für jung. Es war sehr schwer zu beurteilen, weil er den Kragen hochgeschlagen und den Hut tief in die Augen gezogen hatte. Und es war dunkel, gegen drei Uhr früh.«

»Hut?«

»Grauer Filz mit einer breiten Krempe. Einen Fedora pflegten wir so eine Kopfbedeckung zu nennen. Nach Auskunft meines Mädchens trugen Sie selbst einen, als Sie hier ankamen.«

Allmählich bekam ich den Eindruck, ich würde splitternackt, nur mit diesem Hut auf dem Kopf, in der Stadt herumlaufen können, und außer dem Hut würde niemandem etwas auffallen.

»Schwarz? Weiß? Orientalisch? Aztekisch?«

»Er war schwarz. Gut gebaut, beinahe etwas zu kräftig. Wie ich schon sagte, schien er mir jung zu sein. Jedenfalls noch unter vierzig, was für mich fast ein jugendliches Alter ist. Ich erkannte ihn nicht. Seinem Aufzug nach zu urteilen, befürchtete er jedoch offenbar, von irgend jemand erkannt zu werden.« Sie kicherte mädchenhaft. Zu ihr paßte das. »Männer sind zu komische Geschöpfe. Natürlich merkte er gar nicht, daß er auf diese Weise die Aufmerksamkeit besonders auf sich zog. So ähnlich wie diese Filmstars, die auch dunkle Brillen tragen, wenn es bewölkt ist. Seine Gesichtszüge waren durchschnittlich. Ich bin zwar sicher, ich würde ihn bei einer Gegenüberstellung identifizieren können, ich wäre aber nicht in der Lage, ihn so zu beschreiben, daß Sie ihn erkennen könnten, wenn Sie ihm begegnen.«

»Was tat er?«

»Also, um es geradeaus zu sagen, er drückte mir ein Bündel Fünfzig-Dollar-Scheine in die Hand und erklärte, ich würde ab sofort einen zahlenden Gast haben. Er machte das natürlich ein bißchen taktvoller, aber darauf lief es hinaus. Auf alle Fälle hatte ich den Eindruck, daß mir keine Wahl blieb.«

»Haben Sie denn nicht das Sagen hier in Ihrem eigenen Haus?«

»Sind Sie Ihr eigener Herr?« Sie lächelte wieder. »Der springende Punkt ist, junger Mann, daß wir alle von irgend jemand Anweisungen entgegennehmen. In meinem Fall kann dieser Jemand ganz besonders unangenehm werden, wenn man zu viele Fragen stellt. Erkundigen Sie sich bei Felix. Entschuldigen Sie meine Direktheit, aber seine Nieren haben nicht mehr richtig funktioniert, seit er angefangen hat, sich zu laut darüber zu beklagen, daß er diesen Kampf, von dem ich Ihnen erzählt habe, verlieren mußte. Abgesehen davon hielt ich achthundert Dollar in bar in der Hand, was ein sehr überzeugendes Argument ist. Selbst wenn man weniger überzeugt gewesen wäre wie ich, daß sich diese Zahlung zweimal im Monat wiederholen würde, so lange der Herr beabsichtigte, die junge Dame unter meinem Dach zu beherbergen.«

Ich stieß einen unterdrückten Pfiff aus. Das schien mir angemessen zu sein. »Und wie benahm sie sich?«

»Schüchtern. Sie überließ alles Reden ihm. Sie nehmen wahrscheinlich an, sie war seine Gefangene. Das mag der Fall gewesen sein, aber wenn dem so war, ist es die merkwürdigste Beziehung zwischen einer Gefangenen und ihrem Bewacher gewesen, die ich mir vorstellen kann. Sie hing an seinem Arm, als könne nur er sie davor bewahren, vierzig Stockwerke tief in den Abgrund der Verdammnis zu stürzen, wie es der Ansager am Schluß jedes Kapitels während jener wunderbaren alten Hollywood-Serien auszudrücken pflegte. Aber das war natürlich vor Ihrer Zeit. Das Fernsehen ist nur ein jämmerlicher

Ersatz. Ich lehne es ebenso ab, wie ich keine Zeitungen lese. Aber ich schwatze schon wieder zuviel.« Sie zuckte ein bißchen geziert die Achseln. »Martha wirkte widerstrebend, mehr nicht.«

»Sie sollte keine Kunden empfangen?«

»O nein. Da war er sehr bestimmt. Ja geradezu brutal. Falls er Wind davon bekäme, daß sie etwas anderes sei als nur Gast in diesem Haus, erklärte er, täte ich gut daran, mir das Geld für plastische Chirurgie aufzusparen.« Sie gab einen kleinen Seufzer von sich. »Dabei war das eine Verschwendung. Es gibt Männer in meinem Kundenkreis, die für eine einzige Nacht mit einem Mädchen wie Martha ganze Vermögen gegeben hätten.«

»Sah sie so umwerfend aus?«

»Nicht nur das. Sie war hübsch, ja, aber in einem Haus wie dem unseren wäre etwas anderes gar nicht akzeptabel. Detroit ist nicht irgendein staubiges Kuhdorf aus der Pionierzeit, wo alles, was einen Rock anhatte, reizvoll genug war, um den hartverdienten Monatslohn eines Mannes wert zu sein. Es war alles an ihr – ihre Haltung, ihre Garderobe, die Art, wie sie sich anderen gegenüber benahm, distanziert, aber mit unverbildeter Natürlichkeit. Solche Frauen sind wandelnde Aphrodisiaka. Männer träumen davon, sie zu besitzen, wie der Kapitän eines Schleppdampfers davon träumt, einmal am Ruder der ›Queen Mary‹ zu stehen. Dieser Vergleich ist wohl etwas anachronistisch, aber ich denke, Sie verstehen, worauf ich hinaus will. Ich kann nur wiederholen, Martha war eine echte Dame. Davon gibt es heutzutage nicht mehr viele.«

»Wie klappte das Unternehmen?«

»Besser als gedacht. Eine Situation wie diese ist wie geschaffen dazu, unter den anderen Mädchen Eifersucht zu wecken. Aber trotz ihrer offenkundig guten Herkunft war Martha so ein anspruchsloses, liebenswertes Geschöpf, daß die anderen sie sofort mochten. Sie war eine talentierte Sängerin mit einer bemerkenswert guten Stimme und spielte auch nicht schlecht Klavier. An ruhigen Abenden hockten die Mädchen stundenlang um das Klavier geschart und hörten ihr zu. Hätte es irgendeinen Konflikt gegeben, wäre mir das bestimmt zu Ohren gekommen.«

Ich kritzelte ein paar bedeutungslose Kringel auf die Seite, um den Anschein zu erwecken, ich hielte diese Auskünfte festhaltenswert. »Was war mit der Razzia im vergangenen Januar?«

Eine Sekunde lang hörte sie auf, Tante Beryl zu sein, und ich sah mich einer Puff-Mutter gegenüber. Dann fand sie zu ihrer Liebenswürdigkeit zurück. »Das, Mr. Walker, war eine Hinterhältigkeit übelster Sorte. Ich zahle einigen Leuten in hohen Positionen gutes Geld, um zu verhindern, daß derartiges passiert. Ich bin nicht naiv. Ich weiß, was Politik ist, und sehe ein, daß von Zeit zu Zeit Festnahmen sein müssen, um gewisse Personen in ihren Ämtern zu halten. Ich habe niemals mehr erbeten als eine Vorwarnung, damit zum Beispiel Menschen wie Martha und meinem Dienstmädchen und meinen wichtigeren Kunden unnötige Unannehmlichkeiten erspart werden können. Vor zehn Monaten war diese Absprache auf einmal vergessen, und ich versichere Ihnen, daß es seither in der Stadtverwaltung ein paar sehr nervöse Leute gibt.«

»Ist sie deshalb weggegangen? Wegen der Razzia?«

»Ja. Es war eine blödsinnige Aktion. Sie hatten keine Beweise, und am nächsten Tag wurden alle wieder freigelassen, nachdem die Medien das Interesse verloren hatten. Die meisten Mädchen trugen es mit Fassung, aber nicht Martha. Sie schloß sich in ihrem Zimmer ein und ließ sich tagelang nicht sehen. Selbst die Mahlzeiten nahm sie oben ein. Als sie am Morgen des zweiten Februar auf mein Klopfen nicht antwortete, öffnete ich mit meinem Universal-Schlüssel und ging hinein. Sie war mit all ihrem Gepäck verschwunden. In aller Herrgottsfrühe, nachdem alle anderen endlich schliefen, hatte sie sich still und heimlich hinausgeschlichen.«

»Allein?«

Sie nickte. »Als ihr Freund zwei Abende später erschien, um sie zu besuchen, machte er uns die Hölle heiß, weil sie nicht mehr da war. Er stieß die wildesten Drohungen aus. Ich mußte Felix rufen, um ihn zum Gehen zu bewegen.«

»Haben Sie eine Ahnung, wo Martha eventuell hinwollte?«

Sie machte Anstalten den Kopf zu schütteln, hielt dann jedoch inne und rief das Dienstmädchen herbei. »Corinne, mein Kind, erinnerst du dich noch an diesen komischen Griechen, der am Neujahrsabend hier war? Er erzählte, daß er ein Studio für Schallplattenaufnahmen besäße. Hat er uns nicht seine Karte hiergelassen?«

Als Corinne verschwand, um die Karte zu holen, fuhr sie fort: »Sie verstehen wahrscheinlich, was ich mit ›komisch‹ meine, Mr. Walker. Jeder Mann, der in einem Haus wie diesem unter seinem richtigen Namen verkehrt und sogar noch seine Visitenkarte hinterläßt . . .« Corinne kam wieder herein und übergab ihr ein rechteckiges, kleines weißes Stück Karton mit einem Aufdruck. »Barney Zacharias. Das war sein Name. Er hörte Martha singen und spielen und meinte, aus ihr könne ein großer Plattenstar werden. Natürlich war das nur die Variation eines Themas, das so alt ist wie das griechische Theater, aber Martha schien nicht uninteressiert zu sein.«

Sie gab mir die Karte, auf der stand:

APHRODITE RECORDS
Inhaber Bernard Zacharias

Die Adresse war draußen in River Rouge. Ich steckte die Karte ein und reichte Beryl Garnet dann das andere Foto von Marla Bernstein. Sie nahm wieder ihre Augengläser zu Hilfe.

Ich hatte nicht erwartet, daß sie von der Aufnahme schockiert sein würde, deshalb war ich nicht enttäuscht. »Martha?« fragte sie gelassen und sah mich dabei über den Brillenrand an.

»Wenn Martha das Mädchen ist, nach dem ich suche. Wissen Sie vielleicht, wo diese Aufnahme gemacht ist?«

»Ich habe keine Ahnung.« Sie gab mir das Foto zurück. »Zu Ihrer Information, Mr. Walker, der Abnehmerkreis, der solche Bilder kauft, unterscheidet sich ganz entscheidend von meinen Kunden. Leute, die gucken wollen, sind nicht selbst aktiv und umgekehrt.«

Ich steckte meine Utensilien weg und stand auf. »Vielen Dank, Mrs. Garnet. Ich möchte nur noch fragen, ob ich mich, bevor ich aufbreche, mit ein paar Ihrer Mädchen unterhalten darf. Nur um sicherzugehen, daß ich nichts versäumt habe.«

»Das wird nicht nötig sein.« Sie erhob sich graziös, mit einem kleinen Hopser am Anfang, um ihre kleinen Füßchen in Kontakt mit dem Boden zu bringen. »Die Mädchen könnten Ihnen auch nicht mehr mitteilen, als ich es getan habe. Wie bereits gesagt, weiß ich über alles Bescheid, was hier vorgeht.«

»Nur um sicher zu sein.«

»Es tut mir leid, aber ich muß auf meiner Ablehnung bestehen. Ich will nicht, daß meine Mädchen vor den Geschäftsstunden mit Männern sprechen. Das macht sie unabhängig.« Ihre Augen waren jetzt in Fettwülste eingebettete kleine, harte Stahlkugeln. Ich betrachtete sie sekundenlang und nickte dann. Das Mädchen kam beladen mit meinem Mantel und Hut lautlos hereingeglitten, half mir in den einen und reichte mir den anderen. Beryl Garnet hatte wieder ihre liebenswürdige Miene aufgesetzt. »Auf Wiedersehen, Mr. Walker, denken Sie gelegentlich nach Sonnenuntergang an uns. Corinne, begleite ihn hinaus.«

»Nicht nötig. Schließlich bin ich Detektiv.«

Sie lachte, während ich zur Haustür strebte, und verschwand dann watschelnd durch den Rundbogen. Auch das Dienstmädchen hatte sich wieder entfernt. Ich wollte gerade nach dem Türknauf greifen, als jemand meinen Namen flüsterte. Ich drehte mich um, konnte aber niemand sehen und streckte deshalb erneut die Hand aus.

»Mr. Walker. Hier oben.«

Ich blickte hoch. Iris, die schwarze Lady Godiva ohne Pferd von vorhin, stand am Treppenabsatz über das Geländer gelehnt. Sie war in ein durchsichtiges lavendelblaues Etwas geschlüpft, das ihren dunklen Körper so wirkungsvoll verbarg wie Wermut eine Olive. Sie machte mir ein Zeichen heraufzukommen.

»Sie haben das Kostüm gewechselt«, bemerkte ich intelligent, als ich die oberste Stufe erreicht hatte. Iris macht »Pst!« und huschte mit der Aufforderung, ihr zu folgen, den teppichbelegten Flur entlang. Ich widerstand nicht. Der Blick hier oben war sehr viel besser.

Fast am Ende des Flurs führte sie mich in ein Schlafzimmer, auf dessen hochflorigen Teppich ein paar weibliche Utensilien herumlagen. Die Hauptattraktion war jedoch ein Wasserbett von einer Größe, daß es in gefrorenem Zustand als Eisbahn hätte dienen können. An der Zimmerdecke darüber war ein Spiegel befestigt. Ich fragte mich, ob Tante Beryl die Einrichtung von der Steuer absetzte. Auf ein Zeichen von Iris drückte ich die Tür hinter mir zu.

Wir standen uns zwei Schritte voneinander entfernt gegenüber und musterten uns schweigend. Schließlich riß ich meinen Blick wenigstens lange genug von der Silhouette unter ihrem Negligé los, um zu bemerken, daß der Stummel der türkischen Zigarette, die Iris sich unten gemopst hatte, ausgedrückt in einem Onyx-Aschenbecher auf dem Frisiertisch lag. Ich zog mein Päckchen aus der Tasche und bot Iris eine Winston an. Sie bediente sich nicht nur einfach, sondern grabschte so gierig danach, als sei sie selbst eine Überlebende der Titanic und die Zigarette ein vorbeischwimmendes Stück Treibholz. Ich nahm mir auch eine und gab Iris Feuer. Gleich mit dem ersten Zug inhalierte sie ein Viertel des Glimmstengels.

»Gott, tut das gut«, sagte sie. »Ich habe so lange dieses Kraut von Tante Beryl geraucht, daß ich gar nicht mehr wußte, wie eine richtige Zigarette schmeckt.«

Ich blieb stumm. Sie hatte einen westindischen Akzent, der zu ihrer exotischen Figur paßte. Ihre Beine waren lang und schlank, nicht solche Stöcke, wie sie in der Strumpfhosenwerbung gezeigt werden, und endeten in kleinen Füßen mit unlackierten Nägeln. Sie hatte ein herzförmiges Gesicht mit großen Augen und regelmäßigen Zügen. Der Rest wird als bekannt vorausgesetzt.

Sie verschlang die Zigarette, aber Nikotin war es nicht, wonach sie wirklich verlangte.

»Wie machst du es?« fragte ich. »Spritzt du es dir zwischen die

Zehen?«

Ihre Augen weiteten sich. »Wovon redest du überhaupt?« fragte sie etwas zu schnell zurück.

Ich griff nach ihrem Handgelenk und drehte es um. »Keine Einstichspuren. In die Kniekehlen spritzen sich auch sehr viele, aber deine Kniekehlen habe ich vorhin schon gesehen. Bleiben also nur die Stellen zwischen den Zehen, wo es zwar schmerzt, eine Spritze zu setzen, aber der Schönheit keinen Abbruch tut.«

Sie riß sich von mir los. Wo ich sie festgehalten hatte, zeigten sich auf ihrer Haut weiße Druckstellen. »Wie bist du darauf gekommen?«

»Es hätte ganz natürliche Nervosität sein können, aber schließlich bist du eine Prostituierte. Der Rest war Kombination.«

»Der große Detektiv!«

»Manchmal klappt es. Was hast du für mich?«

Sie begann professionell zu werden. Ihre Hand fuhr meinen Arm auf und ab. »Vielleicht wollte ich bloß mit dir allein sein.«

»Dienst ist Dienst und Schnaps ist Schnaps.« Ich stieß ihre Hand weg. »Nun raus damit.«

Innerlich war ich darauf vorbereitet, ihre Hand gleich in meinem Gesicht landen zu spüren. Nutten reagieren im allgemeinen sauer, wenn man einen Gratis-Liebesdienst ablehnt. In letzter Sekunde rammte sie sich jedoch den Zigarettenrest zwischen die Lippen und nahm einen letzten Zug bis hinunter zum Mundstück. Dann drückte sie den Stummel neben dem der türkischen in dem Aschenbecher aus.

»Also gut, wenn du zu stur bist. Tante Beryl hat nicht die Wahrheit gesagt, als sie behauptete, Martha habe keine Kunden empfangen.«

»Du warst damals schon hier? Ich denke, du bist neu.«

»Im ersten Jahr gelten hier alle als neu. Das ist gewissermaßen die Hausordnung.«

»Warum sollte Tante Beryl lügen?«

»Sie hat nicht gelogen. Sie wußte nicht Bescheid. Martha nahm ihre Männer erst nach den offiziellen Besuchszeiten mit hinauf, wenn die alte Dame schon schlief.«

»Und was war mit Felix?«

Sie lachte. »Was meinst du, wer ihr die Männer angeschleppt hat? Sie beteiligte ihn mit einem Drittel am Verdienst. Das war ein angenehmes Zubrot für ihn, nachdem er mich und ein paar andere schon so lange ich hier bin mit Stoff versorgt.«

»Woher warst du über Martha informiert?«

»Sie hatte das Zimmer neben mir. Es gibt hier jetzt doppelt soviel Räume als ursprünglich. Die später gezogenen Wände sind kaum besser als Pappkarton. Mich hatte sie auch mit einem Drittel beteiligt, damit ich den Mund halte.«

»Warum gab sie sich mit fremden Männern ab?«

»Warum wohl? Es ging ihr ums Geld. Sie erzählte mir, ihr Freund gäbe ihr keinen Pfennig, weil er Angst hätte, daß sie ihm dann weglaufen würde. Aus irgendeinem Grund versteckte er sie hier. Ich habe nie erfahren, warum, und sie hat nie darüber gesprochen. Aber von Anfang an hatte sie nur den einen Wunsch, so schnell wie möglich wieder wegzukommen. Abgesehen davon glaube ich, daß sie das brauchte. Von Männern gebumst zu werden, meine ich. Es gibt sehr viel weniger Frauen, die so veranlagt sind, als allgemein angenommen wird. Aber wenn eine nun mal von Natur aus so ist, läßt sie sich nur schwer zufriedenstellen.« Sie schüttelte lächelnd den Kopf. »Eines Nachts hatte sie gleichzeitig zwei Brüder mit oben. Jerry und Hubert Darling. Was sie miteinander getrieben haben, weiß ich nicht genau, aber es war interessant zuzuhören.«

»Und das ging die ganze Zeit, während sie hier war, so?«

»Mit Ausnahme der ersten paar Tage. Wahrscheinlich wollte sie sich gut benehmen, bis sie es ohne Kerl eben nicht mehr aushielt.«

»Was weißt du über ihren Freund?«

»Gar nichts. Ich habe ihn nie zu Gesicht gekriegt. Auch keine von den anderen Mädchen. Er kam Martha nur zwei oder dreimal besuchen, und immer erst sehr spät, wenn wir anderen schon schliefen. Auf Fragen nach ihm gab sie keine Antwort.«

»Und warum bist du so auskunftsfreudig?«

Sie senkte den Blick, sah mich dann jedoch wieder an. »Du suchst Martha doch, nicht wahr? Du brauchst mir darauf nicht zu antworten. Es war eine törichte Frage. Was verlangst du dafür als Honorar?«

»Jedenfalls mehr als du dir leisten kannst.«

»Darum geht es gar nicht. Ich habe bestimmte Gründe, warum ich mit dir sprechen wollte. Als Martha verschwand, hat sie etwas von mir mitgehen lassen. Und das will ich zurückhaben.«

»Bargeld?«

»Bargeld auch. Aber das kann ich mir an einem guten Abend schnell wieder verdienen. Ich rede von einem kleinen goldenen Herzen.«

Ich grinste. »Ein Prostituierte mit einem Herzen von Gold?«

»Du brauchst dich gar nicht lustig zu machen! Ein kleines goldenes Herz, etwa so groß . . .«, sie machte mit dem Zeigefinger einen Kreis etwa von der Größe eines Kragenknopfes, »mit einer Öse für eine Goldkette, aber ohne Kette daran. Das Herz und das Bargeld fehlten an dem Morgen, nachdem Martha sich verdrückt hatte, aus meiner Schmuckkassette. Es war ein Abschiedsgeschenk von meiner Mutter, als ich von zu Hause fortging. Ohne dieses Herz kann ich nicht zurückkommen.«

»Wann willst du denn zurück?«

»Irgendwann.«

»Mmmh.«

Die großen Augen weiteten sich. »Was soll das heißen?«

»Einfach nur mmmh. Warum bist du so sicher, daß Martha es genommen hat?«

»Sie war die einzige, die wußte, wo ich die Kassette versteckt hielt. Sie hatte mich einmal durch die Verbindungstür beobachtet, als ich sie wegpackte.«

»Warum besorgst du dir nicht ein anderes Herz? Die Dinger sind doch nicht gerade selten und können kaum mehr als fünfzehn oder zwanzig Dollar kosten.«

»Fünfundzwanzig. Es muß aber unbedingt dies Herz sein. Ich kann es nicht erklären, aber der bloße Gedanke, es nicht mehr zu haben ... ohne dieses Herz kann ich nicht zurückkehren. Es ist der einzige Gegenstand, den ich habe, der ...« Sie verstummte.

»Bist du deshalb vorhin heruntergekommen und hast dich produziert? Um meine Aufmerksamkeit zu erregen?«

Sie nickte.

»Ich werde tun, was ich kann.« Bevor sie mir an die Brust sinken konnte, hielt ich ihr das Schwarz-Weiß-Foto unter die Nase. Sie nahm es in die Hand, starrte blinzelnd darauf nieder, fuhr sich mit dem Unterarm über die Augen, zog die Nase hoch und starrte erneut.

»Ist das Martha?«

»Das wollte ich eigentlich von dir wissen.«

Sie zuckte die Achseln und gab mir das Bild zurück. »Wenn sie es ist, hat sie noch eine Menge zu lernen.«

»Erkennst du den Raum?«

Sie schüttelte den Kopf. Ich verabschiedete mich und verließ das Zimmer. Auf dem Treppenabsatz blieb ich kurz stehen und setzte meinen Weg dann bedeutend langsamer fort. Beryl Garnet erwartete mich am Ende der Stufen, in Begleitung von Felix und dem riesigen Köter Ulysses.

Neben seiner pummeligen Chefin sah der Schwarze ungeheuer wuchtig aus, mit Schultern fast so breit wie sie groß war und Pranken, die ihren toupierten Kopf mühelos wie einen Ball hätten packen können. Er hatte seinen Parka abgelegt, und die Mittagssonne, die durch die Ostfenster hereinfiel, spiegelte sich auf seinem glattrasierten Schädel, einer riesigen melonenförmigen Masse mit einem Netz dicker Adern, das sich über die Oberfläche spannte. Seine Augen, deren orientalischer Schnitt von den vielen Narben stammten, die seine Stirn verunzierten, glommen unheilverkündend, während er verfolgte, wie ich die Treppe herunterkam. Ihr Blick war genauso beunruhigend wie der Blick der großen Dogge, die auf der anderen Seite von Tante Beryl stand, und genauso intelligent.

Die Dame selbst beäugte mich ohne einen Rest von dem Wohlwollen, das sie zuvor gezeigt hatte. Je näher ich sie kennenlernte, desto weniger wirkte sie wie ein weiches Zierkissen.

Auf der vorletzten Stufe blieb ich stehen. Das ließ mich drei Zentimeter über Felix hinwegragen und gab mir, wenn ich reaktionsschnell war, eine halbe Sekunde, um an meine Smith zu gelangen, bevor er mich mit diesen trainierten Kotelettseiten erwischte, die er Fäuste nannte. Dreißig Jahre jünger als ein ehemaliger Preisboxer zu sein genügte nicht, selbst wenn er ein schlechter ehemaliger Preisboxer war. Ich fischte meine letzte Zigarette heraus und steckte sie, ohne sie anzuzünden, in den Mundwinkel, wobei ich seine linke Schulter nicht aus den Augen ließ. Wenn sie sich senkte, würde ich nach meiner Waffe greifen.

»Was haben Sie da oben gemacht?« verlangte die alte Dame zu wissen.

Es war nur schwer vorstellbar, eine Stimme wie diese mit dem Klang eines Glockenspiels lachen zu hören.

»Sie können einem Mann nicht zum Vorwurf machen, daß er wenigstens einen Versuch unternimmt«, antwortete ich. »Als Jüngling bin ich mal ganz gut gewesen, eine Gratis-Nummer abzustauben. Wahrscheinlich habe ich nicht mehr den richtigen Mumm dazu.«

»Und das soll ich Ihnen glauben?«

»Ich hatte die Hoffnung.«

»Felix.«

Genausogut hätte sie den Hund rufen können. Die Schulter des großen Mannes senkte sich ein paar Millimeter, ich riß die Waffe aus dem Halfter und pflanzte ihm die Mündung mit einem hohlen Klacken zwischen die Augen. Die Faust, die sich kaum gehoben hatte, erstarrte.

»Gehirnmasse läßt sich nicht vom Teppich entfernen«, sagte ich, ohne die Zigarette aus dem Mund zu nehmen.

Hätte Ulysses nicht geknurrt, wäre es totenstill gewesen.

»Ganz schön mutig, nicht wahr?« meinte Felix verächtlich. »Mit einer Kanone.«

»Besten Dank«, versetzte ich. »Das hatte dieser Szene noch gefehlt. Ein gutes Klischee.«

»Was haben Sie da oben gemacht?« wiederholte Tante Beryl. »Ich habe ein Recht, das zu wissen, Mr. Walker. Dies ist mein Haus.«

Ich bewegte weder meine Lippen noch den Revolverlauf.

»Ich habe bei der Polizei Freunde«, drohte sie. »Ich kann Ihre Berufslizenz einziehen lassen. Hausfriedensbruch ist strafbar.«

»Tun Sie das. Ich werde dem Untersuchungsausschuß erklären, daß ich versucht habe, aus einer Ihrer Huren hier Informationen herauszubekommen.«

»Sie haben Ihren Standpunkt klargemacht, Mr. Walker. Stecken Sie jetzt die Waffe weg.«

»Pfeifen Sie erst Ihre Haustiere zurück.«

Felix, der die Faust noch immer leicht erhoben hielt, gab ein kehliges Geräusch von sich, das den Hund übertönte. Ich spannte den Hahn des Revolvers, was ebenso wirkungsvoll wie unnötig war.

»Schaufel auch noch den Hinterausgang frei«, befahl seine Chefin. »Und nimm Ulysses mit.«

Der Boxer zögerte lange genug, um das Gesicht von einer halben Million Chinesen zu wahren. Dann ließ er die massive Linke sinken, pfiff dem Hund durch eine Zahnlücke und wuchtete sich hinaus. Ich steckte die Waffe weg und wollte gerade an Beryl Garnet vorbei, als sie mir eine Hand auf den Arm legte.

Ihre kleinen Äugelchen glitzerten mich an. »Dieses eine Mal lasse ich Ihnen durchgehen, Mr. Walker. In Zukunft werde ich nicht soviel Sportsgeist zeigen.«

Ich entfernte meinen Arm von ihrer Hand und überließ sie ihren Nutten und ihren Haustieren.

Meine gewohnte Lücke gegenüber von meinem Bürogebäude war von einem dunkelgrünen Mercury ohne jede Chromverzierung besetzt, einem dieser kleinen neuen Modelle, deshalb parkte ich um die Ecke. Als ich zum Hauseingang zurückging, registrierte ich, daß zwei Männer in dem Mercury saßen. Der hinter dem Lenkrad las Zeitung.

In diesem November schien es verblüffenderweise Mode zu werden, Automobile als besonders geeignet für Lektüre zu betrachten. Ich merkte mir sicherheitshalber die Zulassungsnummer.

Mein frugales Mittagessen nahm ich in Form eines schlichten Hamburgers am Schreibtisch ein und spülte mit einem Dosenbier nach. Dann wählte ich die Nummer des Polizeipräsidiums und bekam eine Dame in die Strippe, die mir erklärte, Lieutenant Alderdyce spräche gerade auf der anderen Leitung, ich solle mich ein wenig gedulden. Nach fünf Minuten, die mir wie eine Ewigkeit vorkamen, meldete sich John.

»Ich habe schon wieder eine Zulassungsnummer für dich«, sagte ich. »Vielleicht leide ich allmählich an Verfolgungswahn, aber ich glaube, mein Büro wird beobachtet.«

»Also dann schieß los.« Seine Stimme klang gestreßt.

Ich gab ihm die Nummer durch. Es raschelte Papier, was entweder bedeuten konnte, daß er mitschrieb oder daß er verschütteten Kaffee mit einem alten Polizeibericht vom Schreibtisch wischte. Das ist der Grund, warum ich Telefonen mißtraue.

»Sonst noch was?«

»Ja. Warum wird der Mordfall Kramer als Geheimsache behandelt?«

»Kein Thema.« Seine Antwort kam zu schnell.

»Nun hör mal, John. Ich habe doch wohl ein Recht darauf, etwas zu erfahren.«

»Die Sache ist kein Thema für mich, verdammt noch mal!« Er merkte selbst, daß er schrie, und dämpfte seinen Ton, um gereizt fortzufahren: »Walker, ich habe es satt bis oben hin, daß du deine Nase ständig in Polizeiangelegenheiten steckst. Ich warne dich, laß deine Finger von dem Fall Kramer, oder ich sorge dafür, daß dir deine Lizenz ein für allemal entzogen wird!« Er knallte den Hörer auf.

Ich hängte so behutsam ein, als handele es sich bei meinem Hörer um eine scharfe Bombe, machte ein frisches Päckchen Winston auf, lehnte mich zurück, rauchte und grübelte. Schließlich wählte ich nur so aus Neugier die Nummer von Aphrodite Records und erfuhr von einem automatischen Beantworter, daß Mr. Zacharias vorübergehend außer Haus sei. Ich solle bitte auf den Summton warten und dann meinen Namen und meine Telefonnummer auf das Band sprechen. Ich verzichtete darauf, auf den Summton zu warten, griff nach der Morgenausgabe der *Free Press* und versuchte, mich in den ersten Teil einer geschwätzigen Serie über das Leben des ermordeten Freeman Shanks zu vertiefen. Einen rührenden Bericht über seinen Kampf, eine von Diabetes überschattete Kindheit durchzustehen. Mich rührte er allerdings weniger. Ich war mit meiner Lektüre gerade bis zur Hälfte des zweiten Absatzes gediehen, als die Tür zu meinem Vorzimmer geöffnet und wieder geschlossen wurde. Erst als der Schatten meines Besuchers hinter der Krisselglasscheibe der Zwischentür erschien, ließ ich die Zugbrücke herunter.

Es war Rosecranz, der Hausmeister. Er war ein kleiner Mann mit einem ausgemergelten Gesicht und schütteren Haaren, die im Lauf des Jahres alle Farbe verloren hatten, und ging so gebeugt, als schleppe er die Schuld der Welt in der Brusttasche seiner Latzhose mit sich herum.

»Ich hoffe, ich störe Sie nicht bei der Arbeit, Mr. Walker«, krächzte er. Seine Stimmbänder schienen immer eine Portion Schmieröl brauchen zu können.

»Das dürfte so leicht keiner fertigbringen, Mr. Rosecranz.«

»Ich wollte Sie bloß an die Klausel in Ihrem Mietvertrag erinnern, die besagt, daß Sie an der Fensterdekoration nichts ändern dürfen.«

Ich wandte den Kopf, um das einzige quadratische Fenster hinter mir zu betrachten, das teilweise von einer staubigen, halb heruntergelassenen Jalousette verborgen war. Dann drehte ich mich wieder zurück, um Mr. Rosecranz mit dem gleichen verständnislosen Blick anzusehen.

»Dieser Mann, den ich vor einer Stunde reingelassen habe«, kam er mir zu Hilfe. »Der das Fenster wegen einer Gardine ausmessen wollte. Ihr Vertrag besagt, daß Sie diese Jalousette beibehalten müssen. Wie würde es denn von draußen wirken, wenn in jedem Büro etwas anderes an den Fenstern wäre?«

»Wie hat dieser Mann ausgesehen?«

Er runzelte die Stirn. »Nicht groß, nicht klein. Dunkle Haare, ziemlich durchschnittlich. Er sah aus, wie viele andere auch aussehen.«

»Das ist wahrscheinlich, was ihn zum Durchschnittstyp macht. Weiß oder schwarz?«

»Oh, er war ein Weißer. Sonst hätte ich das schon gesagt. Aber er trug einen blauen Anzug, was mir komisch vorkam.«

»Daß der Anzug blau war?«

»Daß er einen Anzug trug. Wo sollte er denn da seinen Zollstock unterbringen?«

Ich dankte Mr. Rosecranz und sagte ihm, er solle sich wegen der Jalousette keine Sorgen machen. Nachdem er gegangen war, lehnte ich mich wieder zurück, rauchte und drückte dann den Stummel in dem Glasaschenbecher auf meinem Schreibtisch aus. Ich schaute in sämtlichen Schubfächern und darunter nach, überprüfte den Aktenschrank, kroch auf allen vieren auf dem Fußboden herum und fuhr mit den Fingern über die Scheuerleisten. Auch auf den Schreibtisch stieg ich, um in die Glasverkleidung der Deckenbeleuchtung zu spähen. Aber ich fand nur das Einwickelpapier eines Kaugummis und sechs tote Fliegen. Schließlich setzte ich mich wieder, hob den Telefonhörer ab und schraubte die Sprechmuschel auseinander. Eine kleine Scheibe von der Größe eines Zehn-Cent-Stücks, aber doppelt so dick, war am Innenrand festgeklebt.

Ich berührte sie nicht, sondern schraubte das ganze Ding wieder zusammen, legte den Hörer auf die Gabel, steckte mir eine Zigarette an, lehnte mich zurück und rauchte und starrte an die Wand, vor deren Außenfront drei Stockwerke tiefer zwei Männer in einem dunkelgrünen Mercury auf die Haustür dieses Gebäudes starrten. Dann schnappte ich mir meinen Hut und Mantel und verließ das Büro.

Die Limousine folgte mir nicht sofort. Dafür waren die beiden zu gut. Sie tauchte erst in meinem Rückspiegel auf, als ich die Trumbull bereits zwei Querstraßen weit hinuntergefahren war, und behielt dann diese Distanz bei, bis ich auf den Michigan abbog, wo sie sich zurückfallen ließ. Das war es, worauf ich gewartet hatte.

Ich hatte noch Zeit totzuschlagen, bis Barney Zacharias vom Mittagessen zurückkam. Ohne den Winker zu betätigen scherte ich nach rechts aus, überquerte knapp vor einem Tanker mit effektvollen hydraulischen Bremsen und einer durchdringenden Hupe zwei Fahrspuren, bog in die Harrison ab und flüchtete mich in eine Privateinfahrt, wo ich stehenblieb, während ich der Dinge harrte, die da kommen mußten.

Mir blieb kaum Zeit, die Karte auseinanderzufalten, als begleitet von einem Hupkonzert Reifen quietschten und ein dunkelgrüner Blitz an der Einfahrt, wo ich geparkt stand, vorbeifegte. Das Hinterteil der Limousine schleuderte ein wenig auf der glatten Fahrbahnoberfläche. Ich legte den Rückwärtsgang ein, verließ mein Versteck und jubelte den Motor hoch, daß der Schneematsch beiseite spritzte, bevor die Reifenprofile griffen, und setzte mich hinter meine Verfolger.

Sie mußten mich in ihrem Rückspiegel erkannt haben, den ich saß ihnen fast auf der Stoßstange, als sie zu beschleunigen begannen. Es saß mehr Mumm unter der unscheinbaren Motorhaube, als die Ingenieure bei der Konstruktion des Modells im Sinn gehabt hatten. Selbst mit meinem hochfrisierten Caddy konnte ich mir nicht die Zeit nehmen, eine Zigarette anzustecken, ohne einen halben Häuserblock zurückzubleiben. Mit Mut oder Feigheit hatte das wenig zu tun. Es ist verwirrend, sich in dem Glauben zu wiegen, der Jäger zu sein und sich plötzlich in der Rolle des Gejagten zu befinden. Man braucht Zeit, um sich an die veränderte Situation zu gewöhnen. Und diese Zeit ließ ich ihnen nicht.

Bei einer Jagd liegen alle Vorteile bei dem Verfolger. War dem Fahrer des Mercury die Strecke bekannt, konnte ich daraus schließen, wo er hergekommen war. Und schaffte er mit achtzig Sachen eine Fünfundvierzig-Grad-Kurve zu nehmen ohne ins Schleudern zu geraten oder durch eine Schneewehe fahren ohne steckenzubleiben, konnte ich das gleiche Risiko eingehen. Bei zwei oder drei Gelegenheiten hätte ich mit ihm gleichziehen und ihn abdrängen können, ich widerstand der Versuchung jedoch. Solche Manöver mochten auf dem Bildschirm gelingen, außerhalb Hollywoods kann man jedoch höchstens damit rechnen, die Karambolage als Sieger zu beenden, wenn man einen Fernlaster oder einen Sherman-Panzer fährt. Ich mußte einfach abwarten, bis er seinen zweiten Fehler beging. Der erste war gewesen, mich überhaupt zu beschatten.

Wir überfuhren einige Stop-Schilder und spritzten etliche Fußgänger mit dreckiger Schneebrühe voll. Allmählich begann ich zu überlegen, ob der Rest Benzin, den ich noch im Tank hatte, ausreichen würde, als der Idiot vor mir unvermittelt auf die Bremse stieg. Ich befand mich zwei Wagenlängen hinter ihm, als ich reagierte. Ich trat das Bremspedal bis zum Boden durch, riß das Steuer nach links und überließ den Rest dem Schnee und Eis unter meinen Reifen.

Als Detroit nicht mehr um mich herum Karussell fuhr, stand ich mit einem Rad auf dem Bordstein in der Richtung, aus der ich gekommen war, während mein rechter hinterer Kotflügel eng an einem stabilen Ahornbaum klebte, der als Kübelpflanze den Bürgersteig zierte. Der Baum würde nie mehr ganz seine Urform zurückbekommen, ebensowenig wie meine Zahnbrücke.

Mein Rückspiegel war von einem heftigen Stoß, den ich ihm vermutlich mit meinem Kopf versetzt hatte, völlig schief. Im Seitenspiegel konnte ich das vertraute Heck einer dunkelgrünen Limousine erkennen und – auf mich zu eilend – den durchschnittlichsten Kerl, der mir je begegnet war. Er trug einen blauen Anzug unter einem schwarzen Mantel, hatte dunkle Haare und in der linken Hand eine funkelnde Automatic.

Mein Revolver lag eine ganze Armlänge von mir entfernt im Handschuhfach, wo ich ihn, wenn ich fuhr, immer aufbewahrte. Der Motor des Caddys lief noch. Ich trat auf das Gaspedal. Die Hinterräder winselten angestrengt, aber das war auch alles. Ich steckte in einem Schneehaufen fest. Mein Seitenspiegel war jetzt ganz von Mr. Durchschnitt ausgefüllt. Ich warf mich vor, um das Handschuhfach zu erreichen, doch bevor ich es geschafft hatte, explodierte auf meiner Schädeldecke ein heißes Licht, und plötzlich schien alles gar nicht mehr so wichtig zu sein. Nur noch mich auf dem Sitz auszustrecken war wichtig.

»Er liegt flach, General«, sagte eine Stimme, die aus einem orangeglühenden Alptraum stammte.

11

Literarische Phantasieprodukte sind etwas Feines. Wenn ein Autor seinem strahlenden Helden einen halben Wolkenkratzer auf den Kopf fallen läßt, sinkt der Glückliche für ein paar Minuten in erquickenden Schlaf, aus dem er höchstens mit einem Schädelbrummen aufwacht, das mit drei Fingerbreit Hiram Walker's zu kurieren ist. Er läßt sich auszählen und steht, ein bißchen zerrauft zwar, aber sauber, wieder auf, das Halstuch romantisch-verwegen verrutscht und in der Stirn eine Locke à la Clark Gable. Wir anderen gehen stöhnend zu Boden, ersticken fast an unserer eigenen Zunge, und wenn wir nach einer Ewigkeit wieder einigermaßen zu uns kommen, kauern wir in der Ecke eines rumpelnden Automobils in einer Lache unseres eigenen Erbrochenen. Unsere Taschen sind nach außen gestülpt, und das Futter unseres teuren Wintermantels schlabbert halb herausgetrennt herum.

Natürlich hatte ich nicht völlig das Bewußtsein verloren. Falls Sie im Lauf Ihrer täglichen Routine je von so etwas wie einem Pistolenknauf auf dem Hinterkopf getroffen worden sind, dürfte Ihnen bekannt sein, daß zuerst die Motorik aussetzt, weil das komplizierte Nervensystem, das die Impulse vom Gehirn an die einzelnen Muskeln weitergibt, nur noch ein einziges Knäuel gekochter Spaghettis ist und die Glieder zu Blei werden läßt. Dann versagen nacheinander bündelweise die kleinen grauen Zellen ihren Dienst, bis gerade noch genug übrig sind, um die Überlegung zu gestatten, was eigentlich dagegen gesprochen hätte, den ganzen Tag im Bett zu verbringen. Wäre der Schlag ein kleines bißchen schwächer gewesen, hätte mir zwar der Körper vom Kopf bis zu den Zehenspitzen gedröhnt, aber ich hätte es gerade noch geschafft, mich senkrecht zu halten. Wäre er dagegen noch ein wenig härter ausgefallen, hätten sie mich auf dem nächsten Supermarkt zu den anderen Kohlköpfen packen können.

Obwohl ich es genau spürte, war ich zu kraftlos, mich dagegen wehren zu können, als mich zwei Paar Hände von links und rechts des Wagens zupackend umdrehten, meine sämtlichen Taschen leerten und sich dann das Futter meines Mantels und meines Jacketts vornahmen. Auch als ich auf den Wagenboden gelegt und in eine Ecke unter dem Armaturenbrett geschoben wurde, um auf der Fahrerseite Platz zu machen, merkte ich das. Aber nur wegen des Wechsels der Szenerie, denn ich war noch immer so steif und apathisch wie eine Siegesfeier im Wahlquartier der Verlierer-Partei. Mein Kopf begann dumpf zu schmerzen, während der Cutlass, aus seinem Schneegefängnis befreit, über den unebenen Randstreifen holperte und ich hin und her geschaukelt wurde.

Eine Zeitlang döste ich benommen vor mich hin. Dann kam mir die Wirklichkeit mit ebensolcher Plötzlichkeit wieder zu Bewußtsein, weil sie mir abhanden gekommen war. Ich drehte den Kopf und würgte erneut, aber außer daß sich mein Magen zusammenkrampfte, geschah nichts mehr. Ich versuchte wenigstens, den sauren Speichel in meinem Mund auszuspucken, aber der widerliche Geschmack blieb. Dann sagte ich etwas, das in keiner Sprache verständlich war, und begann mich mühsam auf den Beifahrersitz hochzuziehen.

»Er kommt wieder zu sich, General.«

Die Stimme, die dem Fahrer gehörte, war dieselbe, die meinen Zustand vermeldet hatte, bevor bei mir das Licht ausgegangen war. Sie war durchschnittlich, wie der Rest von ihm, ohne irgendeinen regionalen Akzent und so charakteristisch wie eine Büroklammer. Ich warf ihm einen verstohlenen Blick zu, während ich meine Bemühungen fortsetzte. Er besaß ein gutes Profil mit einer geraden Nase, eine ausgeprägte Kinnlinie und dunkle wellige Haare, nicht kurz und nicht lang, so wie sie heutzutage sogar Politiker tragen. Sein Alter hätte genauso dreißig oder fünfundvierzig sein können.

Der Mann auf dem Rücksitz, den ich kurz musterte, während ich mich umdrehte, um mich wie von der Natur vorgesehen auf dem Sitz niederzulassen, war älter, so um die Fünfzig, mit drahtigem grauen Haar, streng geschnitten und ohne Koteletten. Sein Gesicht, von Natur aus schmal, zeigte zwar gewisse Spuren altersbedingter Erschlaffung, wirkte aber dennoch wie aus Granit gemeißelt. Er war barhäuptig und trug einen hellbraunen kurzen Mantel mit schwarzem Pelzkragen. Mir schenkte er nicht die geringste Beachtung, sondern hielt den Blick seiner kieselharten Augen aus dem Fenster auf die vorbeifliegenden Häuser gerichtet. Die Winkel seines breiten, schmallippigen

Mundes hatte er mit unerbittlichem Gesichtsausdruck herabgezogen.

Wir fuhren in gemäßigtem Tempo eine Straße entlang, die mir bekannt war, eine der besseren Wohngegenden am Fluß. Alle Häuser sahen gleich aus, und ihre verschneiten Vorgärten zogen sich im gleichen Winkel zum Bürgersteig hinab. Nur die Farben der Cordobas und Sevillas, die in den Einfahrten parkten, wechselten.

»Halten Sie hier«, sagte ich mit schleimbelegter Stimme.

»Wollen Sie irgendwohin?« Obwohl der Ton des Fahrers ganz beiläufig klang, war die Drohung unüberhörbar.

»Nicht, solange Sie meinen Wagen benutzen.«

»General?« Er warf einen Blick über seine Schulter zurück. Der General blieb stumm, mußte jedoch genickt haben, weil der Wagen zum Bordstein rollte und anhielt.

Ich stieg aus, atmete in der kalten, frischen Luft ein paarmal tief durch und bückte mich, um die Plastikmatte mit den Überresten meines frugalen Mittagsmahles zusammenzurollen. Dann ging ich ein paar Schritte zurück zu einer Mülltonne, die ein Anlieger zum Entleeren herausgestellt hatte, und stopfte die Rolle hinein.

Am Hinterkopf hatte ich ein Ei, das man einer ganzen Pfadfinder-Gruppe hätte servieren können. Nur wäre es vielleicht nicht gerade appetitanregend gewesen, denn es klebte von Blut. Als ich es berührte, durchschoß mich ein glühender Schmerz bis in die Fußspitzen. Das dumpfe Pochen, das blieb, war kaum auszuhalten. Als sich der Wagen wieder in Bewegung setzte, ließ ich mich tiefer in den Sitz rutschen, um mich besser anlehnen zu können.

»Zigarette?« Der Mann am Steuer stieß mich leicht mit dem Ellbogen an. Ich öffnete die Augen und starrte sekundenlang auf das Päckchen *Lucky-Strikes* unter meiner Nase. Dann tastete ich nach meiner Hemdtasche, stellte fest, daß meine Winston noch vorhanden waren, zog eine heraus und schüttelte den Kopf. Etwas klapperte darin. Er nahm das Päckchen zurück.

»Das Problem bei den Luckies ist, daß sie mich immer an den Krieg erinnern.« Ich konnte meine Streichhölzer nicht finden. Er steckte sich eine seiner Zigaretten an und warf mir dann sein Feuerzeug zu. Es war aus Silber mit Schweinsleder und hatte auf einer Seite die Initialen J. V. eingraviert. Ich benützte es und warf es zurück.

»Jim Vespers«, stellte er sich vor. »Colonel Vespers, falls wir ganz formell sein wollen. Der Herr hinter Ihnen ist General Spain.« Er holte etwas aus seiner Tasche und klappte es vor meinen Augen auf. Es war ein Ledermäppchen mit goldenen Ecken und etwas hinter einem Zelluloid-Fenster.

»Welches soll ich lesen?«

Er lachte, ein kurzes, ganz normales Lachen, und steckte das Mäppchen wieder ein. »Ich vergaß ganz. Im Augenblick sehen Sie wahrscheinlich noch doppelt. Der General und ich vertreten den Militärischen Abwehrdienst.«

»Das ist deprimierend.«

Er lachte wieder. Eine witzige Bemerkung machte ihm genausoviel Spaß wie jedem andern auch. Es sind ganz normale Sterbliche, diese stillen Männer mit Pistolen, die sich damit beschäftigen, die Telefone von Leuten anzuzapfen und Bürger zu beschatten. Er ertappte mich dabei, daß ich auf das Handschuhfach schielte.

»Ist es das, was Sie suchen?« Ohne den Blick von der Straße zu lösen, streckte er mir meinen Smith & Wesson samt Halfter entgegen. »Hier, nehmen Sie. Er ist nicht mehr geladen.«

Ich nahm die Waffe, vergewisserte mich, daß er die Wahrheit gesagt hatte, und knipste das Halfter wieder an meinem Gürtel fest.

»Sie haben hoffentlich die Erlaubnis, eine Waffe zu tragen«, sagte er.

»Das sollten Sie nun aber wissen. Sie haben doch meine Brieftasche gefilzt.«

Er ging nicht darauf ein. »Das war ein blöder Trick, den Sie vorhin abgezogen haben. Was hatten Sie für einen Grund?«

»Macht der Gewohnheit. Ich kann mich nun einmal nicht zurückhalten, nach dem Schießeisen zu greifen, wenn jemand auf mich zugestürmt kommt, der eine Pistole schwingt.«

Wir fuhren minutenlang in gegenseitigem Schweigen. Ohne ein bestimmtes Ziel zu haben, steuerten wir in weitem Bogen zu unserem Ausgangspunkt zurück. An der Ecke Fort und First bog Vespers in die Tankstelle ein und wies den noch recht jugendlichen Tankwart an, ganz vollzufüllen.

»Diese Tankfüllung geht zu Lasten der Steuerzahler, Walker«, erläuterte er, während der Junge den Einfüllstutzen öffnete.

»Besten Dank«, versetzte ich. »Das ist mir natürlich jederzeit einen Schädelbruch wert.«

»Wo ist der Film?«

Ich sah ihn durch den aufsteigenden Rauch der Zigarette an, die ich im Augenblick, da die Benzinpumpe arbeitete, gar nicht brennen haben durfte. Niemand befolgt heutzutage noch Gesetze. Ich neigte mich vor, um die Zigarette im Aschenbecher auszudrücken. Vespers machte keine Anstalten, meinem Beispiel zu folgen.

»Welcher Film?« fragte ich. Jemand mußte das tun.

Er wechselte das Thema. Diese Methode bringen sie ihnen in Washington bei. »Wir haben uns Ihre Unterlagen angesehen, nachdem Alderdyce uns informiert hatte, daß Sie ihm den Hinweis bezüglich Francis Kramer gegeben haben. Ziemlich eindrucksvoll. Sechs Jahre Militärdienst, Einsätze in Vietnam und Kambodscha, eine Auszeichnung, weil Sie in Hue Ihren ganzen Zug gerettet haben, drei Jahre bei der Militärpolizei. Wie kommt es, daß Sie bei einem so schmierigen Job gelandet sind?«

»Wo haben Sie gelernt, ein Telefon anzuzapfen?«

Er schmunzelte. Das amüsierte ihn. Er nahm einen letzten Zug und drückte seinen Stummel neben dem meinen aus. »Sie haben die Wanze also entdeckt. Ich habe den General gleich gewarnt. Wir haben auch Ihr Büro und Ihr Haus durchsucht, aber das wäre Ihnen nicht aufgefallen.«

»Das mit dem Büro habe ich gemerkt. Zu Hause bin ich noch nicht gewesen.«

»Tatsächlich? Wie?« Es schien ihn echt zu interessieren. Ich war auf einen Riß in seiner Abwehr gestoßen, und er wartete jetzt mit Kelle und Mörtel.

»Sie haben es ordentlicher hinterlassen, als es vorher war. Was ist auf dem Film?«

»Wir haben eine ganze Weile gewartet, bis Sie aufgetaucht sind. Was haben Sie getrieben?«

»Gearbeitet.«

»Gearbeitet woran?«

Ich starrte aus dem Fenster. »Wußten Sie, daß dies eine historische Sehenswürdigkeit ist? Die erste Drive-in-Tankstelle der Welt. Sie ist seit 1901 in Betrieb. Die Wurzeln des Automobilzeitalters reichen tief in diese Stadt.«

»Was soll denn das jetzt plötzlich?« Er war pikiert. Das war genau der richtige Ausdruck. Ein Typ wie er wird nie fuchsteufelswild. Das würde zu viel Aufsehen erregen.

»Genau«, sagte ich.

Damit verursachte ich sekundenlanges verwirrtes Schweigen. Dann ergriff der Mann auf dem Rücksitz zum erstenmal das Wort. »Informieren Sie ihn, Colonel.« Seine Stimme war General Patton durch George C. Scott gefiltert.

Der Jüngling in dem verschmierten Overall und einem zweifarbigen High-School-Sweatshirt erschien am Seitenfenster und nannte eine astronomische Summe, die Vespers zahlte, ohne auch nur einen Blick auf die Zapfsäule zu werfen. Leute wie er helfen Studenten dieser

Kategorie durchs College.

»Haben Sie schon einmal etwas von der sogenannten Schwarzen Legion gehört?« fragte Vespers, als wir uns wieder auf der Straße befanden.

»Ein Warner-Brothers-Film. Bogart hat ihn 1937 gemacht.«

Er nickte, als habe er diese Antwort erwartet. »Ich habe ihn gesehen. Im Prinzip ist es das, wovon ich rede.«

»Wann kommt dann Ann Sheridan endlich ins Spiel?«

»Lassen Sie jetzt den Blödsinn, Walker. Die Legion war ein nördlicher Zweig des Ku-Klux-Klan, der während der dreißiger Jahre sein Hauptquartier in Detroit unterhielt. Die Vereinigung konnte sich der stattlichen Zahl von zweihunderttausend Mitglieder rühmen, es war jedoch nur ein harter Kern von einigen hundert Schlägern, der die meisten Schwierigkeiten verursachte. Vor allem setzte er sich aus frustrierten Angehörigen des Mittelstandes zusammen, die Schwarze und Ausländer für die eigene Unfähigkeit verantwortlich machten, etwas zu erreichen. Dabei hätten sie lieber ihren Müttern den Vorwurf machen sollen, eine Horde von engstirnigen Nörglern geboren zu haben, die weder genug Intelligenz noch die Energie besaßen, es zu etwas zu bringen, ohne zu Gewalt Zuflucht zu nehmen. Mitternächtliche Autofahrten in wallenden weißen Gewändern mit spitzen Kapuzen, Lynch-Morde, kaltblütige Exekutionen auf freiem Feld in den frühen Morgenstunden – das war ihr Stil. Es wird geschätzt, daß diese Leute für mindestens fünfzig Tötungsdelikte verantwortlich zu machen sind, die zwischen 1931 und 1936 in dieser Gegend stattgefunden haben. Nicht abzusehen, wie viele Menschen noch umgebracht worden wären, hätten sich die Polizei und die Öffentlichkeit nicht 1936 zusammengeschlossen, um die meisten der Anführer hinter Gitter zu bringen. Danach zwang das allgemeine Aufsehen und ein Vermummungsverbot die ganze Bande, von der Bildfläche zu verschwinden.«

»Dauert das Geschichtsreferat noch lange?«

»Herrgott, sind Sie ungeduldig! Selbst für einen Privatdetektiv. Die Schwarze Legion hat während der vergangenen beiden Jahre ein Comeback inszeniert. Jemand aus dem Süden finanziert einen Klan-Ableger hier. Und selbst wenn wir könnten, was sollten wir unternehmen? Es ist völlig legal.«

»Wozu also die Aufregung?«

»Seien Sie nicht naiv. Es ist unser Job, dafür zu sorgen, daß sich die Situation nicht verschärft. Detroit ist aus Traditionsgründen gewählt worden, aber seit der Ankündigung der Republikaner, daß sie ihren nächsten Wahlparteitag hier abhalten werden, hat die ganze Bewegung erst richtig Auftrieb gekriegt. Es gehen Gerüchte um, daß auf einen Kandidaten der Republikaner ein Attentat verübt werden soll und daß die Legion hinter diesem Plan steckt. Unser System kann so etwas verkraften, aber es würde zumindest für eine Weile die Hölle los sein. Und Chaos ist es, was diese quasi-revolutionären Gruppen anstreben. Niemand kann voraussehen, was sie sich für einen Wiederholungsfall ausdenken. Wir alle haben etwas aus den Problemen in Irland und dem Mittleren Osten gelernt.«

»Klingt ziemlich verrückt.«

»Lesen Sie die Zeitungen, Walker. Verfolgen Sie die Fernsehberichte. Die Welt ist verrückt geworden.«

»Und wie paßt der Militärische Abwehrdienst in dieses Bild? Warum nicht das FBI oder der Secret Service?«

»Das Militär hat genausoviel Interesse daran, derartige Umtriebe im Keim zu ersticken, wie irgend jemand anders. Die Legion hat auch unsere Streitkräfte infiltriert. Damit meine ich nicht irgendwelche Unteroffiziere und Leutnants. Ich spreche vom Pentagon. Wäre es Ihnen vielleicht angenehm, Ihr Land von einer Horde Nachtwandler in Laken und Zipfelmützen mit flammenden Kreuzen in der Hand verteidigt zu sehen?«

Ich begann »Marching through Georgia« zu summen. Es tat jedoch meinem Kopf weh, und ich hörte wieder auf.

»Okay«, meinte er. »Ich bin vielleicht melodramatisch. Aber das ändert nichts an der Gesamtsituation. Wir hatten einen Vertrauensmann bei den neuen Legionisten. Er ist tot.«

»Francis Kramer arbeitete für den Militärischen Abwehrdienst? Das überrascht mich, milde gesagt.«

»Er gehörte nicht zu unserer Stamm-Mannschaft. Er kannte ein paar Leute in der Gruppe, und er wußte mit so ziemlich allen Fotoausrüstungen Bescheid. Wir zogen ihn von den Reservisten heran, wo er Major war, brachten ihm bei, wie man es vermeidet, über die eigenen Füße zu stolpern, bewaffneten ihn mit einer Schmalfilmkamera und schickten ihn los. Sechs Monate lang belieferte er uns mit Berichten und etlichen interessanten Filmstreifen. Dann hielt er eine Verabredung mit einem unserer Leute nicht ein und wurde neun Stunden später mit einem Loch im Kopf entdeckt, das selbst ein Feldarzt nicht hätte übersehen können. Kein Film. Keine Kamera. Wir hielten den Fall zunächst geheim und durchsuchten Kramers Wohnung. Die Kamera fand sich, der einzige vorhandene Film war jedoch unbelichtet. Kramer muß aber etwas gehabt haben, sonst hätte er nicht die Verabredung getroffen. Die Frage ist, was es war und wer es jetzt besitzt.«

»Und deshalb sitze ich hier und halte meinen Kopf, während Sie mit meinem Wagen in der Gegend herumkutschieren?«

»Wenn wir geblieben wären, wo wir waren, hätten wir zu viel Aufmerksamkeit erregt. Was Ihren Gesundheitszustand angeht, so tut mir das natürlich leid, aber Sie sind selbst nicht ganz unschuldig daran. Sie waren der einzige Anhaltspunkt, den wir noch hatten. Soviel wir wissen, waren Sie der letzte, der Major Kramer lebend gesehen hat – mit Ausnahme seiner Mörder natürlich –, und nach Ihren eigenen Angaben im Polizeipräsidium war er Ihr Kompaniechef in Südostasien. Überdies sind Sie als Privatdetektiv tätig, ein Beruf, in dem es an Denunzianten und Erpressern nicht gerade mangelt. Betrachten Sie es einmal von dieser Seite aus, um uns zu verstehen. Sie treffen zufällig auf einen alten Kriegskameraden, der womöglich bereits um sein Leben fürchtet, weil er irgendwelches belastendes Material bei sich hat. Er erfindet für Sie eine Ausrede und vertraut das Material Ihrer Obhut an. Dann wird er umgelegt. Sie merken, daß es Sprengstoff ist, den Sie in Händen haben, und schaffen das Zeug für spätere Benutzung erst einmal beiseite. Was könnte logischer sein?«

»Sie haben bloß leider nichts gefunden.«

»Noch nicht.«

Ich lachte trocken. Auch das tat weh. Es gab kaum etwas, das nicht schmerzte. »Sie haben nicht einmal den Schlüssel zu einem Bankschließfach entdeckt. Wenn Sie sich mit meinem Hintergrund beschäftigt haben, müßten Sie wissen, daß ich kein Sommerhaus in Grosse Pointe besitze. Wo sonst sollte ich, was Sie suchen, versteckt haben?«

»Das möchten wir eben von Ihnen wissen, Walker. Hören Sie, ich habe nicht behauptet, daß Sie der einzige in Frage kommende Verdächtige sind, nur der einzige, den wir hatten. Die Schau, die Sie vorhin abgezogen haben, läßt mich allerdings das auch bezweifeln. Jemand, der wirklich etwas zu verbergen hat, benimmt sich nicht so. Womit wir also wieder beim Punkt Null wären. Ja, schlimmer noch, wir sind einen Agenten losgeworden, den zu verlieren wir uns nicht leisten konnten. Was ist das für ein Fall, an dem Sie im Augenblick arbeiten?«

»Eine vermißte Person. Hat mit Kramer nichts zu tun.«

»Wer wird vermißt?«

»Entweder Judge Crater oder Jimmy Hoffa. Ich vergeß' das immer wieder.«

»Na gut, Sie Schlitzohr.«

Wir befanden uns wieder auf der Harrison. Der grüne Mercury

stand vor einer Villa im Landhausstil geparkt, als gehöre er dort hin. Vespers hielt in gleicher Höhe, sprang hinaus und kippte den Fahrersitz vor, um General Spain aussteigen zu lassen. Dessen Anwesenheit hatte ich beinahe vergessen. Dann neigte sich Colonel Durchschnittstyp vor und spähte durch die geöffnete Tür zu mir in den Wagen.

»Sie fahren zuerst los«, sagte er. »Ich will diesen hochfrisierten heißen Ofen nicht noch einmal hinter mir haben. Oh, und ein Wort der Warnung. Falls ich mich irre, und Sie doch etwas zu verbergen haben, hüten Sie sich vor zwei blonden Schränken, die sich die Darling-Brüder nennen. Sie haben Kramer erledigt, weil sie gemerkt hatten, daß er ihnen nachspioniert. Sie auch noch aus dem Weg zu räumen, würden die beiden vermutlich als Fingerübung betrachten.«

Er steuerte um meinen Wagen herum auf die Limousine zu und überließ mich meinen Gedanken. Irgendwo in dem Trümmerhaufen meiner Erinnerung fiel ein Groschen, der seit geraumer Zeit dort herumgeklappert hatte, und löste ein Klicken aus. Ich war aber noch zu benommen von dem Schlag und den ganzen Ereignissen, die auf mich eingestürmt waren, um gleich zu einem Schluß gelangen zu können. Auch als ich auf den Fahrersitz hinüberrutschte und losfuhr, war ich noch nicht weitergekommen. Das Problem beschäftigte mich die ganze Strecke nach River Rouge.

12

Dreihundert Jahre lang hat die breite, flache Lebensader, die den Namen Detroit River trägt, die Entwicklung der Stadt an ihren Ufern beeinflußt. Noch früher hat sie, wie jede andere Wasserstraße Nordamerikas, die Indianer gebracht, Sacs und Foxes, Miamis, Huronen und Potawatomis, und die geheimnisvollen *Copper People*, die nicht lange genug blieben, um dem Land, das sie liebten, einen entstellenden Stempel aufzudrücken, bevor sie ihren vorbestimmten Weg in die Vergessenheit nahmen. Dann kamen die *coureurs de bois*, die Waldläufer, die ihre Kanus aus Birkenrinde mit starker, sicherer Hand fortbewegten, den mächtigen Pelzhandelsgesellschaften, in deren Territorien sie wilderten, meilenweit voraus. Sie hinterließen ihre Spuren, indem sie den Biber ausrotteten, der die grasbewachsenen Flußufer bevölkert hatten aber auch sie zogen weiter. Einer von ihnen, Etienne Brulé, wagte sich einmal zu oft vor und verlor seinen Kopf in einem Irokesen-Lager. Es folgten Missionare mit ihren Talaren und Sakramenten, Oblaten und Bibeln. Sie zerstörten die alten Bräuche, und das Land begann, sich ihrem Willen anzupassen. Unter ihnen befanden sich die Jesuiten Dollier und Galinée, die es riskierten, ein steinernes Götzenbild zu passieren, das die Indianer nahe der Mündung des River Rouge errichtet hatten, um sichere Fahrt über die trügerischen Wasser des Eriesees zu garantieren, drehten bei, zertrümmerten die heidnische Scheußlichkeit und warfen die Überreste in den Fluß. 1701 trat an der Stelle, wo sich jetzt das *Civic Center* erhebt, Antoine Laumet an Land, ein weitgereister Abenteurer mit bestenfalls so viel Skrupeln, wie er sie bequem in seiner Satteltasche hätte forttragen können, und dessen Titel, Antoine de la Mothe, Sieur de Cadillac, so neu war, daß er noch knarrte, senkte das Fundament des ersten von vielen Holzgebäuden, die unter seiner Aufsicht errichtet wurden, in den Boden und erreichte es schließlich sogar, daß ein Automobil nach ihm benannt wurde. Hätte er gewußt, was er in Gang setzte, hätte er vielleicht den ersten günstigen Wind genützt, um nach Hause zu segeln. Aber wahrscheinlich doch nicht, sonst wäre er nicht reich gestorben.

Der Fluß hat auch Tod gebracht. Während der Belagerung Detroits 1763 machte Pontiac, ein großer Häuptling, und kein schlechtes Automobil, einen Angriff aus dem Hinterhalt auf britischen Nachschub zu einer wirksamen psychologischen Waffe, als er in unregelmäßigen Abständen die verstümmelten, auf einen Baumstamm gebundenen Leichen britischer Soldaten an dem Fort vorbeitreiben ließ. Die Prohibition verwandelte ihn in einen Fluß aus Bier und Blut, als sich Alkoholschmuggler auf ihrem Weg nach und von Windsor im Namen der *Purple Gang,* der Licavolis und gewisser hoher Regierungsbeamter, die später angeklagt und wegen Begünstigung verurteilt wurden, heftige Schießereien lieferten. Alle paar Jahre wird wieder ein altes, verrostetes Wrack hochgezogen, das ein halbes Jahrhundert auf dem Grund gelegen hat – manchmal mit einem Skelett darin, manchmal ohne. Und niemand weiß, wie viele kleine Gangster eingebettet in Zement dort ihren langen Schlaf tun. Im Frühsommer 1943 nahm von Belle Isle, einer Landzunge kurz vor der internationalen Grenze, und während der Schlacht von *Bloody Run* Schauplatz eines Massakers an einer Familie von Schweinezüchtern durch Pontiacs Krieger, einer der schlimmsten Rassenkrawalle der Neuzeit mit vierunddreißig Todesopfern seinen Ausgang. Jetzt ist dort ein Park mit einem schmutzigen Springbrunnen, benannt nach einem bekehrten notorischen Spieler, Säufer und Weiberhelden, und *Bloody Run* befördert Abwässer und Tod unter dem Straßenpflaster zum Eriesee.

Ein Frachter, beladen mit fünfzehn oder zwanzig Tonnen Roheisen, bahnte sich seinen Weg zu den Ford-Werken mühsam durch das rostfarbene Wasser der River Rouge-Mündung. Ich beobachtete ihn durch das große Fenster an der Nordseite der alten Scheune, die von der Marion-Street her Aphrodite Records beherbergte, während Barney Zacharias mich, mit dem Rücken zum Fenster stehend, wortreich mit der Geschichte des Aufstiegs und Verfalls der Musikindustrie in Detroit langweilte.

»Stevie Wonder«, schwärmte er ungeachtet der ohrenbetäubenden Akkorde, die durch die geöffnete Tür einer verglasten Aufnahmekabine zu seiner Rechten herausdröhnten, wo ein untersetzter, bärtiger, mit einem Begräbnis-Anzug bekleideter Weißer an einem zerschrammten Klavier saß und New Orleans Boogie-Woogie hämmerte. »Damals nannte er sich noch Little Stevie Wonder. Er hat in meinem Studio auf der Michigan ein paar Platten aufgenommen. Diana Ross, Aretha Franklin, die Rationals, SRC, die Ones, die Woolies, Bob Seger, die Streisand. Das war ein Aufstand seinerzeit mit der Streisand. Sie sah nach überhaupt nichts aus, als sie im Studio erschien, und einer der Techniker kam herein und meinte ›Na, mit ihrem Äußeren haut sie einen ja nicht gerade um, aber eine Stimme hat sie, da ist alles dran!‹ Und jetzt ist sie ganz oben und nimmt nicht mehr die geringste Notiz von Detroit. Damals war das anders. Da waren sie alle da. Was ist Nashville? Wir haben in einem Monat mehr echte Stars herausgebracht als die in fünf Jahren.«

»Wegen Martha Burns«, warf ich ein.

Es war zwecklos. Wenn er einmal angefangen hatte, mußte man eben warten, bis die Pule abgelaufen war. Er war ein erregbarer, kleiner Bursche mit einer Glatze, die in einen Kranz schwarzer Haare eingebettet war, und einem Körper, den man hätte schmächtig nennen können, wären nicht die dicken, muskulösen, mit schwarzem Haarkräusel bewachsenen Unterarme gewesen. Sie ragten aus den hochgekrempelten Manschetten und endeten in großen, sehnigen Händen, die stillzuhalten ihm Mühe bereitet hätte, weshalb er gar nicht erst den Versuch dazu unternahm. Es ist zwar verwerflich zu verallgemeinern, aber ich habe noch nie einen Italiener oder Griechen kennengelernt, dem es möglich gewesen wäre, sich an einer Unterhaltung zu beteiligen, wenn man ihm die Handgelenke auf dem Rücken zusammengebunden hätte. Sein Gesicht war rund mit lebhaften Augen in der Form und Farbe von Oliven und bläulichen Bartschatten an Wangen und Kinn.

»Es war das große Geld, das uns fertiggemacht hat.« Er breitete die Hände aus, um mir einen Begriff von der Geldmenge zu geben. »Eine

Gruppe nimmt hier eine Platte auf. Die Platte verkauft sich, die Gruppe bekommt ein Angebot aus New York oder Los Angeles, sie hopsen in ein Flugzeug und lassen sich hier nie wieder sehen. Was die idiotischste Sache der Welt ist, weil es Detroit war, das ihnen ihren Sound gegeben hat. So etwas findet man nicht so schnell wieder. Die Krawalle haben uns den Rest gegeben. Als die Schaufenster eingeschlagen wurden, hauten die Schreiber ab, und als die Schreiber verschwanden, folgten ihnen die Talente. Dann siedelte Motown über nach Los Angeles und ging ein. Die jenigen von uns, die beschlossen zu bleiben und durchzuhalten, bekamen den Druck von oben zu spüren und versuchen noch immer, ihn abzuschütteln.« Sein Redefluß war unerschöpflich.

»Mein Vater pflegte mir immer von den alten Zeiten zu erzählen, als man dem Richter einen Krug Ziegenmilch brachte und jeden Prozeß gewann. Wenn ich eine neue Platte herausbringe, und ein Diskjockey ist mir dabei behilflich, sie populär zu machen, ist das für mich nichts anderes, als wenn ich einer Serviererin ein gutes Trinkgeld gebe, weil sie mich nett bedient hat. Aber manche DJs konnten den Hals nicht voll genug kriegen. Die Behörden begannen sich dafür zu interessieren und brummten mir eine Strafe auf, daß ich meinen Laden verkaufen mußte und mir im Augenblick nur noch diesen miesen Schuppen hier leisten kann. Aber Sie werden schon sehen. Es wird auch wieder anders. Motown ist zurückgekommen, und bald wird es wieder wie 1965 sein. Warten Sie nur ab.«

Er deutete mit seiner Glatze hinüber zu der Aufnahmekabine, wo der Pianist inzwischen zu einem getragenen, melancholischen Blues übergewechselt war. »Hören Sie das? Der Mann da drin ist ein Methodisten-Prediger. Aber wenn er erst mal zu Verstand kommt und das, was er da spielt, auf Platten pressen läßt, und wenn wir diese Platten dann an die richtigen Stellen lancieren, wird er einen ganz neuen Beruf haben. Er ist genau die Sorte von Talent, die wir brauchen, um die Maschine wieder in Gang zu setzen. Und um zu beweisen, daß man nicht schwarz sein muß, um guten Jazz zu spielen. Wie, sagten Sie doch, war Ihr Name?«

Ich gab ihm meine Karte. Er studierte sie, spielte geistesabwesend damit herum und ließ sie dann in seiner Hemdtasche verschwinden. Er trug weder einen Schlips noch eine Jacke, und sein Hemd war um die Achselhöhlen dunkel verfärbt. Aber es war gar nicht so heiß. Der Raum, in dem wir uns befanden, war eine unterteilte Halle, von Neonröhren erhellt, die in etwa fünf Meter Höhe über unseren Köpfen von der Decke hingen. Auf dem staubigen Zementboden kringelten sich Elektrokabel, und um unsere Hosenbeine strich eisige Zugluft. Jedesmal, wenn ein Windstoß vom Fluß herüberkam, klapperte an der Nordseite die Stahltür in ihren Angeln.

»Martha Burns«, meinte er nachdenklich, als hätte ich den Namen gerade jetzt erst genannt. »Ich bin nicht sicher, daß ich . . .«

»Beryl Garnet sagte, Sie hätten Martha angeboten, eine Platte von ihr aufzunehmen«, half ich ihm auf die Sprünge.

Auf seinem Gesicht erschien ein raffinierter Ausdruck. Sein Mienenspiel mußte sehenswert gewesen sein, als er wegen der Bestechungsaffäre vor Gericht gestanden hatte. »Sicher steht sie im Begriff, eine reiche Partie zu machen«, vermutete er. »Und der Macker bezahlt Sie, ein bißchen in ihrer Vergangenheit herumzustochern. Ich wette, es steckt ein Haufen Kies dahinter.«

»Falsch. Sie wird von ihrem Vater gesucht, und ich bekomme mein normales Honorar. Was vermutlich geringer ist als die Summe, die Sie einem Diskjockey zustecken, um aus einer Niete einen Hit zu machen.«

»Verdammt. So wie sie sich benahm, dachte ich, sie hätte mindestens William Clay Ford an der Angel.«

»Sie war also hier. Wann?«

»Was ist Ihnen die Sache wert?«

»Kommt drauf an, was Sie zu verkaufen haben.«

»Ich habe eine Menge Unkosten. Miete, die ganzen Nebenausgaben. Es wird ein langer Winter. Was ich allein an Gas verbrauchen werde.«

»Nicht so viel, wie Sie jetzt schon an Energie verschwenden.«

»Ich brauche eine Garantie, daß ich auch dafür bezahlt werde, was ich liefere.«

»Nichts zu machen.«

Er überlegte eine Minute. Der Prediger in der Kabine hatte zu spielen aufgehört und kritzelte etwas auf seinem Notenblatt. Zacharias machte ein paar Schritte und drückte die schalldichte Tür zu.

»Es war Februar«, begann er. »In den ersten Tagen des Monats. Eines Morgens erschien sie hier und erklärte mir, sie wolle mein Angebot annehmen. Ich fragte, welches Angebot. Ich erkannte sie überhaupt nicht mehr. Sie behauptete, ich hätte ihr gesagt, ich könnte sie zu einem Star machen. Mein Gott, das war zu Silvester gewesen, und ich hatte einen in der Krone gehabt. Es gibt wenig Mädchen, zu denen ich das nicht sage, wenn ich richtig in Fahrt bin. ›Also okay‹, forderte ich sie auf, ›dann laß' mal hören, was du zu bieten hast.‹ Sie ließ sich am Klavier nieder, ihre Noten hatte sie gleich mitgebracht.

Irgendeinen Broadway-Hit, was genau, habe ich vergessen. Eigentlich erwartete ich, daß mein Trommelfell strapaziert werden würde, aber sie überraschte mich. Sie war gut.«

»Star-Material?«

Er schüttelte den Kopf. »Das bei weitem nicht. Eine gute Stimme, wie ich sie jederzeit finden kann, wenn ich mir einen beliebigen Kirchenchor in der Stadt anhöre. Es gibt eine Menge Tricks, wie man eine überragende Sängerin noch besser klingen lassen kann, aber auch mit noch so viel Hohlraum und Echowirkung kann man nichts herauskitzeln, das von Anfang an nicht vorhanden war. Gut ist nicht gut genug.«

»Haben Sie ihr das gesagt?«

Er schien die Hoffnung auf einen Geldbetrag noch nicht aufgegeben zu haben, deshalb fügte ich schnell hinzu: »Das könnte etwas wert sein.«

»Einen Hunderter?«

»Reden Sie erst einmal. Ich kaufe keine Katze im Sack.«

»Sie scheinen aber auch niemand über den Weg zu trauen.«

»Das macht die Erfahrung.«

»Na schön.« Er strich sich mit der Hand über das kratzige Kinn, fuhr dann über seine Glatze, als ob es dort etwas abzuwischen gäbe, und ließ die Hand schließlich hinunter in seinen Nacken rutschen, um sie dort ruhen zu lassen. »Ich sagte ihr, ich könne etwas mit ihr machen, aber zuerst müsse sie ein paar hundert Dollar investieren. Ich brauchte das Geld. Mein Hauswirt saß mir wegen der Miete im Nacken, und die Telefongesellschaft drohte, mir den Anschluß zu sperren.«

»Was veranlaßte Sie zu der Annahme, Martha Burns habe genug Kapital dafür?«

»Herrgott, ich sah es. Als sie die Noten aus ihrer Handtasche holte, lachten mir die Scheinchen bloß so entgegen. Es war sogar eins mit dem Porträt von Madison dabei. Wissen Sie, wo der drauf ist?«

»Auf Tausend-Dollar-Scheinen.«

»Genau! Sagen Sie mal, was für Honorare berechnen Sie eigentlich?«

»Ich lese ziemlich viel. Wieviel hat Martha Burns in Ihr kleines Rattenloch gesteckt?«

»Hüten Sie Ihre Zunge, Mister! Ich habe meinen Teil der Vereinbarung eingehalten. Wir haben die Platten aufgenommen, ich habe dafür Reklame gemacht und sie durch einen befreundeten Diskjockey auch in den Äther schicken lassen. Ich bin schließlich kein Gauner.«

»Wir hatten einen Präsidenten, der das auch behauptet hat. Okay, Sie machten also ein paar Plakat-Anschläge in der Nachbarschaft und schmierten einen DJ mit fünf Dollar, die Platte mal nachmittags zwischen den Berichten für die Landwirtschaft einzuschieben. Mit wieviel hat sie dafür bluten müssen?«

»Fünfzehnhundert.«

Ich stieß ein Lachen aus. »Wie kommt es, daß Sie nicht Bürgermeister sind?«

»Sie war nicht knapp bei Kasse.« Ich hatte ihn verletzt. »Ich habe eine von ihren Singles hier, falls Sie mir nicht glauben. Wollen Sie mal hören?«

Ich nickte zustimmend und folgte ihm durch die Aufnahmekabine zu der gegenüberliegenden Tür, die in den kleinen abgeteilten Raum führte, in dem der Tontechniker sonst seinen Dienst tat. Im Moment war er unbesetzt. Der Priester nahm von uns keinerlei Notiz, als wir von einer Woge Ragtime getragen hinter ihm vorbeigingen. In der kleinen Kabuse bückte sich Zacharias, um eine Schallplatte mit neutralem Aufkleber aus einem Regal unter dem chromblitzenden Mischpult zu ziehen, und warf sie mir zu. Ich mußte sie mit beiden Händen an die Brust pressen, um sie nicht fallen zu lassen. Als ich wieder aufblickte, starrte ich in die Mündung einer 25.er Automatik, die der Grieche in der Rechten hielt. Auf diese Entfernung hätte es auch eine Haubitze sein können.

»Toll, was?« meinte er mit einem Grinsen. »Ich habe das einmal im Kino gesehen. Sie haben bei dem Trick nur einen Fahrradschlauch benutzt.«

»Den hatten Sie vermutlich gerade nicht zu Hand.«

»Halten Sie den Mund. Ich habe mir dieses Schießeisen vor zwei Jahren zugelegt, nachdem eine Junge, der hier zum Tontechniker ausgebildet werden sollte, überfallen und über den Haufen geschossen wurde. Übrigens genau an der Stelle, wo Sie jetzt stehen. Es waren Drogensüchtige. Mehr als sechs Dollar und ein paar Cents hatte er nicht bei sich, und dafür mußte er sterben. Ob es nun River Rouge heißt oder Ecorse, Hamtramck, Farmington oder Dearborn, ist alles Detroit, und es stinkt. Und nun werden Sie mir wohl endlich verraten, was Sie springen lassen wollen für das, was ich weiß. Und zwar unbesehen.«

Ich hielt die Schallplatte über dem Kopf, weil ich angesichts der Waffe die Hände gehoben hatte. Nun ließ ich die Platte fallen. Sie zerbrach nicht. Die Dinger zerbrechen heutzutage nicht mehr. Dafür kriegen sie schon Kratzer, wenn man sie bloß mal scharf ansieht. Sie traf mit der Kante auf und rollte über den Boden in Richtung

Zacharias. Menschen sind wie Hunde. Bewegliche Gegenstände ziehen sie an. Seine Augen folgten der rollenden Scheibe, und ich streckte die Hand aus und packte die Waffe.

Seine Unterarme waren so stark wie sie aussahen. Er ließ die Pistole nicht los, und wir begann miteinander zu ringen. Vier Hände kämpften um eine Waffe, die leicht in einer davon Platz gehabt hätte. Es gab ein lautes, schepperndes Geräusch und eine Kugel fetzte über den Beton zwischen meinen Füßen, um sich in die schalldichte Wand zu graben. Der Rückstoß, so gering er sein mochte, war unerwartet und veranlaßte Zacharias, seinen Griff sekundenlang zu lockern. Ich drehte ihm die Waffe aus der Hand und rammte ihm gleichzeitig mein Knie in den Unterleib. Er klappte nach Luft ringend vornüber.

Jenseits der Glasscheibe bearbeitete der Prediger noch immer das Klavier. Die Schallisolierung funktionierte auch umgekehrt. Ich ließ Zacharias Zeit, sich von dem Schmerz zu erholen, während ich die kleine Pistole einsteckte und mich bückte, um die Platte aufzuheben. Martha Burns Name war mit Filzstift in schwarzen Blockbuchstaben auf das Etikett geschrieben. Darunter stand der Titel: »Body and Soul.« Sie hatte Sinn für Humor. Ich fand einen Plattenteller, legte die Scheibe auf und probierte an den Knöpfen herum, bis ich den richtigen fand, der das Ding in Gang setzte. Als die Einleitung aufklang, kam ich versehentlich an den Lautstärkeregler, und die Musik schmetterte los, daß fast die Wände einfielen, bevor ich sie schnell wieder herunterdrehte. Dann trat ich einen Schritt zurück, um Barney Zacharias im Auge zu behalten und zuzuhören.

Sie hatte die Art von Stimme, die man in besseren Bars antrifft und die man eigentlich erst hört, wenn man ziemlich voll ist und gerade die Nummer gesungen wird, die die Erinnerung an eine verlorene Liebe wachruft. Man hinterläßt ein reichliches Trinkgeld und trottet etwas melancholisch nach Hause, und wenn man am nächsten Morgen aufwacht, erinnert man sich nur noch an die zu reichlich genossenen Drinks und die melancholische Stimmung. Die Stimme war gut genug, um mitzusummen, wenn man nicht zu abgelenkt war, sie wahrzunehmen, aber nicht genug, um die ernsthaften Trinker bei ihrer Beschäftigung zu unterbrechen. Sie war schwül, aber nicht vibrierend, erotisch, aber flach. Es lohnte sich kein Geld auszugeben, um sie zu hören.

Die kleine Combo, die Zacharias als Begleitung engagiert hatte, war aus dem gleichen Holz geschnitzt. Von dem Kaliber gab es massenhaft. Einer von jeweils hunderttausend mochte eine Zeitlang gutes Geld machen, geriet dann in Vergessenheit und endete schließlich mit einem Schild am großen Zeh und einer Fünf-Zeilen-Meldung auf Seite dreiundzwanzig einer Boulevardzeitung: »Johnny Hercules, früher Guitarist bei der Gesangsgruppe *Winged Wonders*, wurde gestern nachmittag im Badezimmer seiner Wohnung in Dearborn Heights tot aufgefunden. Vermutlich ist er an einer Überdosis Rauschgift gestorben.« Ich überlegte, ob Aphrodite Records den Musikern das gleiche Geschäft anboten wie Martha Burns, née Marla Bernstein.

Als die Platte endete, hatte sich Zacharias auf einem Hocker vor dem Mischpult niedergelassen und stützte den Kopf in beide Hände. Ich fragte ihn, ob ihm wieder besser sei. Die Schimpfworte, mit denen er mich bedachte, kannte ich alle schon.

»Kommen wir noch mal auf das Geld zurück«, sagte ich. »Woher hatte sie es?«

»Rutschen Sie mir den Buckel runter«, stieß er mit gepreßter Stimme hervor. Entweder hatte ich ihn härter getreten als beabsichtigt, oder er spielte Theater. Ich beschloß, die zweite Möglichkeit zu testen.

Also nahm ich die kleine Witwenmacherin wieder aus der Tasche, vergewisserte mich, daß sie gesichert war, packte sie fest mit der Faust und knallte sie dem kahlköpfigen Griechen auf die Kinnspitze, die zwischen seinen stützenden Händen hervorragte.

Im Endeffekt war die kleine Pistole nicht weniger wirkungsvoll als es mein Smith & Wesson auf der Erskine gewesen war. Seine Hände flogen seitwärts, seine Zähne klackten aufeinander, und sein Kopf prallte gegen die Wand aus Preßplatten. Er schnappte nach Luft und schüttelte den Kopf, als wolle er feststellen, ob sich durch meinen Schlag etwas gelockert habe. Das hätte sehr in meiner Absicht gelegen.

Ich massierte meine Fingerknöchel an den Stellen, wo sie wieder aufgeplatzt waren, und hob dann den Arm, um einen zweiten Schlag zu landen. Zacharias sah mich, schrie auf und warf beide Hände vor sein Gesicht. Es war wie Kugelstoßen im Frühnebel. Seine Nase gab nach wie Pappmaché, und aus seinen Nasenlöchern tropfte Blut auf seine weiße Hemdbrust.

»Ich kann Leute nicht leiden, die Pistolen ziehen«, erklärte ich mit zusammengebissenen Zähnen. »Irgendwann muß Typen wie euch einmal gezeigt werden, daß ein Schießeisen in der Hand noch lange nicht die ganze Welt in der Tasche bedeutet.«

Ich konnte stolz auf mich sein. Ich war von Polizisten beleidigt, mit einem Messer angegriffen, gefilzt, auf den Hinterkopf geschlagen und mit einer Waffe bedroht worden, und nun zahlte ich es einem Kerl, der nur halb so groß war wie ich, mit einem Hilfsmittel heim, das ich im Grunde gar nicht brauchte, nur weil er junge Leute aufs Kreuz legte, die nicht mehr besaßen als Hoffnung und ein paar Pfennige, und der Pistolen zückte, die er gar nicht zu benützen gedachte. Ich befand mich auf dem gleichen Niveau wie die hirnlosen Typen, die im Olympia hockten, Bier aus Pappbechern in sich hineinlaufen ließen und einen überbezahlten Eishockey-Star anfeuerten, die kleinen grauen Zellen eines anderen auf dem künstlichen Eis zu verteilen. Mit dem einen Unterschied, daß ich es war, der die Gehirnmasse zu verteilen im Begriff war. Ich baute mich breitbeinig auf, um den dritten Schlag zu landen.

»Nein!« Es war ein Schrei höchsten Entsetzens. Zacharias hatte seine Arme über dem geschwollenen, blutenden Gesicht gekreuzt und seinen Kopf so angstvoll nach hinten gepreßt, daß sich das spröde Material der Wandauflage eindellte. »Ich weiß nicht, wo sie das Geld herhatte! Ich habe sie nicht gefragt. Sie hatte es eben. Ich schwöre es!«

»Das können Sie Ihrer Großmutter erzählen«, versetzte ich, trat jedoch einen Schritt zurück. Langsam ließ er die Arme sinken. Seine Nase war doppelt so dick wie vorher und tropfte noch immer, während sich sein Unterkiefer schmutzig-blau zu verfärben begann. Die nächste Woche würde er sich wohl von Breikost ernähren müssen.

Ich holte mein Taschentuch heraus und wickelte es um meine ramponierte rechte Hand. Das Blut sickerte durch die weiße Baumwolle. Noch ein Posten für die Spesenabrechnung, die ich Ben Morningstar vorzulegen gedachte. »Versuchen Sie mal zu überlegen«, befahl ich. »In Miss Garnets Bordell hat sie so viel nicht verdient.«

»Woher soll ich das wissen? Vielleicht hat sie es von ihrem Freund bekommen.«

»Den haben Sie vorhin schon mal erwähnt. Wer war er?«

»Fragen Sie mich was Leichteres. Ich habe ihn nicht kennengelernt. Sie wurde im Studio nur von ihm angerufen, und ich habe mitgekriegt, daß er besoffen war. Mehr nicht.«

»Sind Sie sicher?«

»Nein, ich behalte mein Wissen für mich. Das mache ich immer, wenn mich jemand richtig in die Mangel nimmt. Ich bin nämlich Masochist.«

»Wann haben Sie Martha zuletzt gesehen?«

»Irgendwann Ende Juli. Wir hatten Probleme, eine gute Aufnahme zustande zu kriegen, und brachen gegen sieben Uhr abends ab. Martha sagte, sie würde am folgenden Morgen einen neuen Versuch machen, aber sie erschien nicht. Seitdem habe ich sie nicht mehr gesehen. Glauben Sie nicht, ich hätte nicht versucht, sie ausfindig zu machen – so einträglich, wie das Geschäft mit ihr war. Ehrlich, ich hatte nicht einmal eine Ahnung, wo sie wohnte.«

Ich zog das Magazin aus der Automatik, nahm die Patronen heraus, wischte alles mit einem Zipfel meines Taschentuchs ab und legte die auseinandergenommene Waffe außerhalb von Zacharias' Reichweite auf das Mischpult.

»Warum haben Sie die Pistole gezückt?«

Er hatte auch ein Taschentuch zum Vorschein gebracht und benutzte es, den Blutstrom aus seiner Nase zu stillen. »Sonst werde ich immer rumgestoßen«, beschwerte er sich. »Ich hielt es für an der Zeit, den Spieß einmal umzudrehen.«

Ich machte die Tür auf, während er sich von seinem Hocker hochrappelte. »Hey, was ist mit der Bezahlung für meine Information?«

»Jetzt sind Sie dran, mir den Buckel runterzurutschen«, erwiderte ich und entschwand. Der Prediger spielte unbeirrt weiter.

13

Da Leute, denen es so dreckig geht, Second-Hand-Möbel und alte Illustrierte zu stehlen, eine günstige Gelegenheit verdienen, lasse ich für Klienten, denen es nichts ausmacht zu warten, die Tür zum Vorzimmer meines Büros immer unverschlossen. Als ich zurückkam, saß jemand hinter einer Ausgabe von *Life* verschanzt.

»Wo haben Sie die gelbe Bombe geparkt?« fragte ich, während ich die Tür hinter mir zuzog. »Ich habe den Pinto unten gar nicht entdeckt.«

»Um die Ecke.« Wiley legte die Zeitschrift auf den Tisch zurück und erhob sich. Je öfter ich ihm begegnete, desto mehr sah er aus wie ein Werbeträger für Twen-Mode. Ich fragte mich immer wieder, wie er ins Geschäft gekommen sein mochte. Er wirkte so gar nicht wie der Typ, der nach anderer Leute Pfeife tanzte. Aber man kann sich natürlich irren.

Ich nahm eine Zigarette heraus und rollte sie zwischen den Fingern. »Was kann ich für Sie tun?«

»Sie können mit einem vollständigen Bericht anfangen. Sie haben Mr. Morningstar versprochen, sich täglich zu melden.«

»Das war erst vor vierzehn Stunden. Der Tag ist noch nicht zu Ende.«

»Lassen Sie trotzdem hören. Danke, ich rauche nicht«, lehnte er eine angebotene Winston ab.

Ich zuckte die Achseln und steckte meine Zigarette an. »Meinen

Bericht werde ich Mr. Morningstar persönlich geben.« Ich wedelte langsam hin und her, um das Zündholz zu löschen. Wiley beobachtete mich, nicht die Bewegung. Nun, immer klappte es nicht. Für künftige Fälle war das gut zu wissen.

»Dann kommen Sie mit.«

»Tut mir leid, ich bin noch beschäftigt.«

»Er ist ein alter Mann«, sagte er ruhig. »Das ist der Grund, warum er Leute wie Paul Cooke und mich engagiert, sich um seine Angelegenheit zu kümmern. Und dazu gehört auch, dafür zu sorgen, daß er nicht von einem schäbigen Privatdetektiv mit Freunden bei der Presse und im Polizeipräsidium übers Ohr gehauen wird. Er kann mich Nigger nennen so viel er will, deshalb arbeite ich doch für ihn, weil er mich dafür bezahlt. Verstehen wir uns?«

»Nicht ganz. Ich lebe relativ schäbig, weil ich ehrlich bin. Auch so was gibt's in unserer Branche. Wir sind die Burschen, die von unseren raffinierteren Berufsgenossen in den Maßanzügen zum Kollegen-Rabatt von fünfzig oder hundert Dollar pro Tag angeheuert werden, um die Arbeit zu erledigen, für die sie von ihren Klienten einen Tagessatz von dreihundert kassieren. Ihr Boss mag mich feuern und sein Geld für eine stinkteure Detektei rausschmeißen mit chromblitzenden Möbeln, Computern und aufgedonnerten Empfangsdamen, die den ganzen Tag nichts anderes zu tun haben, als das Telefon zu beantworten und den Chefs um den Bart zu gehen, er wird trotzdem von mir oder jemandem meiner Preislage bedient werden. Er müßte bloß mehr an den Mittelsmann blechen. Ich lasse mir vielleicht meine Auslagen für Whisky bezahlen, aber wenn ich das tue, schreibe ich das klar und deutlich in die Spesenabrechnung. Das dürfte er von jemandem in einer höheren Steuergruppe nicht erwarten.«

Wiley musterte mich sekundenlang schweigend. Kaum zu glauben, daß ich sein Aussehen einmal mit Stevie Wonders verglichen hatte. »Ist es das, was ich ihm von Ihnen ausrichten soll?«

»Das und noch eine Frage. Ich möchte wissen, ob er Marla Taschengeld geschickt hat, während sie sich im Pensionat befand.«

»Das kann ich Ihnen beantworten. Seine Bankgeschäfte ließ er nämlich alle durch mich von hier aus erledigen. Das war die einzige Verbindung mit seiner Heimatstadt, die er aufrechterhalten wollte. Den Pensionspreis bezahlte er direkt an Esther Brock. Marla sah nie einen Pfennig. Ich glaube, damit wollte er sie veranlassen, sich ganz auf ihre Studien zu konzentrieren und sie von Versuchungen fernhalten.«

»Das scheint die offizielle Lesart gewesen zu sein.«

»Was bedeutet?«

»Was nur bedeutet, daß ich einen großen Mund habe. Vergessen Sie, was ich gesagt habe. Bestellen Sie Ihrem Boss, daß ich ihn heute abend anrufe. Es sei denn natürlich, Sie haben Anweisung, mich in ein Auto zu verfrachten oder etwas Ähnliches.«

Er grinste. Das war es, was gefehlt hatte. Es veränderte sein ganzes Gesicht. »Mann«, sagte er, »Sie dürfen sich wirklich nicht mehr so viele alte Filme ansehen.« Dann wurde seine Miene wieder ernst. »Aber vergessen Sie nie, daß Filmstoffe immer auf etwas Bekanntem beruhen.«

Unsere Blicke begegneten sich. »Botschaft ist angekommen.«

Die Tür war gerade hinter ihm zugeklappt, als das Telefon in meinem Büro zu läuten begann. Ich schloß auf, ging hinein, ließ mich am Schreibtisch nieder und nahm den Hörer ab.

»Walkers Vergnügungsparadies. Klopfen Sie dem Detektiv auf den Kopf, und gewinnen Sie eine Zigarre.«

»Laß den Blödsinn, Walker. Hier ist John Alderdyce.«

»Eine Sekunde, John.« Ich schraubte die Sprechmuschel auseinander und nahm die Wanze heraus. »Jetzt kannst du losschießen«, sagte ich, nachdem ich die Muschel wieder zusammengeschraubt hatte. Ich ließ das Mini-Mikrofon in das Schubfach neben der Büroflasche fallen und drückte dann die Lade fest zu. Falls das kleine Ding stark genug war, durch das massive Eichenholz etwas aufzunehmen, verdiente es, im Pfandhaus versetzt zu werden.

»Paß mal auf«, sagte Alderdyce. »Ich habe etwas über diese Zulassungsnummer in Erfahrung gebracht. Weißt du, wem sie gehört?«

»Ja, Onkel Sam. Warum hast du mir nicht gleich gesagt, daß du Anweisung hast, den Fall Kramer als geheime Kommandosache zu behandeln?«

»Wie zum Teufel...« Seine Stimme klang beeindruckt. Diese Wirkung übe ich manchmal auf Leute aus.

»Unwichtig. Irgendwann werde ich mal ein Buch schreiben. Das tun heutzutage doch alle. Also warum heute nachmittag dieser Wutanfall, statt mir reinen Wein einzuschenken?«

»Es ist nicht gerade etwas, wovon ein Polizist gerne spricht. Kurz nachdem du heute früh das Präsidium verlassen hattest, rief mich Proust in sein Büro, wo mir diese beiden Typen ihre Ausweise unter die Nase hielten und mir erklärten, sie würden die Untersuchung weiterführen. Proust fügte hinzu, er habe im Pentagon angerufen und sich über ihre Vollmachten Gewißheit verschafft, und ich solle ihnen alles, was ich bis jetzt zusammengetragen habe, übergeben. Einen

Fall, den ich dank deiner Hilfe schon fast gelöst hatte. Später riefst du mich dann an, um zu fragen, warum ich die Geschichte unter Verschluß hielte. Was hättest du an meiner Stelle getan?«

»Ein paar Nasen eingeschlagen, aber ich bin ja auch kein Beamter. Hör mal, John, was hast du über zwei Vögel, die sich die Darling-Brüder nennen? Jerry und Hubert.«

»Das hat doch wohl nichts mit Kramer zu tun, oder?« Sein Tonfall klang warnend.

»Und wenn?«

»Wie klingt zwanzig Jahre in einer Strafanstalt? Nun ja, wie auch immer, wenn wir etwas über diese beiden in unserer Kartei hätten, wäre dir das heute früh ja wohl kaum entgangen. Das heißt, falls das die beiden sind, die du beobachtet hast, als sie Kramer schnappten.«

»Von Onkel Sam lasse ich mich nicht abschrecken. Kannst du über Telex vielleicht etwas von der Polizei in Atlanta herauskriegen? Wenn diese beiden Ganoven nicht hundert Prozent aus Georgia stammen, gebe ich meine Mitgliederschaft in der Professor-Higgins-Gesellschaft für Sprachwissenschaft und Dialektkunde auf.«

»Kommt nicht in Frage, Walker. Ich werde den Teufel tun und meine dienstlichen Möglichkeiten ausnützen, um Informationen bezüglich eines Falles zu bekommen, der mir ausdrücklich aus den Händen genommen worden ist.«

»Entschuldigung, ist dort der Lieutenant Alderdyce, der mir heute früh noch versichert hat, er stehe in meiner Schuld?«

»Nun halt mal die Luft an! Du hast gesagt, wir seien quitt, als ich mich einverstanden erklärte, für dich festzustellen, ob bei der Sitte etwas über diese Marla, nach der du auf der Suche bist, vorliegt.«

»Du erinnerst dich also noch«, schnurrte ich sanft. »Ich begann schon Zweifel zu kriegen.«

»Verdammt noch mal, Walker, ich kann doch nicht vierzehn Dinge auf einmal tun!« Er hielt inne. Ich konnte förmlich hören, wie seine Verdauungssäfte arbeiteten. Vermutlich waren sie gerade mit seinem Mittagsimbiß fertig geworden und machten sich jetzt an die Magenwände. »Okay«, seufzte er. »Du hast gewonnen. Ein Kollege, mit dem ich auf der Polizeischule war, hat es unten in Atlanta zum Captain gebracht. Ich werde ihn anrufen, aber das Gespräch über meine Privatnummer abrechnen. Sollte ich vom Dienst suspendiert werden, komme ich dir auf die Bude gerückt.«

Er wollte schon auflegen, deshalb fragte ich hastig: »Gibt es etwas Neues im Fall Shanks?« Wenn er das Gespräch verärgert beendete, blieb womöglich zwischen uns ein Mißton zurück. Es war diplomatischer, seinen Zorn in eine andere Richtung zu lenken.

»Ich bitte dich!« versetzte er voller Ingrimm. »Dieser Fall hat mehr Facetten als der Hope-Diamant. Shanks hat sich Feinde gemacht, wie du und ich Toast machen. Er stand im Begriff, die Mafia aus den Gewerkschaftsspitzen zu drängen und organisierte Widerstand, womit er beim Transportwesen anfing. Seinen Gegner bei der letzten Wahl ließ er bis aufs Hemd überprüfen und grub dabei einen Fall von tätlicher Beleidigung aus, der nie vor Gericht gelangt ist. Er hatte Verbindungen zu Core und den Panthers, distanzierte sich jedoch davon, als er in die Gewerkschaftspolitik einstieg. Willst du meine Theorie hören? Der Kerl muß ein Zwilling gewesen sein. Einer allein kann das gar nicht schaffen.«

»Füttere doch die Journalisten damit. Das hält sie dir zumindest so lange vom Leibe, bis sie das verdaut haben.«

»Großartige Idee. Und womit soll ich Proust füttern? Er ist überzeugt, ich bearbeite den Fall zu schleppend.«

»Versuch's mal mit Arsen. Ach, was habt ihr übrigens in Kramers Wohnung gefunden?«

»Seiner Wohnung?« Dem abrupten Themawechsel vermochte er nicht gleich zu folgen. »Ach so, in dem Haus auf der Woodward. Die gehörte ihm gar nicht. Es hat sich herausgestellt, daß es sich um die Wohnung eines Vorarbeiters bei General Motors handelt. Ein Junggeselle. Er befindet sich für eine Woche oben im Norden auf Jagd. Wir konnten ihn noch gar nicht erreichen. Sieht aus, als ob dein alter Kompaniechef sich als Einbrecher betätigt hat. Die Wohnung war völlig auf den Kopf gestellt.«

Ich umklammerte den Hörer so fest, daß er fast durchbrach. »Hinter was war er her?« Das war gar nicht mehr meine Stimme. Sie gehörte zu einem losen Dielenbrett unter dem Linoleum.

»Keine Ahnung. Ich weiß nur, daß dieser Vorarbeiter eine Porno-Sammlung besitzt, die du gesehen haben mußt, um es zu glauben. Fotos, Bücher, Schundblätter, Poster...«

»Filme?«

»Filme auch. Echten Schweinkram.« Er gähnte. Sein Tag war genauso lang gewesen wie der meine. »Eine Zeitlang dachten wir, das könnte vielleicht mit dem Mord zu tun haben. Womöglich hat jemand einen anderen erpreßt. Diese Richtung wollten wir jedenfalls erst mal einschlagen, als Onkel Sam erschien und uns die Sache aus der Hand nahm. Walker?«

Ich bemühte mich, meine Stimme wiederzufinden. »Vielen Dank, John. Ich bin im Büro, falls du etwas aus Atlanta hörst.« Ich drückte die Gabel herunter, bevor ich mich verraten konnte, und verfehlte mit dem Hörer nur kanpp meinen Daumen.

Dann blieb ich sitzen und trommelte mit den Fingerspitzen auf den großen, flachen Schmierblock, der auf meinem Schreibtisch die Löschblatt-Unterlage ersetzt. Schließlich öffnete ich das Unterfach, holte die Büroflasche und ein Glas heraus, schenkte mir einen kräftigen Schluck ein und ließ ihn meine Kehle hinunterrinnen. Die Wärme begann sich gerade angenehm in mir auszubreiten, als ich in das ein Meter zwanzig mal ein Meter zwanzig große Bad trat, um meinen Hinterkopf unter den kalten Wasserhahn zu halten. Zuerst war es ein Gefühl, als würde ich mit einem Eispickel behandelt. Als ich mich jedoch behutsam abtrocknete, war das schmerzende Pochen fast völlig verschwunden, und auch mein Magen hatte sich beruhigt. Ich kehrte zum Schreibtisch zurück und vertiefte mich in meine Patience-Karten.

Das Telefon klingelte gegen Ende des dritten Spiels, als ich das vierte Glas gerade halb geleert hatte. Sein Läuten unterbrach eine Debatte zwischen meinem Gewissen und Hiram Walker über die moralische Vertretbarkeit nach der Pik-Vier zu greifen, die mir aus ihrem Versteck unter dem Herzkönig zublinzelte. Mit amtlicher Miene hob ich den Hörer ab.

»John, dich zu kennen erleichtert es mir, ehrlich zu bleiben.«

»Wovon redest du eigentlich? Hast du getrunken?«

Das war typisch John. Ich riß ein Streichholz so dicht an der Sprechmuschel an, daß er es hören konnte, und hielt es an eine Zigarette. »Nicht zu viel«, erwiderte ich, den Rauch ausstoßend. »Übrigens will ich dich nicht etwa ärgern.«

»Benimm dich wie ein Erwachsener und hör zu. Mein Kumpel in Atlanta konnte über die Darlings nichts rauskriegen. Merkwürdige Sache. Als er den Computer mit den Namen fütterte, wurde er auf Autodiebstahl verwiesen, und als er das probierte, gab es nur noch Fehlanzeige.«

»So was Ähnliches hatte ich schon halb erwartet.«

»Drück dich bitte etwas deutlicher aus.«

»Wir haben es hier mit Washington zu tun. Die meisten unserer Steuergroschen gehen für elektrisch betriebene Müllschlucker und Papierwölfe drauf. Wie man Tonbänder löscht, haben die Bürohengste schon während der vorletzten Amtsperiode gelernt. Computerbänder zu löschen dürfte kaum schwieriger sein. Nochmals vielen Dank, John.«

Ich ließ den Hörer gerade lang genug auf der Gabel, um das Telefonbuch hervorzuholen und mit dem Finger am Buchstaben G entlangzugleiten, bis ich den Namen, den ich suchte, gefunden hatte. Es wäre ja auch gelacht gewesen, wenn sie nicht verzeichnet gewesen wäre. Ich wählte. Es läutete zweimal, dann meldete sich Beryl Garnets süße, kleine, alte Stimme.

»Hallo?«

»Selber Hallo.« Ich zog meine Bogart-Masche ab. Das wirkte immer. Niemand erriet je, wer das sein sollte. »Ich möchte mit Iris sprechen.«

»Iris kommt gewöhnlich nicht ans Telefon. Kann ich ihr etwas ausrichten?« Beryls Stimme klang, als argwöhne sie nichts. Aber das mochte nichts heißen.

»Verplempern Sie meine Zeit nicht, beste Dame. Ich will noch ein bißchen was springen lassen, bevor ich um neunzehn Uhr in meine Maschine steigen muß. Also Iris, oder es läuft gar nichts.«

»Einen Augenblick, Sir.« Kein Zögern, kein empörtes Luftholen, nicht einmal ein veränderter Tonfall. Nur »Einen Augenblick, Sir«, als hätte ich gerade die Bestellung für einen Party-Service aufgegeben und sie müsse sich nur nur schnell einen Bleistift greifen. Ich lauschte sekundenlang den verschiedenen Geräuschen, Schritten und nicht zu unterscheidenden Stimmen, die durch die Telefonleitung drangen, und rauchte dabei meine Zigarette. Irgendwo lief ein Fernsehgerät: laute, plärrende Musik, Schüsse, ein Quietschen von Rädern, gefolgt von zerklirrendem Glas. Offenbar eine Verfolgungsjagd. Ich warf einen Blick auf meine Armbanduhr. Fünfzehn Uhr zweiundfünfzig. Also entweder der Film zur Teestunde oder die Wiederholung eines alten Programms. Tante Beryls Mädchen hatten abends wenig Gelegenheit zum Fernsehen. Jemand hob den Hörer auf.

»Hallo?« Eine unverwechselbare Stimme, scheu und zugleich Versprechungen verheißend. Ein Hauch von Inselromantik im Tonfall. Iris.

»Ich bin ein Kunde, der schon einmal bei dir war.« Ich benutzte wieder meine normale Stimme. »Laß Tante Beryl nicht merken, daß es sich anders verhält. Sag ja, wenn du verstanden hast.«

»O ja!« Ihre Stimme klang freudig erregt, was bedeutete, daß sich die alte Dame noch im Raum befand.

»Okay, jetzt wird's etwas schwieriger. Ich muß dir ein paar Fragen stellen, ohne daß mich deine Antworten an die Chefin verraten. Gibt es noch einen zweiten Anschluß im Haus? Sag nicht einfach nur ja oder nein. Sei ein bißchen erfinderisch.«

»Nein, leider nicht.« Sie tat, als müsse sie sich zu irgend etwas erst überreden lassen.

»Gut. Zwei Paar Ohren reichen nämlich. Sieh zu, daß du die alte Dame los wirst. Sag ihr, ich sei schüchtern, und du müßtest mich erst richtig animieren. Wenn sie sich sperrt, behaupte einfach, ich und meine Freunde seien betrunken. Tu so, als würde sich daraus eine lange, nervtötende Verhandlung ergeben. Sollte das nicht klappen, müssen wir etwas anderes ausprobieren.«

»Oh«, sie lachte. »Ich bin überzeugt, wir werden uns schon einig.« Es folgte ein kurzes Schweigen, dann fuhr sie mit gedämpfter Stimme fort: »Es ist okay. Sie ist weg. Ein Glück nur, denn mit dieser Geschichte hätte es nie und nimmer funktioniert. Worum geht es denn?«

»Je verrückter eine Ausrede ist, desto überzeugender ist sie gewöhnlich. Es handelt sich um die Darling-Brüder, die du erwähnt hast. Die sich damals mit Martha amüsiert haben. Waren sie regelmäßige Kunden?«

»Eigentlich nicht. Davor hatte ich sie ein oder zweimal gesehen, aber im Abstand von mehreren Monaten. Deshalb wußte ich auch, daß sie es waren, als ich in jener Nacht die Stimmen durch die Wand hörte. Sie klangen wie der Dodge-City-Sheriff in Stereo.«

»Ist einer von beiden auch mal bei dir gewesen?«

Sie stieß ein hartes Lachen aus. »Du lieber Himmel, nein! Ich glaube nicht, daß solche Typen auf schwarze Haut stehen.«

»Sei nicht vulgär. Hast du in letzter Zeit etwas von ihnen gesehen oder gehört?«

»Nein, seit der bewußten Nacht nicht mehr.«

»Was passierte in dieser Nacht?«

Ihre Stimme wurde lauter und nahm eine spröden Ton an. »Nein, ich glaube kaum, daß ich mich darauf einlassen würde.« Jemand hatte den Raum betreten. Es herrschte sekundenlang Schweigen, dann sprach sie in gedämpftem Ton weiter: »Felix ist gerade durchgegangen. In der bewußten Nacht wurde eine Menge geredet, ich konnte aber nicht verstehen, worum es ging. Manchmal klangen die Stimmen ärgerlich. Ich hörte auch Gerumpel, Klatschen und Schreie, als würde jemand kräftig versohlt.«

Der Zigarettenstummel versengte meine Finger. Ich hatte ganz vergessen, daß ich ihn noch in der Hand hielt. Ich drückte ihn auf dem Glasboden meines Souvenir-Aschenbechers aus Traverse City aus. »Kam dir das nicht merkwürdig vor?«

»Nicht hier. In einem Haus wie diesem ist man allerhand gewöhnt. Ich bin wieder vulgär, nicht wahr? Aber sie hatte ein blaues Auge, als ich sie noch in derselben Nacht sah.«

»Wer? Martha?«

»Hm-hm. Allerdings hatte ich kaum Gelegenheit, mit ihr darüber zu sprechen. Es war die Nacht, als die Razzia stattfand.«

»Was sagte denn die alte Dame, als sie das Veilchen sah?«

»Sie sah es gar nicht. Als die Polizei im Haus erschien, war sie nicht in Detroit, und am nächsten Morgen wurden wir alle zusammen wieder auf freien Fuß gesetzt. So ein widerlicher Bildreporter knipste uns während der Festnahme, aber Marthas blaues Auge war auf dem Bild nicht zu erkennen. Gleich nach unserer Freilassung schloß sich Martha in ihrem Zimmer ein. Tante Beryl dachte natürlich, sie täte es aus Scham, wie eine gewöhnliche Nutte eingelocht worden zu sein. Aber ich weiß es besser. Martha hatte keine Erklärung für das Auge. Ein paar Tage später verschwand sie und nahm mein kleines goldenes Herz mit.«

»Was war mit Jerry und Hubert? Wurden die mit einkassiert?«

»Die waren eine Stunde bevor die Polizei erschien bereits abgezogen. Hat das etwas zu tun mit deiner Suche nach Martha?«

»Es kann sogar von größter Wichtigkeit sein. Bleib am Ball, Engel. Du hörst bald wieder von mir.«

»Warte. Werde ich dich auch sehen?«

Es schwang wieder Verlockung in ihrem Ton mit. Nicht, daß ihre Stimme je völlig neutral geklungen hatte. »Ist gerade jemand reingekommen?« wollte ich wissen.

»Nein.«

Ich grinste. »Bis demnächst, Engel.«

Ich starrte ein paar Sekunden auf die Büroflasche. Dann griff ich nach dem noch halbvollen Whiskyglas, schüttete seinen Inhalt zurück in den Flaschenhals, schraubte den Verschluß zu und stellte Glas und Flasche wieder in das Fach. Dann nahm ich meinen Hut vom Haken. Wozu brauche ich Alkohol? Das Leben bot genug Euphorien.

14

Laut Wetterbericht war die Temperatur seit Mittag um etliche Grad angestiegen, und jetzt bedeckten dicke, fette Tropfen gefrierenden Regens die Windschutzscheibe mit Eisblumen, nachdem die Scheibenwischer aus dem bereits vorhandenen waffeldünnen Eisbelag Erdnußkrokant gemacht hatten. Meine Reifen ließen auf dem glatten, nassen Asphalt Wasser aufspritzen. Rings um mich her kämpften Wagen mit den Tücken des Aquaplaning auf der glasigen Straßenoberfläche, und hier und dort hatten Bordsteine, Abflußrinnen und Hydranten schon für eingebeulte Kotflügel und verzogene Radaufhängungen gesorgt. Manche Leute müssen jeden Winter von neuem fahren lernen.

Der bezogene Himmel hatte die beherrschende Farbe der Stadt von dem üblichen Smog-Blau auf ein schmieriges Grau reduziert, durch das aufgequollene Scheinwerfer nur kraftlos wie Kerzen unter einem schmutzigen, nassen Unterhemd schimmerten und ihr Licht trübe in den Wasserlachen widerspiegelten. Ich langte nach vorn und schaltete der Ordnung halber auch meine Beleuchtung an. Der Wagen roch nach warmer, feuchter Wolle. Die Scheibenwischer summten, der Regen prasselte auf das Vinyldach und die warme Luft, die aus den Heizschlitzen gegen meine Füße blies, trocknete meine durchweichten Socken. Ich fühlte mich behaglich und entspannt und vor der nassen, kalten, lauten Welt von einer Mauer angenehmer Wärme geschützt. Dann bog ich nach links auf die Woodward ab, ein Strom eisigen Wassers, das sich unter meinem Armaturenbrett gesammelt hatte, schwappte mir über den rechten Fußknöchel, und das Gefühl war weg.

Eigentlich mehr aus Prinzip fuhr ich an George Gibsons Haus Ecke Woodward und Watson vorbei, aber diesmal war meine Aufmerksamkeit auf die Stelle auf der gegenüberliegenden Straßenseite gerichtet, wo Francis Kramer mir beim Herausstürzen aus der Haustür ein Streichholz aus der Hand gestoßen hatte. Ein Irrtum war nicht möglich. Vor eben diesem Hauseingang stand straff aufgerichtet ein Bursche mit einem Kreuz wie ein Marine-Feldwebel. Er trug einen Schlips und einen braunen, wadenlangen Trenchcoat und wirkte in dieser Umgebung so auffällig und deplaciert, wie ein Paar Kommißstiefel bei einem Love-in. Nur gehörte er nicht zur Marine, sondern zur Truppe von General Spain und Colonel Vespers. Bei rechter Überlegung war seine Anwesenheit gar nicht so überraschend. Falls in der Wohnung des General-Motors-Vorarbeiters etwas vorhanden gewesen war, was eine Suche gelohnt hätte, hätte es inzwischen gefunden werden müssen, und es wäre nicht nötig gewesen, einen Posten aufzustellen. Ich fuhr weiter, um einen Abstecher zur Erskine zu machen.

Meinen Wagen stellte ich ein paar Häuserblocks entfernt von *Story's After Midnight* ab und ging dann gegen den Regen gestemmt, den Mantelkragen hochgeschlagen und den Hut tief in die Stirn gedrückt, ein Stück zu Fuß. Die Tropfen, die mich ins Gesicht trafen, brannten auf meiner Haut wie ein Funkenflug. Der Wind verfing sich im Rückschlitz meines Mantels und schlug mir den Stoff klatschend um die Beine. Die Straße hatte hier eine dreißigprozentige Steigung, und das strömende Wasser ließ aus den Abflußrinnen reißende Bäche werden, die an dürrem Geäst und durchweichtem Knüllpapier auf den Gully-Rosten vorbeigurgelten. Die Welt befand sich hier sehr mit mir im Einklang.

Diesmal erwarteten mich keine Schlägertypen, aber ich rannte mir beinahe die Stirn ein, als ich auf die Steinschwelle trat, nach dem Messergriff faßte, um ihn runterzudrücken, und die Tür nicht nachgab. Ich wich einen Schritt zurück. GESCHLOSSEN stand auf einem mausgrauen Rollo hinter der Türscheibe. Meine Uhr zeigte sechzehn Uhr dreiundreißig, eine ungewöhnliche Zeit, um zu schließen. Vielleicht hatte Story wegen der schlechten Straßenverhältnisse Angst gehabt, später nach Hause zu fahren. Aber diese Erklärung befriedigte mich nicht. Etwas, das kein kalter Regentropfen war, rann mir zwischen den Schulterblättern hinab.

Zwei Türen weiter gab es einen schmalen Durchgang. Ich schlenderte gemächlich wie es der Regen und mein nagender Verdacht zuließen bis zur Rückfront des Hauses hinab und zählte die braunen Stahltüren, bis ich zu der gelangte, die meiner Berechnung nach zu Storys Laden gehören mußte. Zwei schwarze Plastik-Müllbeutel lehnten daneben. In einen davon war am Unterrand ein Loch genagt, und etwas bewegte sich innen. Ratten. Wenn wir alle schon atomisiert sein werden, wird es sie immer noch geben. Ich achtete darauf, daß ihnen genug Platz blieb, um wegzuflitzen, ohne über meine Hosenbeine zu laufen, bevor ich mich herabbeugte und das Schloß inspizierte.

Es war ein Schließriegel ohne Feder, was mich nicht verwunderte in einem Land, wo die Hersteller von Schlagstöcken in Frauen-Zeitschriften annoncieren. Die Abdeckplatte aus Messing rührte sich um keinen Millimeter, als ich an der abgegriffenen Klinke rüttelte, und was ich von den Schrauben sehen konnte, war auch nicht gerade ermutigend. Falls sie länger als anderthalb Zentimeter waren, gab es wahrscheinlich Probleme. Ich sah mich um, trat zwei Schritte zurück, hob einen Fuß und legte alle Kraft in den Tritt gegen das Schlüsselloch. Die Tür bebte ein bißchen.

Ich unternahm einen zweiten Versuch, an der Tür zu rütteln. Das Schloß schien eine Spur nachgegeben zu haben, etwa so viel wie Gibraltar pro Tag tiefer ins Meer sinkt. Zumindest begann sich das alte Holz um die Schrauben, die das Schließfach hielten, etwas zu lockern. Ich holte tief Luft und trat noch einmal zurück, um den Fuß zu heben. Es war jetzt nicht nur der Verlust meiner Lizenz, den ich riskierte. Es war ein Jahr Knast. Richter stehen Privatdetektiven nicht mit mehr Sympathie gegenüber als Polizisten, und die Strafen für Einbruch und unbefugtes Betreten hatten sich in letzter Zeit sehr verschärft. Aber zum Teufel damit. Amos Walker hatte einen Verdacht.

Mit diesem Tritt klappte es noch nicht, auch nicht mit dem nächsten. Der vierte riß jedoch endlich die Schrauben aus ihrer Verankerung, so daß die Tür nach innen flog und ich mir gleichzeitig den Knöchel verrenkte. Die Querleiste und ein faustgroßes, wurmstichiges Stück Eichenholz flogen gleich mit. Ich humpelte hinein und drückte die Überreste der Tür so gut es ging hinter mir zu.

Ich befand mich in einer Art Lagerraum ohne Fenster. Daß der Raum zum Lagern benutzt wurde, wußte ich, weil ich gleich über eine lange Kiste stolperte, die quer vor dem Eingang stand. Ich versuchte vergeblich die Balance zu halten und landete erst einmal mit dem Hintern auf der Kiste, statt mich im Dunkeln weiter voranzutasten. Der Druck meines Gewichts bewegte die Kiste um keinen Zentimeter. Ich holte meine kleine Stab-Taschenlampe heraus und knipste sie an, um die Kiste zu untersuchen. Ihr Deckel war offen, und sie enthielt gebundene, glanzfolienkaschierte Bücher, offenbar zum Versand bereit via den Paket-Zustelldienst, auf den Story abonniert war. Ich erhob mich, bediente mich meiner Taschenlampe, um einen ähnlichen Unfall zu vermeiden, und bahnte mir den Weg zwischen Bergen von Kartons hindurch zu einer Tür, die vermutlich in den Laden führte. Nachdem ich mich vergewissert hatte, daß die Tür dicht genug schloß, um keinen Lichtschein durchzulassen, der womöglich von der Straße aus gesehen werden konnte, griff ich nach einer Kette, die ich schon zuvor von einer nackten Glühbirne an der Decke hatte herabhängen sehen, und zog daran.

Es war eine atembeklemmend kleine Kammer, knappe zwei mal drei Meter. Die Wände bestanden aus rohen Latten, deren Ritzen mit Gips verschmiert waren, überall türmten sich Berge verschieden großer Kartons. Falls sie gestapelt gewesen waren, hatte jemand die Stapel auseinandergezerrt. Jeder Karton war aufgerissen, soweit ich sehen konnte, waren jedoch nur die Kartons, die Filme enthalten hatten, ausgeleert. Sämtliche Filmdosen waren geöffnet worden, und die abgespulten Zelluloidstreifen kringelten sich in schwarzen, glänzenden Knäueln auf dem Boden. Sie näher in Augenschein zu nehmen, konnte ich mir schenken. Das hatte bereits jemand anders besorgt.

Ich machte das Licht aus und versuchte die Tür zum Laden zu

öffnen. Sie war unverschlossen. Das trübe, graue Nachmittagslicht, das durch die Lüftungsklappe über der Eingangstür hereinfiel, reichte aus, um mich feststellen zu lassen, daß es in dem Laden noch schlimmer aussah. Hier waren sogar die Bücher aus den Regalen gerissen, die Plastikversiegelungen aufgeschlitzt und einzelne Seiten herausgefetzt worden. Die Schubkästen des Schreibtischs waren rausgezogen und umgestülpt. Ihr Inhalt, offenbar Stück für Stück sorgfältig untersucht, lag verstreut auf dem Boden. Selbst die gerahmten frivolen Fotos, mit denen Storys Kunden ihre Schreibtische schmücken mochten, waren aus den Regalen gefegt und aus den Rahmen gerissen. Die feilgebotenen Filme befanden sich in dem gleichen Zustand wie ihre Genossen im Lagerraum. Jemand mit viel Zeit und geübter Hand war hier am Werke gewesen, wenn auch wohl vergeblich. Gewöhnlich brechen Leute die Suche ab, sobald sie fündig geworden sind.

Eine schmale Tür blieb noch übrig, bei der ich mein Glück bisher nicht versucht hatte. Sie war mit dem Poster einer Fotomontage verziert, die ein nacktes Mädchen mit Brüsten so groß wie Wassermelonen und dem Kopf einer prominenten Feministin zeigte. Die Tür war verschlossen, aber nicht annähernd so sicher wie die Hintertür, durch die ich eingedrungen war. Ich holte mein Taschenmesser heraus, schob die Klinge zwischen die Türkante und den Holzrahmen und ließ die Klinge einige Zentimeter aufwärts gleiten, bis sie gegen Metall stieß. Dann gab ich ihr einen energischen Ruck, der den an der Innenseite der Tür befestigten Stahlhaken aus der Öse am Türrahmen hob. Einen Riegel gab es nicht. Von ihrem Eigengewicht gezogen schwang die Tür wie in einem Boris-Karloff-Film knarrend nach innen.

Lee Q. Story saß voll angezogen auf dem Klodeckel, ein wenig zur Seite geneigt und die Stirn auf die Kante des Porzellan-Waschbeckens gestützt, wie jemand; der eine Grippe nicht richtig auskuriert hat und dem beim Zubinden der Schnürsenkel plötzlich schwindlig geworden ist. Nur würde sich Story mit einer Grippe nie wieder abplagen müssen. Er war aller Sorgen längst ledig. Das verrieten mir meine Fingerspitzen an seinem Hals, wo sein Puls sein mußte. Der Regen draußen war nicht so kalt wie seine Haut.

Obwohl er seine Brille mit den Spiegelgläsern nicht trug, konnte ich seine Augenfarbe nicht bestimmen, weil die Augäpfel hinter die halbgeschlossenen Lider zurückgerollt waren. Sein Unterkiefer hing herab, und sein Kopf ruhte um fünfundvierzig Grad seitwärts gedreht auf dem Beckenrand. Möglicherweise war ihm aus dem Mundwinkel Speichel gelaufen, der inzwischen jedoch schon lange angetrocknet war. Unter dem Waschbecken baumelten seine lange, knochigen Arme. Sie würden steif sein wie Eiszapfen. Ich brauchte sie nicht anzufühlen, um das zu wissen. Sein rechter Ärmel war bis über den Bizeps hochgerollt, wo winzige, grau-weiße Kringel vernarbter Haut das mahagonifarbene Fleisch sprenkelten. Auf seinem Hinterkopf hatte er verkrustetes Blut, das seinen Afro-Look verklebte. Aber es war nicht diese Verletzung, die ihn umgebracht hatte.

Ein Löffel mit abgebogenem Stiel und eine geschwärzte kleine Schüssel lagen auf dem Sims über dem Waschbecken neben einer Injektionsspritze und zwei abgebrannten Zündhölzern. Etwas war auf dem Boden der Schüssel zu einer bräunlich-rosa Kruste angetrocknet und hatte dabei einen steif gewordenen Wattebausch von der Größe eines Daumennagels an dem rostfreien Metall festgeklebt. Nicht weit davon lag eine Rasierklinge mit einer abgebrochenen Ecke. Ein kleines Stück zerknülltes Zellophan, das ein Tütchen gewesen war, schwamm samt einem dritten abgebrannten Streichholz in ein paar Fingerbreit grauem Wasser, das aus dem Becken nicht abgeflossen war. Etwas fehlte. Ich machte einen Schritt vorwärts und stieß an einen Plastikbehälter, der auf den Boden gefallen war und feinen weißen Puder auf das abgetretene Linoleum verstäubt hatte. Wahrscheinlich Milchzucker oder etwas, das ähnlich leicht schmolz.

Der Löffel war ein Spezial-Halter und der Knick in seinem Stiel gemacht, um zu verhindern, daß die Hitze die Finger erreichte, die ihn umfaßten, während eines der Streichhölzer brennend unter das Schüsselchen gehalten wurde. Das zweite Streichholz war vermutlich benutzt worden, um die Nadel zu sterilisieren. Das dritte Streichholz gab mir ein Rätsel auf, aber vielleicht war mehr als eines gebraucht worden, um den Stoff zum Schmelzen zu bringen, oder Story war vorsichtiger mit der Nadel gewesen als die meisten. Der Milchzucker, oder was immer es war, hatte als Hilfsmittel gedient, den bräunlich-rosa Stoff seiner Bestimmung zuzuführen. Die Watte war ein Filter, um zu verhindern, daß zusammen mit dem braun-rosa Stoff und dem Zucker Unreinheiten in die Spritze gelangten. Die Rasierklinge diente dazu, Hautgewebe von alten Einstichlöchern zu kratzen, so daß der braun-rosa Stoff direkt in die Vene gepumpt werden konnte. Der braun-rosa Stoff war Heroin. *Mexican Brown* nennen sie ihn in Detroit nach seiner Farbe und seinem Ursprungsland. Er ist nicht von so feiner Qualität wie das weiße Zeug, das sie immer in Kriminalfilmen zeigen, aber zuviel davon auf einmal ist genauso tödlich. Nachdem Steuergelder in Höhe von etwa tausend Dollar für eine Autopsie ausgegeben worden waren, würde sich herausstellen, daß Lee Q.

Story an einer Überdosis gestorben war. Ich war bereit, darauf die unregistrierte Luger zu verwetten, die ich in einer Spezialtasche im Kofferraum meines Wagens versteckt hielt.

Die Tür zum Arzneischrank war nur ein Stück Blech mit einem darauf angebrachten Spiegel, der dringend einer neuen Auflage bedurfte. Das Öffnen verlangte keinerlei Kraftanstrengung. In dem Schränkchen befand sich eine halbvolle Dose Glanzspray für Afro-Frisuren – ich nahm sie heraus und schüttelte sie, nachdem ich mir ein Taschentuch um die Hand gewickelt hatte – ein verlassenes Spinnennetz und Winterluft. Ich stieß die Tür wieder zu. Auf einer Untersuchung von Storys Leiche verzichtete ich. Die Arbeit hatte mir bestimmt schon jemand abgenommen. Selbst der Deckel des Toiletten-Spülkastens saß etwas schief, so als ob er abgehoben und von jemandem, dem die Zeit knapp wurde, nicht mehr richtig aufgesetzt worden war.

Als Mordfall bot die Situation für jeden etwas, einschließlich eines Geheimnisses der verschlossenen Tür. Dabei gab es dafür eine ganz einfache Erklärung. Es gibt ein Dutzend Möglichkeiten, eine Tür so zu schließen, daß ein Haken in das dafür vorgesehene Loch rutscht, auch ohne daß jemand auf der anderen Seite nachhilft. Es kann sogar durch Zufall passieren. Ich weiß das, weil es wieder geschah, als ich es beim Hinausgehen zum drittenmal ausprobierte. Ich wischte den Türknopf hinter mir sorgfältig ab.

Die Luft im Laden atmete sich leichter, nicht nur, weil ich in einer engen Toilette ohne Ventilation gewesen war. Storys Zweiundzwanziger lag nicht mehr unter der Theke, aber das war es nicht, wonach ich suchte. Der Verdacht, dem ich folgte, hatte so feste Fundamente wie ein Hausboot. Ich arbeitete mich durch das demolierte Inventar bis zur Eingangstür vor, um mir zu beweisen, wie wacklig er war.

Der Postbote war nach dem Mörder dagewesen. Entweder das, oder wer immer es gewesen war, hatte die Post durchgesehen und sie dann zu dem vergleichsweise ordentlichen Häufchen wieder an der Stelle aufgeschichtet, wo sie fächerförmig angeordnet durch den Briefschlitz im unteren Türdrittel geschoben worden war. Was ziemlich absurd schien angesichts des Zustandes, in dem sich der ganze Laden befand. Übersehen worden war die Post bestimmt nicht. Jedenfalls nicht von jemandem, der sogar in einen Spülkasten guckte oder einen Bilderrahmen auseinanderriß. Oder der einen Mann über den Kopf schlug und ihm eine Überdosis seines eigenen Rauschgifts spritzte. Ich stieß behutsam mit dem großen Zeh gegen das Häufchen. Aber das erbrachte gar nichts. Dann beugte ich mich herab und blätterte die Umschläge durch.

Es waren überwiegend Rechnungen und Drucksachen, der gleiche Kram, den jeder von uns allmorgendlich außer sonntags in seinem Briefkasten vorfindet und entweder in einem Schubfach oder im Papierkorb verschwinden läßt. Zwei Briefe trugen Geschäftscharakter, ein dritter war mit einer verkrampften, kaum leserlichen Handschrift adressiert.

Die Handschrift hatte ich schon einmal gesehen. An einer roten Verkehrsampel in meinem Wagen sitzend und auf die Rückseite eines Quittungsformulars starrend, auf dem mit Tinte die Liste etlicher Namen geschrieben war. Storys Handschrift. Er schickte sich neuerdings selber Briefe. Ich brach das Gesetz, indem ich den Brief öffnete. Ich hörte keine Polizeisirenen, also schaute ich hinein.

Er enthielt nichts als einen kurzen, dicken Schlüssel an einem mit Draht befestigten Pappschild, auf dem eine Nummer und der Name eines öffentlichen Kühlspeichers auf der Gratiot stand, was genausoviel Sinn ergab, wie bisher alles in diesem Fall.

15

Ich verschwand genauso heimlich durch die Hintertür wie ich eingedrungen war, wobei ich auf dem Weg hinaus die Spuren meiner Anwesenheit nach Möglichkeit tilgte. Die kaputte Tür mußte ich in ihrem Zustand belassen, was der Polizei vermutlich Anlaß zu den wildesten Vermutungen geben würde. Vielleicht ließen sie die eingetretene Tür in einer Gegend wie dieser aber auch als einen mit dem Tod Storys nicht in Zusammenhang stehenden Einbruch unbeachtet. Was in gewisser Weise sogar ja auch gar nicht so falsch war.

Der Straßenbelag glänzte wie der Rücken eines Flußpferdes. Der Regen war in ein heimtückisches gefrierendes Nieseln übergegangen, und der Feierabendverkehr bewegte sich im Zwanzig-Kilometer-Tempo vorwärts. Unterwegs war ich Zeuge von zwei Auffahrunfällen und mindestens zwanzig Beinahe-Kollisionen, und auch ich entging nur knapp der Karambolage mit einem leeren Transporter, der sich auf dem Weg zu einer der Autofabriken befand. Es war achtzehn Uhr und schon dunkel, als ich endlich die gesuchte Adresse in der Gratiot erreicht hatte, auf den kleinen Kunden-Parkplatz vor dem Gebäude abbog, erleichtert ein paarmal tief durchatmete und ausstieg. Die Indianer hatten gar nicht so unrecht: Wer braucht Räder?

Die Adresse erwies sich als Metzgerei mit dazugehörigem Kühlhaus, das sich, von einer Art Theke mit schmaler Pendeltür abgetrennt, an die Metzgerei anschloß. Ein Schild warnte, daß der Durchgang nur Angestellten gestattet war. Hinter der Theke stand eine Frau von etwa fünfzig Jahren in einem weißen Kittel. Ihr grellroter Lippenstift und schwarz gefärbte Haare ließen ihre harten Gesichtszüge zehn Jahre älter wirken. Neben ihrem Ellbogen befand sich eine altmodische Registrierkasse und an der Wand darüber ein Brett mit mehreren Reihen von Haken, an denen etliche Dutzend Schlüssel mit Pappschildern hingen, wie der in meiner Tasche. Ich hatte gewisse Zweifel, ob ich an der Frau vorbeikommen würde, aber meine Skepsis erwies sich als unbegründet.

Ich hielt einfach nur den Schlüssel hoch, und sie deutete mit einem knochigen Finger, dessen Nagel knallrot lackiert war, nach einer schweren Holztür am Ende eines Ganges, der an ihr vorbei nach hinten führte. Zu beiden Seiten des Ganges standen Glasvitrinen mit tiefgefrorenen Steaks und Koteletts, blassem Geflügel und abgepackter Wurst. Mit einem etwas komischen Gefühl in der Magengrube faßte ich nach dem mächtigen Stahlgriff, ließ die Tür aufschwingen und betrat Sibirien.

Ich befand mich in einem höhlenartigen Raum, in dem Todeskälte herrschte. Sie wurde von einem Kühlaggregat produziert, das in der Spalte zwischen dem Oberrand der linken Wand und der Decke vor sich hinsummte. Die Einrichtung bestand, ähnlich wie in einer öffentlichen Leihbibliothek, aus mehreren Reihen massiver Regale. Sie enthielten rechteckige Schubkästen aus Metall, die mich auf unangenehme Weise an die größeren Kästen im Leichenschauhaus erinnerten. Die Wände waren weiß von Frost. Ich vergewisserte mich, daß die Klinke an der Innenseite der Tür funktioniert, bevor ich sie zufallen ließ. Sie schloß sich mit einem Zischen. Ich fühlte mich sehr, sehr allein.

Die Nummer, nach der ich auf der Suche war, fand sich ziemlich am Ende des vierten Regals. Ich steckte den Schlüssel in den Schlitz unter der oberen Kante des Schubfachs und drehte ihn herum. Der Bolzen reagierte nur zögernd, als habe ihn die extreme Kälte erstarren lassen. Ich faßte den Griff und zog daran. Das Schubfach öffnete sich auf lautlosen Laufrollen.

Es war fast randvoll mit in Alu-Folie gewickelten Päckchen gefüllt. Ich ließ diejenigen unbeachtet, die mir schon der Form nach nicht in Frage zu kommen schienen – die kleinen, rundlichen, in denen Frikadellen oder Bierwurst aufbewahrt sein mochten, und die harten flachen, die vermutlich im Sonderangebot gekaufte und erst für späteren Konsum vorgesehene Steaks enthielten – und konzentrierte mich auf eine Scheibe ziemlich auf dem Boden des Fachs, etwa zweieinhalb Zentimeter dick und etwas breiter als meine Hand. Sie fühlte sich an wie eine Acht-Millimeter-Filmdose. Ich löste mit nervösen Fingern die Verpackung und starrte sekundenlang auf ein Rad Käse.

Ich packte es so sorgfältig wieder zu, als beabsichtigte ich, es später selber zu essen, legte es zurück und betrachtete mißmutig den restlichen Inhalt des Schubfachs. Ich konnte mich unmöglich geirrt haben. Wenn auch die Lebensmittelpreise stiegen, so war es wohl doch ein bißchen übertrieben, aus Angst vor Verlust den Schlüssel zu einem Fach mit nicht mehr drin als tiefgekühltem Fleisch und Käse an sich selbst zu schicken. Ich legte beide Hände um ein ovales Etwas von der doppelten Größe meines Kopfes und hob es heraus. Es war nicht schwerer als ein Amboß. Dann holte ich tief Luft und schüttelte es. Wenn ich mich täuschte, hatte sich innen etwas bewegt. Das schwere Trumm auf der Kante des Schubfachs balancierend, entfernte ich die Alu-Folie. Es kam ein Plastikbeutel zum Vorschein, in dem sich eine vierzehnpfündige Pute befand. Und in der Pute steckte eine weitere in Alu-Folie verpackte Scheibe, die ich nicht für Käse hielt.

Ich zog sie heraus und ließ die Pute mit einem Plumps in das Schubfach zurückfallen, der das ganze Regal ins Schwanken geraten ließ. Dann riß ich die Folie von dem kleineren Päckchen. Braunes Ölpapier kam als nächste Hülle, von einem braunen Klebeband befestigt. Ich machte es auf, ebenso wie die Plastikhülle darunter, und hielt schließlich eine flache, graue Dose ohne Aufschrift in der Hand. Mein Verdacht sagte mir, daß sie eine Beschriftung nicht brauchte. Ein paar Sekunden lang bewunderte ich die Dose, dann ließ ich sie in meiner Manteltasche verschwinden, drückte das Schubfach zu, zog den Schlüssel ab und steckte ihn ebenfalls ein. Dann kehrte ich in eine Welt zurück, die nicht ganz so kalt war und sehr viel weniger einsam.

Die Temperatur draußen war wieder im Sinken begriffen, und es fielen vermischt mit dem Nieselregen große, nasse Schneeflocken. Sie glitten an meinem Gesicht herab und schmolzen zwischen meinem Kragen, aber verglichen mit der Atmosphäre des Ortes, den ich gerade verlassen hatte, waren sie warm wie Spucke. Die Gratiot entlang kroch eine Schlange von Wagen, deren Scheinwerfer sich vor dem samtigen schwarzen Hintergrund der Nacht zu glitzernden Diamanten verhärteten, deren Facetten lange Strahlen schossen und die Flocken in ihrem weißen Lichtkegel herumwirbeln ließen. Ich mußte eine Ewigkeit hinter dem Lenkrad meiner alten Kiste warten, bis ich endlich eine Lücke fand, um mich in den trägen Strom einzufädeln. Es kostete mich eine volle Stunde, nach Hause zu kommen.

Das Haus sah dunkel und verlassen aus, bis ich das Oberlicht anknipste. Dann war es nur noch verlassen. Es machte nicht den Eindruck, als sei es von jemandem betreten worden, seit ich morgens aufgebrochen war. Das würde sich höchstens an winzigen Einzelheiten erkennen lassen. Ich warf die Schlüssel neben das Telefon auf das kleine Tischchen und steuerte sofort auf den Schrank neben der Tür zu, ohne mir Zeit zu nehmen, Hut und Mantel abzulegen.

Von einer Klientin, der ich einmal einen Dienst erwiesen hatte – das Wie und das Was spielt keine Rolle dabei – war ich vor zwei Jahren mit einem Film-Projektor entlohnt worden statt mit Bargeld, weil sie, wie sie sagte, pleite gewesen war, nachdem sie den Swimming-pool-Service und die Kosmetikerin bezahlt hatte. Es hatte mich fünfzig Dollar gekostet, das Ding in verpfändbaren Zustand bringen zu lassen. Dann hatte ich das Interesse verloren und den Apparat, wie ich mich zu erinnern glaubte, in diesem Schrank verstaut. Ich hatte mich richtig erinnert. Der verbeulte schwarze Kasten fand sich unter einem Stapel Raritäten wie zum Beispiel einer abgeschabten Roßhaar-Decke, die ich von meinem Großvater geerbt hatte und einem undichten Federbett, das noch von meiner Ex-Frau stammte. Ich holte den Projektor heraus, stellte ihn auf und stöpselte ihn ein. Als er nicht explodierte, entledigte ich mich meiner äußeren Hüllen, öffnete die Blechdose und lehnte ihren Inhalt, eine Metallspule von etwa zehn Zentimetern Durchmesser mit einem darauf gewickelten glänzenden Zelluloidstreifen, an die Scheuerleiste neben der Heißluft-Regulierung. In gefrorenem Zustand würde der Film zu spröde sein, um ihn laufen zu lassen. Dann ging ich in die Küche und wärmte mir das Essen, das ich am Abend zuvor zum Auftauen herausgenommen hatte.

Nach zwei Stunden erwachte ich in meinem Sessel und erhob mich, um nach dem Film zu sehen. Er war noch vorhanden – ich hatte die Tür abgeschlossen, nicht, daß das schon einmal jemanden abgehalten hätte – und sah aus und fühlte sich auch so an wie Film. Ich fädelte ihn in die Maschine ein, suchte mir eine einigermassen helle Stelle an der Wand aus, drehte den Projektor entsprechend, holte tief Luft und schaltete ihn ein. Das Bild, das in Schwarz-Weiß über die Wand flackerte, sah sehr blaß aus. Ich betitulierte mich mit einem Namen, der Barney Zacharias nicht eingefallen war, ging zum Lichtschalter und machte die Deckenlampe aus.

Dann erbaute ich mich an der langen Einstellung auf ein grasbewachsenes Tal, im Vordergrund eingerahmt von zwei Ahorn-Bäumen, eine Grundregel, die wohl jeder amibitionierte Amateur-Fotograf beherrscht. Die Äste der Bäume waren voll belaubt, was auf Sommer oder späten Frühling schließen ließ, und warfen unwahrscheinlich lange Schatten, die nach links über den Boden fielen und erst irgendwo außerhalb des Bildes endeten. Es mußte also später Nachmittag oder früher Morgen sein. Vom Standort des Fotografen aus ging es einen Hang hinunter, an dessen Fuß sich fünf Männer versammelt hatten. Ich nahm jedenfalls an, daß es Männer waren. Vier von ihnen trugen helle, bis zur Erde wallende Gewänder und passende Kapuzen mit hohen, spitzen Zipfeln. Ihre Augen waren schwarze Löcher in dem Teil der Kapuze, der ihre Gesichter bedeckte. Der fünfte Mann, ein Schwarzer von mittelschwerer Statur, war mit einem normalen Anzug bekleidet. Die Krawatte hing ihm gelöst um den Hals. Er kam mir irgendwie bekannt vor, obwohl auf diese Entfernung seine Gesichtszüge unmöglich zu erkennen waren. Er schien gegen etwas zu kämpfen, und ich hatte bereits zehn oder fünfzehn Sekunden hingeschaut, bevor ich erkannte, daß ihm die Arme auf den Rücken gedreht waren und ihn zwei der vermummten Männer – wenn auch nur mit größter Mühe – festhielten. Er stampfte mit seinen kurzen, kräftigen Beinen auf den Boden und wand seinen massiven Rumpf hin und her, bis ein Dritter vortrat, um den anderen beiden dabei zu helfen, ihn zu bändigen. Der Dritte hatte die Gruppe noch nicht erreicht, als sich der Gefangene losriß.

Der dritte Mann machte einen wirkungslosen Versuch, ihn von hinten zu umklammern, aber der Schwarze wischte ihn mit einem mächtigen Rückwärtsschlag seines Armes aus dem Weg und begann die leichte Steigung nach rechts hochzurennen. Er lief schnell, aber unbeholfen, Arme und Beine mehr als nötig anstrengend, den Oberkörper ein bißchen zu weit vorgeneigt. Nicht so sehr, weil er im Laufen ungeübt war oder weil man ihn zu lange gefangengehalten hatte, sondern als behindere ihn ein altes Leiden, womöglich eine Rückenverletzung. Nichtsdestotrotz hatte er einen Vorsprung vor seinen Verfolgern und war schon halb auf dem flachen Hügel, als der vierte Mann unter seinem Gewand einen dunklen Gegenstand zum Vorschein brachte, der sich in seiner Hand dreimal ruckartig bewegte. Der rennende Mann zuckte dreimal zusammen, fiel vornüber auf die Knie und dann aufs Gesicht. Sein Rücken bäumte sich noch einmal hoch, als versuche er aufzustehen, dann ließ seine Kraft jedoch nach, er rollte zur Seite und lag still.

Die anderen drei rissen sich die Kapuzen herunter und rannten zu dem Gestürzten. Einer von ihnen ließ sich neben ihm kurz auf die Knie nieder, während seine Gefährten vorgebeugt dabeistanden. Dann erhob er sich wieder. Der Mann, der geschossen hatte, verstaute die Waffe und nahm auch die Kapuze ab. Einer der Männer, die um die Leiche standen, wandte zufällig den Kopf in Richtung der Kamera, hob die Hand, als wolle er etwas zeigen, und in diesem Augenblick machte die Kamera einen verrückten Schwenk. Es war nur noch Himmel zu sehen, der Rest des Films war nicht mehr belichtet.

Das Streichholz, mit dem ich mir zu Beginn der Handlung eine Zigarette hatte anzünden wollen, versengte mir die Fingerspitzen. Ich schüttelte es fluchend aus, dann spuckte ich bittere Tabakkrümel von meiner Zunge. Zum zweitenmal hatte ich wegen Francis Kramer eine Winston durchgebissen.

Schließlich reagierte ich auf das klatschende Geräusch, mit dem das Ende des abgespulten Films gegen den Projektor schlug, und schaltete ihn aus. Nun saß ich zwar im Dunklen, aber der kleine Projektor hinter meinen Augen warf seine eigenen Bilder an die Wand, wo das leuchtende Rechteck gerade erloschen war.

Francis Kramer war tot, weil er eine Exekution der Schwarzen Legion gefilmt hatte, die unmittelbar aus der Zeit der Depression hätte stammen können. Lee Q. Story war tot, weil er im Besitz des Films gewesen war und jemand den Kopf verloren hatte, bevor Story hatte sagen können, was damit geschehen war. Jeder Amateur-Fotograf mit einer guten Dunkelkammer war in der Lage, dieses Beweismaterial auf ein Format zu vergrößern, das vor Gericht für eine Identifikation ausreichte. Was das Opfer betraf, so brauchte ich keine Vergrößerung, um ihn identifizieren zu können. Während der vergangenen drei Monate hatten die örtlichen Fernsehstationen sehr viel Sendezeit mit Berichten über ihn gefüllt. Vor allem hatte ich ihn an diesem Laufstil erkannt, dessen Unbeholfenheit von einer ausgiebig publizierten Sportverletzung herrührte, die er als Student an der Universität von Detroit erlitten hatte.

Ich brauchte keine Vergrößerungen, um zu wissen, daß ich soeben Augenzeuge der im vergangenen August dokumentarisch festgehaltenen Ermordung von Freeman Shanks geworden war, des aus dem Ghetto aufgestiegenen Lieblings der Gewerkschaftsanhänger.

16

Noch lange, nachdem der Film abgelaufen war, saß ich so im Dunkeln, rauchte und dachte nach. Aber die meiste Zeit rauchte ich bloß. Meine Kehle begann sich schon anzufühlen wie die Innenseite eines Fabrikschornsteins der Ford-Werke, als ich meine zigste Zigarette in einem Aschenbecher ausdrückte, in dem sich die Kippen häuften, schließlich aufstand und das Licht anknipste, um mir einen Whisky zu genehmigen. Während ich ihn einschenkte, überlegte ich weiter. Allmählich bekam ich Kopfschmerzen.

Die Ermordung Kramers hatte mit dem Mord an Shanks zu tun, der auch irgendwie mit dem Verschwinden von Marla Bernstein/Martha Burns in Zusammenhang stand. Wenn Beryl Garnet die Wahrheit erzählte, traf ihre Beschreibung des Mannes, der Marla in dem Bordell einquartiert hatte, genauso auf Freeman Shanks wie auf tausend andere zu. Es erklärte aber auch seinen Versuch, sich bei den Besuchen unkenntlich zu machen. Eine überflüssige Vorsorge, falls die alte Dame tatsächlich nie das Fernsehprogramm verfolgte oder Zeitung las, wie sie behauptete. Aber das hatte er natürlich nicht wissen können. Liebesaffären zwischen Schwarz und Weiß waren nicht ratsam, wenn man politische Ambitionen hatte. Und schon gar nicht zwischen dem Mündel eines Gangster-Bosses und einem Arbeiterführer, der gelobt hatte, die Gewerkschaft vom Einfluß der Mafia zu befreien. Im vergangenen Dezember, als er mit Marla bei Beryl Garnet erschienen war, hatte er sich vermutlich gerade um seine Position bemüht.

Was stank, war die Tatsache, daß ich am selben Tag von zwei Enden her auf denselben Fall gestoßen war, sofern es sich um denselben handelte. So viel Zufall war fast so unwahrscheinlich wie die unglaublich komplizierte Handlung eines viktorianischen Romans. Aber schließlich gab es manchmal verrückte Zufälle. Wie zum Beispiel die Geschichte mit den beiden Schwestern, die aus Rußland stammten und seit der Nazi-Invasion nie mehr voneinander gehört oder gesehen hatten und sich dann zufällig im Einkaufszentrum von Oil Trough, Arkansas, über den Weg gelaufen waren, um festzustellen, daß sie zwanzig Jahre lang nur ein paar Meilen voneinander entfernt gelebt hatten. Das war also noch zu klären.

Ich dachte so angestrengt darüber nach, daß ich mein Glas aus Versehen bis zum Rand füllte und das meiste davon wieder in die Flasche zurückkippen mußte. Dann ging ich in die Küche, hielt das Glas mit dem verbliebenen Rest unter den Wasserhahn – nur hoffnungslose Alkoholiker trinken ihren Whisky pur –, kehrte ins Zimmer zurück, ließ mich wieder nieder, trank und überlegte. Nach ein paar Minuten sprang ich auf, holte mein Notizbuch hervor, ging zum Telefon, entfernte die Wanze, die mir Spain und Vespers hinterlassen hatten, und wählte die Nummer von Miriam H. Fordhams Mädchenpensionat.

Es läutete achtmal, bevor ich eine Dame mit einem Mary-Astor-Akzent an die Strippe bekam und informiert wurde, Miss Brock sei bereits nach Hause gegangen, ich solle es doch am besten noch einmal am nächsten Morgen versuchen. Es kostete mich zwei Minuten – eine Menge Zeit, wenn man am Telefon hängt –, um ihr La Brocks Privatnummer zu entlocken. Esther Brock erinnerte sich sehr gut an mich. Ich stellte ihr eine Frage, und sie gab mir eine Antwort. Dann bedankte ich mich bei ihr und legte den Hörer wieder auf.

Was mich, beide Enden der Rettungsleine festhaltend und zugleich wassertretend wie eine Ratte, noch immer einen Kilometer vom Ufer entfernt bleiben ließ. Wenn auch die Antwort, die ich gerade bekommen hatte, diejenige war, die ich brauchte, um alles mit einer adretten Satin-Schleife zusammenzubinden, hatte ich noch immer keine Ahnung, wer Lee Q. Story ermordet hatte, was nicht sonderlich wichtig war, und ich wußte nicht mehr über den Verbleib Marla Bernsteins wie vierundzwanzig Stunden zuvor, als Merle Donophans Anruf meinen bescheidenen Abendfrieden gestört hatte, und das war sehr wichtig.

Dann fiel mir etwas ein, was ich zu tun vergessen hatte, und gleichzeitig wünschte ich, mich nicht erinnert zu haben, weil das bedeutete, zurückfahren und einen Toten interviewen zu müssen.

17

Keine Einsatzwagen standen vor dem Laden in der Erskine, keine rotierenden Blaulichter erhellten die Umgebung, keine Menschenmenge drängte sich auf dem Bürgersteig, keine Polizeilautsprecher dröhnten in voller Stärke, um das Durcheinander einer routinemäßigen Morduntersuchung zu übertönen. Kurz gesagt, niemand der es noch für seine Pflicht hielt, die Behörden zu benachrichtigen, hatte den Toten auf der Toilette entdeckt. Höchst bedauerlich. Sonst hätte mir das einen Vorwand geliefert, einfach weiterzufahren.

Es lag gerade genug Schnee auf der Straße, um Bodenhaftung zu gewährleisten. Ich benützte denselben Parkplatz, auf dem ich zuvor schon gestanden hatte, ließ meinen Wagen im Schatten zurück – von dem es jede Menge gab, weil die Straßenlaterne daneben aus ihrem Sockel gebrochen worden war – und setzte mich zu Fuß in Trab, eine Richtung einschlagend, die mich meiner Schätzung nach an Storys Hintertür landen lassen mußte. Diesmal hatte ich meinen Revolver in der Tasche. Nach Sonnenuntergang hätte ich ihn in dieser Gegend in jedem Fall bei mir gehabt. Nasser Schnee durchweichte meine Schuhe bis auf die Socken.

Minutenlang verirrte ich mich in dem mittelalterlichen Labyrinth von Straßen und Gängen, die sich zwischen den Häusern hindurchwanden, aber mein Instinkt führte mich schließlich unter eine funktionierende Laterne, die schräg gegenüber des von mir gesuchten schmucklosen Gebäudes stand.

Die beiden Müllsäcke standen immer noch da, aber die Ratten waren verschwunden. Vermutlich hatten sie sich in die Säcke hineinverkrochen, wo es warm war. Die Tür befand sich in demselben Zustand, wie ich sie verlassen hatte. Im Lagerraum knipste ich meine Taschenlampe gerade noch rechtzeitig an, um nicht noch einmal über die große Bücherkiste zu stolpern. Niemand hatte inzwischen aufgeräumt.

Auch der Laden war in unverändertem Zustand. Keine geheimnisvollen Fußabdrücke und kein Duft von exotischem Parfüm, der in der Luft hing. Niemand lauerte, um mir über den Kopf zu schlagen. Der Tod war niemals so still. Halb automatisch versetzte ich der Toilettentür einen Stoß. Sie gab unter meiner Berührung nach. Wieder überkam mich ein Gefühl, als riesele mir kaltes Wasser den Rücken herab. Haken können von selbst an die richtige Stelle fallen. Von allein anheben können sie sich nicht. Während die Tür ohne weitere Nachhilfe nach innen schwang, steckte ich die Taschenlampe weg, zog meine Waffe heraus, faßte nach der Türkante und drückte die Tür weiter auf, bis sie gegen die Wand schlug. Sie war auf keinen Widerstand getroffen, was nur noch die andere Seite für Spekulationen übrig ließ. Ich preschte hinein, prallte mit der Schulter voran an die gebenüberliegende Wand, schnellte im Polizei-Stil mit gezücktem Revolver herum und zielte in die verdächtige Ecke. Im Schatten bewegte sich nichts. Ich tastete nach der Kette, die von der Birne an der Decke herabbaumelte, zog daran und tauchte das kleine Kabinett in Licht. Nur ein Riß im Gipsputz gähnte mich an.

Story saß noch immer auf dem Klo, den Kopf gegen das Waschbekken gelehnt, mit einem Auge in das Nichts aufblickend. Mein unsanfter Eintritt schien ihn nicht gestört zu haben. Auch nicht das Eindringen der anderen, die inzwischen hier gewesen waren. Er wirkte lediglich wie ein zusätzlicher Bestandteil des Raums. Ich öffnete die Hausapotheke. Ihr Inhalt sah nicht aus, als sei er berührt worden. Wer immer den Türhaken hochgeschoben haben mochte, war anscheinend zu dem gleichen Schluß gelangt wie ich.

Die Polizei war es nicht gewesen. Die Beamten hätten sich sonst noch hier zu schaffen gemacht, Kreidestriche gezogen, Blitzlichter aufflammen lassen, den Fußboden auf der Suche nach Knöpfen und Zigarettenstummeln in Quadrate aufgeteilt und das bereits auf Fingerabdrücke untersuchte Telefon benutzt, um ihren bevorzugten Reportern einen Typ zu geben in der Hoffnung, vielleicht noch ein paar Zeilen in der Morgenausgabe oder eine halbe Minute in den Vormittagsnachrichten abzukriegen. Sie wären mit heulenden Sirenen gekommen und hätten die Luft mit ihren stinkenden Zigarillos verpestet und alles wäre erleuchtet gewesen wie eine Disco am Samstagabend. Ich glaubte nicht, daß der Killer zurückgekommen war. Es sei denn, er hätte die gleiche Idee wegen der Post gehabt wie ich. Aber dann konnte es für ihn keinen Grund gegeben haben, in der Toilette nachzusehen, sofern ihn nicht, genau wie mich, die Neugier getrieben hatte.

Als ich diesmal die Toilette verließ, machte ich mir nicht mehr die Mühe, den Haken wieder an seinen Platz zu dirigieren. Dann tauschte ich den Revolver gegen meine Taschenlampe aus und bahnte mir den Weg hinüber zu Storys Schreibtisch. Dort hockte ich mich zwischen das Durcheinander auf dem Fußboden und benutzte einen von Storys Bleistiften, um die einzelnen Gegenstände, die aus den Schubkästen gekippt waren, auseinanderzuschieben. Dabei stieß ich auf eines dieser kleinen, in braunes Kunstleder eingebundenen Notizbücher, die man in jedem Supermarkt auf den zu Impulsiv-Käufen verlockenden Ständen in der Nähe des Ausgangs findet. Es lag aufgeklappt auf dem Boden. Ich nahm es auf und leuchtete mit meiner Taschenlampe auf die Seiten.

Es war ein Adreßbuch. Die Namen und Telefonnummern waren in Storys unbeholfener Handschrift geschrieben, und ich erkannte sie als die Anschriften wieder, die er mir am Vormittag als Gegenleistung für zwanzig Dollar aufgeschrieben hatte. Eine Seite fehlte. Ich befühlte die Papierreste, die noch an den Metallringen hingen und hatte eine geniale Idee.

Jeder, der regelmäßig fernsieht, weiß inzwischen, daß sich eine handschriftliche Notiz auf die darunterliegenden Papierseiten durchdrückt und gewissermaßen als Negativ sichtbar gemacht werden kann, wenn man mit einem gut gespitzten Bleistift leicht darüber reibt.

Storys Bleistift und eine Menge Hinundherdrehen des Papiers sowie meiner Taschenlampe – die Seite darunter war nämlich ihrerseits beschriftet – enthüllte mir mehr Adressen, die mir bekannt waren, und eine, die ich noch nicht kannte. Ich schrieb sie mir auf eine saubere Seite ins Reine, riß die Seite heraus und steckte sie in meine Tasche. Dann wischte ich den glatten Kunstledereinband des Adreßbuches sorgfältig mit meinem Taschentuch ab, wobei ich zweifellos wertvolle Beweismittel zerstörte, und legte es mehr oder weniger genau zurück an die Stelle, wo ich es gefunden hatte. Danach kam mir der nächste Geistesblitz.

Das Telefon ist eine wunderbare Erfindung, ob man ihm nun traut oder nicht. Es spart Zeit, Energie und Schuhsohlen und soll gelegentlich sogar schon Leben gerettet haben, sofern man den Notruf wählt und rechtzeitig Anschluß bekommt, bevor man seinen letzten Schnaufer getan hat. In Anbetracht der Tatsache, daß A. G. Bell in Nova Scotia gelebt hat, ist dieses Instrument eines der wenigen Dinge, mit denen uns Kanada beschenkt hat, um seine Existenz zu rechtfertigen. Ich versuchte also, von dem Apparat auf Storys Schreibtisch aus Barry Stackpole zu erreichen, doch es meldete sich niemand.

Ich hatte Stackpoles Reise vergessen. Nachdenklich legte ich wieder auf und wählte die Nummer von Beryl Garnets Freudenhaus.

»Ja?« Eine gedehnte, honigsüße Stimme, weder die von Tante Beryl noch von Iris. Das Dienstmädchen.

Ich verfiel wieder in meine Bogart-Masche. »Holen Sie mir Iris an den Apparat«

»Miss Iris ist beschäftigt. Soll ich ihr etwas ausrichten?«

Ein Etablissement mit freundlicher Atmosphäre. Jeder mit dem ich sprach, schien meine goldenen Worte für die Nachwelt erhalten zu wollen. »Daß sie beschäftigt ist, kann ich mir vorstellen«, grollte ich. »Zerren Sie Iris unter dem Kerl vor, wer immer es ist, und sagen Sie ihr, Lieutenant Fowler will mit ihr sprechen.«

»Lieutenant Fowler.« Sie war schon zu lange im Geschäft, um sich etwas anmerken zu lassen, aber wenn sie sich nicht vor Schreck in die Hose gemacht hatte, war ich bereit, meine Lizenz zurückzugeben.

»Ja«, bestätigte ich. »Einer ihrer Kunden hat heute abend eine Tankstelle überfallen und den Tankwart umgebracht. Ich will sie bitten, die Augen offenzuhalten, falls er aufkreuzt.«

»Bitte bleiben Sie am Apparat.« Sie legte den Hörer aus der Hand. Vermutlich um den Schlüpfer zu wechseln. In einem angrenzenden Raum wurde gesprochen, ich konnte jedoch nichts verstehen. Es klang wie in einem Bienenkorb. Einmal hörte ich das laute, betrunkene Lachen eines Mannes. Offenbar herrschte Hochbetrieb.

»Ich bin es, Engel«, sagte ich, als eine vertraute Stimme mich begrüßte. »Ich rufe dich an, weil du im Augenblick die einzige bist, an die ich mich wenden kann. Bist du allein im Zimmer?«

Es dauerte einen Augenblick, bevor sie antwortete: »Ja. Corinna sagte etwas von einem Überfall auf eine Tankstelle. Was...«

»Das war meine Ausrede. Bleib dabei, falls dich jemand fragt, worum es bei diesem Telefongespräch geht. Hör zu, bis jetzt ist alles ziemlich glatt gelaufen, und das gefällt mir nicht. Ich will damit nicht behaupten, daß es mir lieber ist, Schwierigkeiten zu haben, aber wenn zu lange nichts schiefgeht, werde ich unruhig. Wie früher, wenn ich als Teenager mit meinem Onkel boxte und er mich drei Runden nacheinander glatt gewinnen ließ. In der vierten wurde ich unvorsichtig, und er verpaßte mir einen vollen K. O. Danach lernte ich, auf diesen unverhofften linken Haken aufzupassen.«

»Wovon redest du eigentlich? Bist du betrunken?«

Nun wurde ich das schon zum zweitenmal gefragt. Allmählich begann ich mir Gedanken zu machen. »Der springende Punkt ist folgender«, sagte ich. »Wenn ich in eine Kreissäge laufe, möchte ich gern, daß irgendwo irgend jemand aufpaßt, wohin die Stücke fliegen. Auf welchem Fuß stehst du mit dem Gesetz?«

»Ich befinde mich auf einer kurzen, schnellen Rutschpartie in die Dehoco mit einer Bananenschale unter dem Hintern. Was ist los?«

Dehoco ist die Detroiter Besserungsanstalt (Detroit House of Corrections) und außer, daß vor mehr als hundert Jahren die Banditen-Königin Belle Starr dort einmal eine Gastrolle gegeben hat, gibt es nichts darüber zu sagen. Ich schnalzte mißbilligend mit der Zunge.

»Du bist schon wieder vulgär. Aber egal. Du brauchst ihnen nicht deinen Namen zu nennen, obwohl sie dich danach fragen werden. Es ist jetzt«, – ich blickte auf die Leuchtziffern meiner Armbanduhr – »elf Uhr zwanzig. Wenn du bis ein Uhr zwanzig nicht wieder von mir gehört hast, ruf die Polizei an und schick sie zu dieser Adresse.« Ich gab ihr die Anschrift, die ich aus Storys Notizbuch abgeschrieben hatte. »Frag nach Lieutenant Alderdyce.« Ich buchstabierte den Namen.

»Eine Sekunde noch, Schatz. Ich bin gerade beschäftigt.«

Sie sprach nicht zu mir. Ich hörte die herannahenden Schritte, während ich darauf wartete, daß sie fertig schrieb. Männerschritte, schwerfällig und etwas unsicher. Betrunkene Schritte. Ich hörte auch das Rascheln von Papier, als Iris eilig den Zettel, auf den sie sich Alderdyces Namen notiert hatte, wegsteckte.

Sie war nicht schnell genug. »Wass'n los, Baby? Schtör ich dich etwa? Schreibsu ein'n Liebesbrief an dein 'n Lieblingskerl? Vielleicht' issa das am Telefon.« Seine Stimme war so schwer wie sein Gang und doppelt so betrunken. Es kostete ihn Anstrengung, einen zusammenhängenden Satz herauszubringen. Wahrscheinlich war es auch sein alkoholisiertes Gelächter gewesen, das ich zuvor gehört hatte.

»Laß mich, Liebling«, wehrte Iris ab, wobei sie ihre Stimme so klingen zu lassen versuchte, als könne sie es gar nicht erwarten, zu ihm zurückzukehren. »Ich führe gerade ein Ferngespräch. Es ist mein Vater. Eine Minute noch.«

»Erst war es eine Sekunde, jetzt isses eine Minute. Mach schon, eine Hure hat keinen Vater, jedenfalls keinen leiblichen. Un' schon gar nich eine Nigger-Hure. Komm jetzt, Hure.« Es war das schnelle Bewegen von Füßen zu hören. Offenbar grabschte er nach Iris und stellte sich dabei ziemlich ungeschickt an.

»Gib ihn mir«, befahl ich.

Es verging ein Augenblick, dann kam ein ersticktes »Häh?«, tolpatschige Hände fummelten mit dem Hörer herum und ein schwerer Atem keuchte in die Sprechmuschel. Ich zuckte instinktiv zurück. Fast konnte ich den Schnaps riechen.

»Jah?« In kein Wort kann so viel Verächtlichkeit gelegt werden.

»Captain Johnson, Chikagoer Sittenpolizei.« Ich bemühte mich, möglichst amtlich zu klingen. Er würde zu betrunken sein, um zu überlegen, ob das stimmen konnte. »Ich möchte wissen, was ein Mann in dem Mädchenwohnheim meiner Tochter zu suchen hat. Wie heißen Sie.«

Er erwiderte: »Urgalagurg« oder vielleicht war es »Schlapadafrap«. Jedenfalls klang es nicht wie ein Name, den ich im Telefonbuch finden würde. Es gab noch mehr Gefummel, gefolgt von dem Geräusch schwerer Schritte, die sich vom Telefon entfernten. Diesmal klangen sie jedoch eilig, ja gehetzt. Es ertönte ein lauter Krach, so als sei jemand gegen einen Türrahmen geprallt, dann ein noch lauterer Fluch. Ich hätte ihn womöglich sogar ohne Telefon hören können.

»Was hast du zu ihm gesagt?« Es war wieder Iris. Sie hatte einen Schluckauf oder vielleicht hielt sie nur ein Lachen zurück. »Er wurde plötzlich grün und stürmte zum Badezimmer.«

»Arglistige Täuschung.« Ich tastete nach einer Zigarette, erinnerte mich dann jedoch, wo ich mich befand und beherrschte mich. »Hast du den Namen, den ich dir genannt habe?«

»Alderdyce. Ich habe ihn aufgeschrieben. Amos, was ist im Gange?«

»Komisch. Ich habe den Namen Amos nie gemocht, aber aus deinem Mund klingt er wie ›Stardust‹. Machst du dir um mich Sorgen oder um das goldene Herz?«

»Sch ...«, begann sie, hielt dann jedoch inne. »Zum Teufel mit dem Goldherz. Ich will es nicht, wenn das bedeutet, daß du womöglich auf dem Friedhof endest. Du bist ein netter Kerl. Vielleicht der einzige, den ich getroffen habe, seit ich von zu Hause fort bin.«

»Mach das aber bitte nicht publik. ›Nett‹ ist nicht gerade eins von den Adjektiven, die ich in meiner Anzeige im Branchenbuch benutze.«

»Hör jetzt mit der Flachserei auf und sei einmal eine Minute ernst, verdammt! Merkst du nicht, daß ich wirklich echte Angst um dich habe?«

Es hätte ein zärtlicher Augenblick werden können, aber Beryl Garnet verdarb ihn, in dem sie Iris' Namen rief. Die zweite Silbe war lauter als die erste. Tante Beryl kam aus einem anderen Raum herein.

»Das brauchst du nicht«, versicherte ich hastig. »Wenigstens nicht bis ein Uhr zwanzig. Und laß deinen Notizzettel nicht herumliegen. Nichts bleibt geheim in Washington oder einem Bordell in der John R. Street.« Ich legte auf. Dann wischte ich noch einmal alles sorgfältig ab und verschwand im Eiltempo.

Die Adresse führte mich in eine Gegend, wo es die letzte unbefestigte Straße im Umkreis von zehn Meilen geben mußte, einen schmalen Kiesweg, der nördlich von der West Grand River abzweigte, nachdem man schon ganz vergessen hatte, wie Wolkenkratzer aussahen und darüber nachzugrübeln begann, ob Tankstellen, Eisbahnen und Imbiß-Buden als einzige Spuren von Zivilisation übriggeblieben waren. Dann erst geriet plötzlich wie aus dem Nichts dieses diagonale Band dreckigen Schneematsches in mein Scheinwerferlicht, ohne ein Schild, das den Autofahrer vorwarnt, und ich mußte auf die Bremse springen, das Lenkrad rumreißen, und schlitternd Dreck aufschleudern, um nicht darüber hinauszufahren. Der Abzweiger war nicht auf der Karte verzeichnet, die in meinem Handschuhfach lag. Ich hatte keine Ahnung gehabt, wo mit der Suche anzufangen, wäre nicht vor etwa einem Jahr in der Nähe dieser Ecke die unbekleidete Leiche einer vergewaltigten Frau in einem Abflußrohr gefunden und die Meldung darüber ausgiebig verbreitet worden. Selbst das wäre vermutlich nicht in meinem Gedächtnis haftengeblieben, aber das Mädchen war eine Sekretärin gewesen, die in einem Büro in der Etage unter mir gearbeitet hatte, und wir waren uns manchmal in der Lobby begegnet und hatten ein paar Bemerkungen über das Wetter gewechselt. An ihren Namen erinnerte ich mich nicht mehr, aber die Straße konnte ich nicht vergessen.

Schlamperei! Die *Wayne County Road Commission* verwendet all ihre Zeit und die zur Verfügung stehenden Gelder, die nach Detroit hineinführenden Hauptstraßen in Schuß zu halten und läßt diese kleinen, halb vergessenen Fahrwege zu Trampelpfaden verkommen, an deren Seiten Bäume ihre abgestorbenen Äste wie Geisterfinger herabhängen lassen. Sie krachen einem gegen die Windschutzscheibe und schrammen quietschend an den Seiten des Autos entlang, daß der Lack zerkratzt. Und dann schwappt das Salz hoch, das sie in den Minen unterhalb der Stadt fördern und über die Straße verstreuen, um für die im Sommer nicht ausgeführten Ausbesserungsarbeiten zu entschädigen. Und es frißt sich gierig in das ungeschützte Metall, bis sechs Monate später der Staub durch die Rostlöcher dringt.

Erst fuhr ich einmal an meinem Ziel vorbei, wendete in der Einfahrt zu einem alten Bauernhaus, kehrte um und bog in einen noch schmaleren Privatweg ab, der in den *Vistaview Mobile Home Park* führte. Ich hielt vor einem fest auf ein Fundament montierten Wohnwagen mit einem über der Tür angebrachten Schild, das so wirken sollte, als sei die Aufschrift BÜRO ganz primitiv in ein Stück Baumrinde gebrannt worden. Durch die Jalousie des Vorderfensters fiel Lichtschein.

Mir gefiel es hier gar nicht. Es war zu abgelegen, und es gab zu viele Stellen, um eine Leiche verschwinden zu lassen, ohne daß jemand, der im Dunkeln mit einer Schaufel unterwegs war, Mißtrauen erregen konnte. Ich schaltete den Motor ab und stieg aus. Dann ging ich den gefegten, gepflasterten Weg bis zur Tür des Wohnwagens und trat ein ohne vorher anzuklopfen.

18

»Sie haben Ihren Wohnwagen vergessen.«

Der Witzbold war ein untersetzter Schwarzer in einem verwaschenen blau-gelben University of Michigan-Sweatshirt. Er saß an einem mit Formularen überladenen Klapptisch unter dem Vorderfenster, durch das er kichernd auf meinen Wagen hinausspähte. Sein Profil, das von der Stehlampe hinter seiner linken Schulter beleuchtet wurde, war flach, als habe es ihm jemand, dem sein Humor mißfallen hatte, mit dem Handballen eingedrückt. Was ich unter den gequollenen Lidern von seinen Augen sehen konnte, war verpliert und froschähnlich, der Blick eines überzeugten Alkoholikers. Das war etwas, das man einkalkulieren mußte.

»Ich will keinen Stellplatz«, klärte ich ihn auf, »sondern nur Auskunft.«

»Versuchen Sie es mal bei der Telefongesellschaft.« Er ließ seinen Drehstuhl knarrend zu mir herumschwingen, lehnte sich zurück, verschränkte die klobigen Hände im Nacken und musterte mich unter den schweren Lidern hervor.

»Sehr witzig«, stellte ich fest. »Wie ein Quietschkissen auf einem Rollstuhl.« Ich zog das spätere Bild von Marla Bernstein hervor und warf es auf seinen behelfsmäßigen Schreibtisch. Es blieb auf der Seite eines Kontobuchs liegen, das über die Linien hinaus mit bleistiftgeschriebenen Zahlen vollgekritzelt war. Er hielt den Blick noch eine Sekunde auf mich gerichtet, bevor er ihn an seinem Nasenrücken hinab auf das Foto rutschen ließ. Dann neigte er sich langsam vor, löste die Hände voneinander und brachte sie nach vorn, um nach dem Foto zu greifen. In seine Augen trat ein gieriges Funkeln. Leute wie er waren die Pragmatiker, die derartige Bilder als das nahmen, was sie sein sollten.

Das Innere des Wohnwagens war verdientermaßen schäbig. Die Wände waren mit jenem billigen, hellen Sperrholz verkleidet, das während des Zweiten Weltkrieges zum Furnieren von Möbeln verwendet worden war und schneller auseinanderbrach als die Achse. Die Decke unmittelbar über meinem Kopf bestand aus einem mit Wasserflecken verunzierten Lochbrett, aus dem eine Lampenfassung mit vier schwärzlich angelaufenen Birnen ragte, von denen keine brannte oder je wieder brennen würde. Dann gab es eine abgewetzte Bettcouch und hinter einem Kartentisch ein Safe, den zu knacken es höchstens zehn Sekunden und einer Nagelfeile bedurft hätte. Ein Klosett hinter einer spanischen Wand, daneben ein altmodischer grauer Stahl-Heizkörper und selbstverständlich Einbauschränke und Regale, wo immer sie nur unterzubringen waren, vollendeten die Einrichtung. Zwei Stahlrohrstühle mit gesprungenen Vinyl-Bezügen standen offenbar zur Bequemlichkeit von Kunden vor dem Tisch. Einen zweiten Raum gab es nicht.

Nach etwa einer Minute wandte er seine Aufmerksamkeit zögernd wieder mir zu und reichte mir das Foto. »Was ist damit?« Seinem Tonfall war zu entnehmen, daß er aus Detroit stammte.

Ich machte keine Anstalten, das Foto entgegenzunehmen. »Wissen Sie, wo es aufgenommen worden ist?«

»Bulle?«

»Privatdetektiv.«

Er studierte es noch einmal. Diesmal konzentrierte er seine Aufmerksamkeit auf den Raum, nicht die beiden Personen darin. Schließlich zuckte er die Achseln und gab mir das Bild zurück. »Vielleicht weiß ich es. Für einen Preis.«

Ich spielte meine Trumpfkarte aus. »Lassen wir uns die Sache über einem Drink besprechen.«

»Sie haben was bei sich?« Plötzlich sah er durstig aus. Seine Augen tasteten meine Taschen nach verräterischen Ausbuchtungen ab.

»Warten Sie hier.«

Ich ging zu meinem Wagen hinaus, um die unangebrochene Flasche zu holen, die ich hatte aus dem Handschuhfach nehmen wollen, bevor das Wetter zu kalt wurde. Als ich wieder hereinkam, hielt ich die Flasche so in der Hand, daß er die unbeschädigte Steuerbanderole über dem Verschluß nicht übersehen konnte.

»Haig & Haig«, sagte er anerkennend. »Sie scheinen einen guten Tropfen zu schätzen.« Er keuchte beinahe.

Auf dem Tisch warteten zwei Gläser. Nachdem ich mich auf einem der beiden Besucherstühle niedergelassen hatte, riß ich die Banderole auf, drehte die Verschlußkappe ab und füllte bernsteinfarbene Flüssigkeit in beide Gläser. Er hatte die Hände schon um sein Glas gelegt, als ich die Flasche noch angehoben in der Luft hielt. Sie zitterten nicht mehr als ein Gogo-Girl in einem Eisschrank.

»Sex und Gewalt«, sagte er und kippte den Inhalt des Glases in einem Zug hinunter.

Ich versuchte gar nicht erst, mit ihm Schritt zu halten, sondern leerte das meine in zwei Schlucken und wartete noch immer darauf, wieder richtig Luft zu bekommen, als ich ihm sein Glas bereits zum zweitenmal gefüllt hatte. Auch der Inhalt dieses Glases verschwand so kurz und schmerzlos wie der erste.

»Mein lieber Mann, das ist ein Whisky. Schenken Sie ruhig nach, Mr. . . . Ich habe Ihren Namen nicht mitgekriegt.«

» Ich habe auch keinen Namen genannt.« Ich goß ein. »Was ist nun mit dem Foto?«

»Dem Foto?« Er trank nicht mehr ganz so gierig. Sein erster Schluck hatte das Glas nur halb geleert. »Oh, das. Ich bin mir nicht sicher.« Er schluckte den Rest und hielt mir sein Glas entgegen. Seine Hand war jetzt ruhig.

Ich drückte den Deckel auf die Flasche, während er mich anstarrte. Dann lehnte ich mich auf meinem Stuhl zurück, hielt die Flasche in der Hand und trommelte mit den Fingern auf die Tischplatte. Der

Plastikeinsatz klebte von längst vergossenen und vergessenen Drinks.

»Sie spielen Blindekuh. Tasten einfach nur im Dunkeln herum.« Seine Stimme klang ein wenig verächtlich. Er hob die Hand, um nicht vorhandene Spinnweben wegzuwischen. »Wie kommen Sie darauf, daß ich etwas über das Geschäft mit Porno-Fotos wissen könnte? Sehe ich etwa pervers aus?«

»Dieser Parkplatz war in Lee Q. Storys kleinem braunen Büchlein aufgeführt.«

In seinen Augen, die noch verplierter geworden waren, zeigte sich Überraschung. Dann sah er ärgerlich aus, und schließlich wurde seine Miene ausdruckslos. Der Wechsel vollzog sich träge. »Und wer ist dieser Story? Hat er Ihnen gesagt, daß er mich kennt?«

»Er hat mir gar nichts gesagt. Als ich ihn zum zweitenmal sah, konnte er überhaupt nicht mehr reden. Er war tot. Jemand hat ihm eine doppelte Dosis von seinem eigenen Stoff verpaßt. Vielleicht wissen Sie auch darüber etwas.«

»Ich weiß nicht das geringste von irgend etwas.« Er versuchte aufzustehen, aber seine Füße gaben unter ihm nach, so daß er krachend wieder auf dem Stuhlsitz landete. So betrunken war er gar nicht. Er hatte einfach nur ungeheure Angst. Ich fragte mich, warum. Ich öffnete erneut die Flasche und hob sie hoch, um ihm noch einmal einzuschenken, aber er legte abwehrend die Hand über sein Glas. Sie zitterte wieder.

»Ich habe noch nichts gesehen, was mir beweist, daß Sie nicht von unseren Steuergeldern leben«, sagte er.

Ich nahm meine Brieftasche heraus und warf sie auf die Tischplatte. Er klappte die Brieftasche auf, starrte sekundenlang auf meinen Personal-Ausweis und die Fotokopie meiner Berufslizenz und reichte mir die Tasche dann mit einem Grunzen zurück.

»Die Polizei hat bis jetzt von dem Mord noch keine Ahnung«, meinte ich erläuternd. »Ich bin durch Zufall auf die Leiche gestoßen. Es gab einen schriftlichen Beweis, der Story und diese Adresse hier in Verbindung bringt, und ich habe davon eine Kopie. Das Problem ist, daß mir jemand zuvorgekommen ist und sich das Original unter den Nagel gerissen hat. Ich nehme an, wer immer es war, ist geradewegs hierher gekommen. Haben Sie den Betreffenden gesehen?«

Er hob die Hand von seinem Glas, und ich schenkte ihm ein. Während er trank, blähten sich seine breiten Nasenflügel. Die platte Nase war vermutlich das Überbleibsel einer Jugend, die er als Feder- oder Fliegengewicht im Ring verbracht hatte, bevor er ein Opfer des Wohllebens geworden war. Detroit brachte fast ebenso viele Boxer hervor wie Autos und Gangster.

»Nicht ihn. Die beiden.« Er starrte jetzt blicklos an mir vorbei. Seine Hand war so fest um sein Glas verkrampft, daß ich unwillkürlich erwartete, es zerplatzen zu sehen. »Hinterwäldler aus dem Süden, kräftige Kerle, wie Sie. Einer war etwas größer als der andere und ein, zwei Jahre älter, so um die Vierzig. Blond und große Nasen, schienen Brüder zu sein. Sie waren vor etwa einer Stunde hier. Ist es wirklich wahr, daß die beiden Lee Q. kaltgemacht haben?«

»Er war auf alle Fälle tot. Ob die beiden ihn auf dem Gewissen haben, weiß ich nicht. Wahrscheinlich aber nicht. Eine Vierundvierziger im Kopf ist eher ihr Stil. Was wollten die beiden?« Ich glaube, daß ich ein ruhiges Äußeres zeigte, obwohl ich ihm am liebsten die Hände um den Hals gelegt hätte, um die Worte aus ihm herauszupressen.

»Ich will mir keine Anklage wegen Begünstigung einhandeln, Mann. Einmal habe ich schon gesessen. Im Knast wimmelt es von Schwulen.« Er schauderte bei der Erinnerung zusammen. Dann sah er mich scharf an. »Im Fernsehen haben diese Privatdetektive immer einen guten Draht zur Polizei. Stimmt das?«

Ich bestätigte es, obwohl es mir zuwider war, so zu lügen. Dann wartete ich. Er leerte sein Glas und hielt es mir entgegen. Ich schenkte uns beiden ein, mehr um ihm Gesellschaft zu leisten.

»Vielleicht können Sie ein gutes Wort für mich einlegen, falls die Sache brenzlig wird? Daß ich mit den Behörden zusammengearbeitet habe oder so'n Zeug, nicht wahr?«

Ich nickte.

Er stieß einen bitteren Seufzer aus und fuhr sich mit der feuchten, heißen Hand über die beginnende Glatze. »Oh, Mann, ich kann sogar in Schwierigkeiten kommen, wenn ich bloß hier sitze. Der größere von den beiden hat das meiste geredet. Er wollte wissen, ob ich Story kenne. Ich sagte, ›und wenn?‹. Da zog er eine Rolle Geldscheine aus der Hosentasche, dick genug, um damit eine Kegelkugel zu füllen, zupfte einen Hunderter hervor und packte ihn mir auf den Tisch. ›Das ist wenn‹, sagte er dazu. Als ich danach greifen wollte, knallte er mir seine Pranke auf die Hand, daß ich es jetzt noch spüre. Nun ja, ich habe immer eine Waffe griffbereit, wenn ich Einnahmen abrechne. Ich weiß nicht, ob Sie das bemerkt haben.«

»Allerdings.« Der Knauf einer Pistole, die mir eine Colt Automatik zu sein schien, ragte ziemlich unübersehbar unter einem Stoß vollgekritzelter Kontoblätter neben seinem linken Ellbogen hervor.

»Das dachte ich mir schon.« Seine Augen verengten sich flüchtig. »Wie sich herausstellte, hatte es der Kleinere auch bemerkt. Er sah, daß ich danach blickte, griff unter seinen Mantel – die beiden trugen Anzüge – und hielt mir eine Kanone unter die Nase, wie ich sie nicht mehr gesehen habe, seit ›Rauchende Colts‹ nicht mehr im Fernsehen läuft. ›Laß das‹, sagte er. Einfach nur ›Laß das‹. Ganz ruhig, verstehen Sie?«

»War es eine Vierundvierziger?« Es gelang mir nur mit Mühe, meine Stimme gleichmütig klingen zu lassen. Sein Klammergriff um das Glas war gar nichts verglichen mit meinem.

Er nickte. »Könnte sein, ja. Eine von diesen Magnums. So ein Ding, das aus einem Gehirn einen Haufen Spaghetti machen kann. Jeder schleppt heutzutage solche Schießeisen mit sich rum. Man könnte glatt denken, andere werden gar nicht mehr hergestellt. Jedenfalls vergaß ich sofort mein kleines Pistölchen, als ich diesen Apparat sah. Der Große sagte dann, der Hunderter sei meiner, wenn ich ihm sage, welcher Art meine Beziehung zu Lee Q. ist . . . äh, war.« Er trank.

»Haben Sie es ihm gesagt?«

»Der Geldschein liegt im Safe. Soll ich ihn sicherheitshalber als Beweisstück aufheben?«

»Sagen Sie mir jetzt die Wahrheit.«

»Die Wahrheit. Daß diese beiden schrägen Typen, ein Mann und eine Frau, einen Wohnwagen hier benützen, um pornographische Aufnahmen zu machen, die sie dann an Story verkaufen. Hippies, aber das ist mir egal. Ich habe jedenfalls meinen Anteil gekriegt. Und es ist schließlich nicht mein Bier, wenn sich irgend so ein Kerl draußen in Große Pointe oder anderswo an solchem Mist aufgeilt. Abgesehen davon ist das ja inzwischen legal, nicht wahr?«

»Mehr oder weniger. Wie nennen sich die beiden?«

»Die Brüder? Die haben keinen . . .«

»Das Pärchen!« Ich packte mein Glas, als sei es sein Hals, und inhalierte den Inhalt mit einem langsamen Zug. Es war aber nicht mehr genug Whisky. Ich hatte noch immer das Bedürfnis ihn zu erwürgen.

»Ach, die. Rinker. Ed und Shirley, aber wenn die verheiratet sind, dann wette ich, ist das nur Gewohnheitsrecht. Ziemlich speckig, alle beide, mit langen, zotteligen Haaren. Ich dachte eigentlich, dieses Kroppzeug sei mit Watergate verschwunden. Aber ihr Geld ist sauber.« Er grinste, um zu zeigen, was für gute Freunde wir waren. Sein linker Schneidezahn war aus Stahl und glänzte trübe.

»Sind die beiden jetzt da?«

Er hörte zu grinsen auf und schüttelte den Kopf. Der Lampenschein ließ die Vertiefungen in seiner schimmernden braunen Glatze erkennen. Er war eine Ein-Mann-Lichteffekt-Show. »Diese Kanaillen sind heute früh abgehauen, ohne mir meinen letzten Anteil zu zahlen. Den Wohnwagen haben sie aber zurückgelassen. Vielleicht kann ich mir ein bißchen Kleingeld verdienen, wenn ich ihn vermiete.«

»Das Mädchen auf dem Foto. Haben Sie die je gesehen?«

»Von den Modellen habe ich leider kein einziges zu Gesicht gekriegt. Die kamen nicht hier durch. Zu schade, ich hätte nichts dagegen gehabt. Mir sind die weißen Puppen genauso lieb wie die schwarzen.«

»Hat sich noch jemand anders nach Story oder dem Wohnwagen erkundigt? Eventuell ein Schwarzer von untersetzter Statur, so um die Vierzig?« Eine Suggestiv-Frage, Walker. Der Whisky begann meine Urteilskraft zu benebeln.

»Nein. Niemand. Die beiden Holzfäller-Typen waren die ersten, die je nach Story gefragt haben. Aber warten Sie mal . . .« Zwischen seinen spärlichen Brauen bildete sich eine tiefe Senkrecht-Falte. »An einem Abend habe ich diesen Mann gesehen. Eine Frau mit einem Wohnwagen auf der anderen Seite des Platzes kam, um sich über ihre Installation zu beschweren. Ich ging mit ihr hinaus, um mir die Sache anzusehen, und als wir bei den Rinkers vorbeikamen, machte gerade jemand die Tür auf, und dieser Mann kam heraus. Er war ein Schwarzer und untersetzt, und er ist fast mir mir zusammengeprallt.«

»Benahm er sich, als wolle er nicht erkannt werden?«

»Wenn ich es mir recht überlege, ja. So ein bißchen wie auf der Flucht, verstehen Sie?«

Ich nickte. »Hatte er verhältnismäßig glattes Haar für einen Schwarzen? Helle Augen?«

»Ja, das war er bestimmt.«

»Was für eine Farbe hatte seine fliegende Untertasse?«

Er runzelte nachdenklich die Stirn, als versuche er sich das Fahrzeug vorzustellen. Dann starrte er mich plötzlich an. »Fliegende Untertasse? He, Sie wollen mich wohl auf den Arm nehmen!«

»Das sollte wohl ich eher sagen.« Ich stand auf und spürte erst jetzt meine diversen Whiskys in den Beinen. Um nicht zurückzukippen, mußte ich mich an der Deckenlampe festhalten. »Kein Mensch sieht alles«, fauchte ich ihn an. »Warum haben Sie nicht rechtzeitig aufgehört? Sie haben überhaupt keinen untersetzten Schwarzen gesehen. Sie dachten bloß, wenn Sie mir alles erzählen, was ich hören will, ob es nun stimmt oder nicht, sind Ihre Chancen bei der Polizei besser. Vielleicht war die ganze Geschichte sowieso nur ein Märchen. Besten Dank für die Überlassung des Glases, und passen Sie auf, daß Sie dem

Porträt-Künstler von ›Free Press‹ nur immer Ihre Schokoladenseite zudrehen. Er liefert die besten Zeichnungen aus dem Gerichtssaal.« Ich verschloß die Flasche und ließ sie in meiner Hosentasche verschwinden. Seit ich hereingekommen war, hatte sie beträchtlich an Gewicht verloren. Von mir konnte man das nicht gerade sagen. Ich machte einen Schritt zur Tür.

»Einen Augenblick!« Sein Stuhl scharrte auf dem Fußboden, aber ich blieb nicht stehen. »Es war kein Märchen, jedenfalls nicht die ganze Geschichte. Nur der Teil mit dem Schwarzen. Aber auch der nicht ganz. Ich habe tatsächlich einen Mann gesehen, aber er war ein Weißer, blond und etwas aufgedunsen. Er trug so eine russische Pelzmütze, wie diese Kommunisten. Ungefähr vor einer Woche war er hier. Und die beiden Brüder gibt es auch wirklich. Verdammt, das wissen Sie auch. Sie kannten die Beschreibung. He!«

Ich hatte einen Fuß bereits auf den Stoß Kaminholz gesetzt, der vor dem Wohnwagen als Treppenstufe diente. Nun wandte ich den Kopf, weg von dem ganzen Sauerstoff, um den Schwarzen anzublicken. Mein Magen machte eine langsame Drehung, wie ein Wal, der sich im tiefen Wasser wälzt.

»Eine Chance gebe ich Ihnen noch«, erklärte ich streng. Er stand jetzt mehr oder weniger auf seinen Beinen, die breiten Boxerhände mit den dicken Knöcheln flach auf den papierbeladenen Tisch gestützt. Seine Augen waren keine Augen mehr, nur zwei halb gekochte Eier mit flüssigem Eiweiß. »Der Wohnwagen. Wo steht er? Und brauche ich einen Schlüssel, um hineinzukommen?«

Unter all dem Krempel befand sich ein schwarzer Metallkasten, der seinem Aussehen nach nicht älter war als die Mariners' Church. Er klapte ihn auf, griff hinein, holte einen Schlüssel mit einem grünen Plastikanhänger heraus, auf dem »Vistaview Wohnwagen-Kolonie« stand und warf ihn mir zu. Ich konnte doch nicht so betrunken sein, wie mich fühlte, denn ich fing ihn mit einer über den Kopf hochgereckten Hand. »Es ist auf der Südseite. Anthony Wayne Drive. Sie können es nicht verfehlen. Die Straßen sind alle alphabetisch benannt, angefangen mit Algonquin. Ein paar Buchstaben fehlen, wahrscheinlich weil dem Menschen, der den Plan gemacht hat, nichts aus der Lokalgeschichte mit den Anfangsbuchstaben Q oder X oder Y eingefallen ist. Nummer sechs.«

»Die Dar . . . Die bewußten Brüder. Wie lange haben die sich hier aufgehalten?«

»Soviel ich weiß, sind sie noch gar nicht wieder weggefahren, verdammt.«

»Du lieber Himmel!« Ich wollte die Stufen hinunter, machte jedoch noch einmal kehrt, zog die Flasche aus der Tasche und stellte sie ihm auf den Tisch. Dann verschwand ich.

19

Auf dem Rückweg zu meinem Wagen nahm ich eine Handvoll von dem relativ sauberen Schneehaufen neben dem primitiven Vorbau und rieb mir den Schnee ins Gesicht. Aber das machte mich auch nicht nüchtern. Der Motor wollte bei dem Wetter nicht anspringen, ich stieg aber trotzdem ein und ließ ihn immer wieder orgeln, bis er es schließlich schaffte. Nachdem ich ihn noch eine halbe Minute hatte warmlaufen lassen, fuhr ich los. Das Lenkrad unter meiner Handfläche fühlte sich an wie ein gefrorener Aal. Auch der Vinyl-Bezug des Sitzes war unangenehm kalt, aber nicht so kalt wie Lee Q. Storys Haut. So kalt war sonst gar nichts. In der Luft lag rauhe Feuchtigkeit wie immer bei niedrigen Temperaturen. Mit wieviel Kältegraden der Wind blies, wollte ich lieber gar nicht erst wissen.

Wer immer die Wohnwagen-Kolonie in dem Fischgrätmuster angelegt hatte, mit Parallel-»Straßen«, die von dem breiten Hauptweg nach beiden Seiten abzweigten, war gelinde gesagt, recht eigenwillig gewesen in seiner Auswahl der Namen aus der Geschichte Detroits. Nach »Algonquin« kam »John Brown«, der gewiß seinen Platz gehabt haben mochte, aber es schien mir, daß General Edward Braddock oder Henry F. Baldwin eine bessere Wahl gewesen wäre als ein mörderischer Verrückter, der für seinen Versuch gehängt worden war, ein landesweites Massaker unter Sklavenbesitzern und ihren Familien anzurichten. Daniel Boone konnte als ideal gelten, und wenn nur, weil er 1778 als Geisel der Shawnees mehr Zeit hier verbracht hatte als Brown. Aus demselben Grund schien auch Simon Girty, dieser weiße Sammler von Kolonisten-Skalps während der Revolution im Solde der Briten, kaum eine vernünftigere Wahl, um den siebten Buchstaben im Alphabet zu repräsentieren, als Stanley Griswold, Michigans erster von Thomas Jefferson ernannter Minister. Es gab noch andere solcher Prachtexemplare, aber es war mehr als wahrscheinlich, daß die Bewohner der recht gepflegten Trailer, welche die Straßen säumten, keine Ahnung von der Bedeutung der komischen Namen hatten, die sie gezwungenermaßen als Adresse angeben mußten. Detroiter haben soviel Sinn für Geschichte wie eine Herde Vieh.

Nummer sechs, Anthony Wayne Drive, war ein sieben Meter

fünfzig langer Brummer, ziemlich neu mit zwei Türen auf derselben Seite, aber an entgegengesetzten Enden, einem gestreiften Aluminium-Vordach über der Tür am Vorderende und zwischen den beiden Türen die übliche breite Fensterfront mit Jalousetten und Gardinen. Von Innen drang kein Lichtschein heraus.

Die kleine Einfahrt von einer Wagenlänge war unbesetzt. Auch im Schnee zeigten sich keine Reifenabdrücke, die darauf schließen ließen, daß ein Fahrzeug womöglich um den Trailer herum nach hinten gefahren war. Was allerdings sowieso nichts bedeutete, weil die Brüder woanders geparkt haben und zu Fuß zurückgekommen sein konnten. Ich fuhr ein Stückchen vorbei und bog zwei Wohnwagen weiter in eine freie Lücke ein. Auch aus diesen beiden Wagen fiel kein Licht. Falls darin jedoch jemand schlief, schaltete ich vorsichtshalber den Motor ab und knipste die Scheinwerfer aus. Dann wartete ich. Nirgendwo ging Licht an. Keine Hunde begannen zu bellen. Vielleicht durften sie nicht. Ich saß und wartete und hatte Lust auf eine Zigarette, verkniff sie mir jedoch. Der Motor tickte, während er sich abkühlte. Dann hörte er auf zu ticken, und alles war still. Die Luft im Wagen stank ätzend nach dem heißen, nassen Metall der Heizung, die jetzt abgestellt war und kein Geräusch machte. Feuchte Kälte stieg langsam im Wagen auf und ließ sich mit zufriedenem Seufzen in meinen Knochen nieder.

In Nummer sechs spielte sich nichts ab, was von draußen gehört oder gesehen werden konnte.

Scheinbar acht Stunden krochen dahin, obwohl es nach dem Leuchtanzeiger meiner Armbanduhr nur gerade zehn Minuten waren. Ich löste den elektronischen Piepser von der Innentasche meines Jacketts und verstaute ihn im Handschuhfach. Sonst riskierte ich womöglich, daß er in einem ungeeigneten Moment zu piepen anfing. Dann steckte ich meine Schlüssel ein, stieg aus, drückte die Tür zu und lehnte mich dagegen, bis es klickte. Durch den knöchelhohen Schnee stapfte ich zur Straße, deren vergleichsweise saubere graue Oberfläche sich besser zum Anschleichen eignete. Ich hielt mich scharf rechts, um zu vermeiden, daß sich meine Silhouette womöglich gegen den hellen Schnee auf der gegenüberliegenden Seite abzeichnete, der auch ohne Mond oder Sterne wie von einer geheimnisvollen Lichtquelle gespeist blaß leuchtete. An der überdachten Tür schlich ich vorbei, um zu ihrer schlichteren Schwester am hinteren Ende zu gelangen. Dort blieb ich stehen und horchte. Kein Knarren oder das Geräusch von Schritten drang heraus. Nicht, daß ich etwas anderes erwartet hätte. Dazu war der Wohnwagen zu stabil gebaut, und er hatte vermutlich auch Teppichboden.

Die Tür befand sich etwa einen halben Meter über dem Boden und hatte ein Trittbrett aus Metall. Sie sah aus wie eine normale Haustür mit einem Messinggriff und einem Schlüsselloch etwas in Augenhöhe wenn man davorstand. Das Schloß war kein federloser Schließriegel. Mehr aus Gewohnheit probierte ich den Türgriff, bevor ich den Schlüssel hervorzog. Er gab nach, und die Tür sprang auf.

Mir gefiel das gar nicht. Drinnen war es dunkel wie in Tuts Grabkammer. Ich trat in der Erwartung zurück, gleich ein Feuerwerk zu erleben, als jedoch nichts weiter geschah, zückte ich meinen Revolver und stieg die Stufe hinauf. Niemand kauerte mit einem Holzprügel links oder rechts hinter dem Türrahmen. Ich trat ein und wartete, bis sich meine Augen an die Dunkelheit gewöhnt hatten.

Es war gar nicht so schwarz in dem Wageninneren, wie es anfangs gewirkt hatte. Die weiße Netzgardine vor dem kleinen quadratischen Fenster am Ende war in ihrer Wirkung gleich Null, und nach einer Weile konnte ich den Umriß des niedrigen Doppelbetts mit dem Kopfende direkt unter dem Fensterbrett ebenso gut erkennen wie den leeren, geöffneten Schrank mit den Schiebetüren an der gegenüberliegenden Wand. Der Raum war von dem restlichen Wohnwagen durch eine walnußholzähnliche Wand abgeteilt mit einer Tür, die beim Öffnen gegen das Fußende des Bettes knallen mußte. Im Augenblick war sie geschlossen. Ich änderte diesen Zustand, aber nicht, bevor ich lange genug mit dem Ohr am Türschlitz gestanden hatte, um auf die Stille dahinter zu horchen. Mit der Waffe in der Hand machte ich Anstalten, mich hindurchzuzwängen.

Ich ahnte es mehr, als daß ich das neue Gewicht spürte, das hinter mir den Wohnwagen betreten hatte. Bevor ich mich umdrehen konnte, grub sich etwas, das weder ein Kamm noch ein versteifter Finger war, in den fleischigen Teil meines Rückens unmittelbar über der Gürtellinie.

»Ich verschaff' dir eine einmalige Gelegenheit, dir deine Eingeweide von innen zu begucken, falls du auf die Idee kommen solltest, dich umzudrehen«, sagte eine Stimme, die geradezu von tiefstem Südentroff, an meinem rechten Ohr.

Ich hob meine Hände samt Revolver bis zu Schulterhöhe. Eine harte, trockene Hand, rauh von Schwielen, langte vor und entwand mir die Waffe mit so grobem Griff, daß ich kaum noch rechtzeitig den Finger aus dem Sicherheitsbügel bekam, um zu vermeiden, daß er ihn mir abriß.

»Ich hab' ihn, Jer«, rief er. Sein lautes Blöken ließ meinen Kopf dröhnen, der sich noch immer nicht von der Behandlung durch die U. S. Army erholt hatte.

Der Wohnwagen füllte sich mit Helligkeit. Ich blinzelte. Ich stand genau in einem schmalen Durchgang, von dem links ein winziges Badezimmer abging. Ansonsten führte er in einen Raum, der den Rest des Wohnwagens einnahm. Allerdings konnte ich kaum etwas sehen, weil der viereckige Rahmen vor mir von einer dunklen Gestalt ausgefüllt war, die etwas in der Hand hielt, das wie Gold glänzte.

»Nun steh nicht wie angewurzelt da, du Kamel«, sagte er. »Scheuch ihn rein.«

Er hatte den nasalen Tonfall des anderen, aber seine Stimme war kälter, überlegter. Der harte Gegenstand bohrte sich tiefer in meinen Rücken. Ich bewegte mich vorwärts, um meine Niere zu retten.

Der Raum war eine Kombination von Küche, Wohn- und Eßzimmer gewesen, bevor ihn jemand in ein Foto- und Filmaufnahme-Studio umfunktioniert hatte. Auf Metallständer montierte Scheinwerfer standen am Kopf- und am Fußende eines riesigen Queen-Anne-Betts mit einer zerknautschten rosa Überdecke und zerwühlten schwarzen Satin-Kissen. Auf einem niedrigen Spezialtisch mit gepolsterter Platte lag eine Video-Handkamera, die mehrere hundert Dollar wert sein mußte, neben einer kleineren Schmalfilmkamera. Ein normaler Fotoapparat und eine billige Polaroidkamera lagen auf einem zweiten Tisch zwischen halb zusammengerollten Schwarz-Weiß-Polaroid-Fotos von nackten Mädchen in sämtlichen erdenklichen und unerdenklichen Posen. Probeaufnahmen. Hinter undurchsichtigen schwarzen Vorhängen standen auf den Ablaufflächen neben dem Spültisch Glasbehälter für Chemikalien und flache, unzerbrechliche Plastikwannen. Hier war offenbar die improvisierte Dunkelkammer. An einer Leine über dem Spültisch hingen Negative zum Trocknen festgeklammert. Die glatten schwarzen Satinkissen hatten Dellen, die von darauf ruhenden Köpfen hinterlassen worden sein mochten. Auf dem Laken waren weiße Flecken, die allerdings definitiv von etwas anderem stammten.

Es war der Raum, in dem das Foto in meiner Tasche, das spätere, aufgenommen worden war. Was ich irrtümlich für den Anschlag in einem Hotelzimmer gehalten hatte, war in Wirklichkeit ein Zeitplan für Film- und Foto-Aufnahmen, in säuberlicher Druckschrift auf ein liniertes Blatt aus einem Schulheft geschrieben. *September Morn*, aus einer Illustrierten gerissen und in einen billigen Rahmen gesteckt, hing noch immer links daneben.

Wie üblich bei Wohnwagen waren Schränke eingebaut, wo nur immer möglich. Die meisten standen offen, ihr Inhalt war auf der Erde verstreut. Dazu gehörten auch Dutzende flacher grauer Metalldosen und Kilometer von Super-acht- und Sechzehn-Millimeter-Film, belichtet und unbelichtet – zumindest anfangs –, inzwischen waren sie alle belichtet. Die Kerle waren bloß noch nicht dazu gekommen, das Bett auseinanderzureißen und die Kissen aufzuschlitzen.

»Du sollst mich nicht so nennen, Jerry«, beschwerte sich der Pistolenheld hinter mir. »Du weißt, daß ich so was nicht mag.«

»Ich werde dich noch ganz anders nennen, wenn du nicht begreifst, daß du keine Namen sagen sollst, du Schwachkopf.«

Jerry war ein Schläger, der Typ eines Rubgy-Spielers im College, mit guten Schultern, die ihm aus dem kräftigen Nacken wuchsen wie Wurzeln aus einem Baumstamm. Aber er hatte zuviel Bauch angesetzt, um sportlich noch etwas hergeben zu können. Die Jacke seines dunklen Anzugs von undefinierbarer Farbe war in der Mitte nicht zugeknöpft, war es vermutlich seit Jahren nicht mehr gewesen. Der graue Mantel hätte einer Reinigung bedurft. Es war dieselbe Kombination, die er getragen hatte, als er und sein Bruder vor zwei Jahrzehnten Francis Kramer auf der Woodward Avenue kassiert hatten – oder war das erst gestern nachmittag gewesen? Er hatte ein feistes Gesicht mit nicht genug Kinn, zuviel Nase, die drohte, ihn vornüber zu ziehen, und unangemessen unschuldige blaue Augen, die nicht tiefer gingen als die Goldauflage auf einem Paar Manschettenknöpfe für einen Dollar. Seine semmelblonden Haare waren kragenlang und mit Pomade zurückgekämmt. Sie wirkten nicht übermäßig sauber. Das glitzernde Ding hielt er hinter seinem Rücken versteckt.

Er arbeitete an einem Päckchen Kaugummi und ließ mich an der Prozedur großzügig teilhaben, weil er mit offenem Mund kaute. Sekundenlang studierte er mich schweigend, während der Gummi in seinem Mund schnalzte.

»Für einen Mann Ihrer Größe haben Sie einen ziemlich leisen Schritt«, meinte er schließlich. »Wir hätten überhaupt nicht gemerkt, daß Sie kommen, wenn wir Ihren Wagen nicht so langsam den

Hauptweg hätten runterrollen sehen, so als ob Sie nach einer Adresse suchen. Hubert – verdammt noch mal, jetzt mache ich denselben Blödsinn!« Er spuckte erbittert seinen Kaugummi aus, der mit einem häßlichen Geräusch auf den Boden klatschte. »Ich schickte also Hubert raus hinter den Wohnwagen, um dort zu warten. Er hat Sie anschleichen sehen. Was wollen Sie hier?«

Ich schwieg.

»Ein Jude sind Sie nicht. Dazu sehen Sie zu gut aus. Und ein Neger sind Sie erst recht nicht. Diese Itzigs schnüffeln gerne herum, und Nigger sind meistens scharf auf eine schnelle Nummer. Die einzige Erklärung für Ihr Herumpirschen hier wäre, daß Sie ein Bulle sind.«

Ich zog es vor, weiter zu schweigen. In dem Durchgang sprang der Metallofen an und begann zu summen.

»Also muß ich alles selbst machen. Hände oben lassen!« Er schob, was immer in seiner Hand geglänzt haben mochte, in seine Tasche, tastete mich von oben bis unten ab und brachte meine Brieftasche, die beiden Fotos und den Zettel aus Storys Notizbuch, den ich in meiner rechten Jackentasche gehabt hatte, zum Vorschein. Meine Schlüssel und das Kleingeld ließ er in meiner Hosentasche. Mein Büchlein, in dem notiert war, was ich über den Fall bisher in Erfahrung gebracht hatte, fiel ihm nicht in die Hände. Das hatte ich Gott sei Dank zu Hause gelassen.

Zuerst klappte er meine Brieftasche auf und studierte im Licht der Deckenlampe ausgiebig meine Papiere. »Ein Schüffler, wie?« sagte er aufblickend. Eine Antwort erwartete er nicht. Die Fotos interessierten ihn, besonders das größere, das in diesem Raum aufgenommen worden war. Er betrachtete es eine Minute, blickte zu der Tür, die hinausführte und die auf dem Foto zu sehen war, schaute auf das Foto zurück und wandte dann seine Aufmerksamkeit ohne Kommentar dem zerknitterten Zettel zu, den ich aus Storys Notizbuch gerissen hatte. Ich sah, wie sich sein Skalp bewegte, als ihm klarwurde, was das war. Er sagte aber noch immer nichts, warf einen letzten Blick auf sämtliche Gegenstände und legte dann alles auf den Tisch mit den Polaroidfotos. Dann richtete er seine ausdruckslos starrenden Augen auf mich.

»Mach die Tür zu und steck das Schießeisen weg«, befahl er dem anderen. »Dieser Kerl bleibt sowieso hier.«

Die Waffe, die sich noch immer in meinen Rücken gebohrt hatte, wurde zurückgezogen. Ich ließ die Hände sinken. Eine Sekunde später gab es hinter mir ein gedämpftes Rumpeln, als die Schiebetür, die den Raum von dem restlichen Wohnwagen trennte, zugeschoben wurde. Dann kam der andere Mann um mich herum, wobei er, soweit es das große Bett zuließ, einen Bogen um mich schlug. Hubert war ein schwächerer Abklatsch seines Bruders, nicht so kräftig und sogar noch ungepflegter, in einem ebenso undefinierbaren dunklen Anzug und einem schäbigeren Mantel. Sein Gesicht war von tiefen Pockennarben gezeichnet und der fleischfarbene Stopfen eines Hörgeräts in seinem rechten Ohr vermutlich ein weiteres Überbleibsel derselben Kinderkrankheit. Der Knauf und die Trommel eines Colt Magnum ragten über seine große, eckige Gürtelschnalle. Mein Smith & Wesson beulte seine linke Manteltasche aus.

Im Gegensatz zu seinem Bruder hatte er kleine, stechende Augen, die unangenehm glitzerten, als er seinen Blick von mir zu den Sachen auf dem Tisch wandern ließ. Er machte Anstalten, sie an sich zu nehmen.

»Wer hat dir gesagt, daß du dich bewegen sollst?« fauchte Jerry. »Laß das Zeug liegen und geh an die Stelle zurück, wo du gestanden hast!«

Hubert sah ihn mit gekränkter Miene an, öffnete den ziemlich weichlichen Mund, preßte dann jedoch die Lippen zusammen und gehorchte, allerdings nicht ohne eine Hand auf den Colt zu legen.

»Halt ihn fest, Hube.«

Der ältere Darling gab den Befehl so gleichmütig wie ein Arzt, der während einer Operation nach dem Absauger verlangt. Meine Arme wurden gepackt, weniger gleichmütig nach hinten gerissen, und dann wurde der *nolo-contendere*-Griff angewandt, der Francis Kramer in den Tod geführt hatte. Jeder Versuch, daraus zu entkommen, hätte mich mehr als einen Knochen gekostet.

Jerry hatte inzwischen in seine rechte Tasche gefaßt und die Hand um seine Linke gelegt, und als beide Hände sich trennten, sah ich, daß das glitzernde Ding, was mir schon zuvor aufgefallen war, ein Schlagring war aus besonders solidem Messing. Es gelang mir nur mit Mühe, das Wasser zu halten.

»Hast du den Kerl in dem Porno-Laden umgebracht?«

»Nein.«

Während ich auf die Faust mit dem Schlagring blickte, schlug mir Jerry mit der anderen in den Unterleib. Ich stieß keuchend die Luft aus und klappte vornüber, aber nur so weit, wie Hubert es zuließ. Meine Arme knackten in ihren Gelenken.

»Versuchen wir es noch einmal. Hast du ihn umgebracht?«

Ich verneinte wieder, diesmal mit zusammengebissenen Zähnen. Er schlug mich mit derselben Faust genau unter den Solar Plexus; bloß ich hatte keine Luft mehr, zu keuchen. Das hielt jedoch nicht meine Lungen davon ab, sich bei dem Versuch dazu förmlich umzustülpen.

Jerry wartete, bis ich mich ein bißchen erholt hatte, und wiederholte dann seine Frage. Ich wiederholte meine Antwort und machte mich auf einen neuen Schlag gefaßt.

Er grinste, weder sadistisch noch freundlich. Er verzog einfach nur irgendwie seine Lippen. »Natürlich warst du's nicht. Du bist nach uns dagewesen, nicht vor uns. Sonst hättest du die Original-Seite aus dem Adreßbuch haben müssen und wir die mit dem Bleistift überpinselte, statt andersrum. Ich mußte wissen, ob du lügen würdest, um dir Prügel zu ersparen. Jetzt können wir ernsthaft zum Geschäft kommen. Wo ist der Film?«

»Welcher Film?«

Die Faust mit dem Schlagring zuckte hoch und erwischte mich seitlich am Unterkiefer. Ich versuchte, mit dem Schlag mitzugehen, aber das brachte mir wenig. Ein heißes weißes Licht explodierte in meinem Kopf, und mein Kinnladen riß an seiner Verankerung. Ich schüttelte benommen den Kopf und betastete meinen Kiefer. Er knirschte, als hätte er Sand im Getriebe.

»Wo ist der Film?«

»Ich habe keine . . .«

Die rechte Faust knallte an die andere Seite. Sie war ein Federkissen verglichen mit der anderen, aber ich hatte sie nicht rechzeitig kommen sehen, um den Kopf mit dem Schlag zu wenden, und mußte deshalb die volle Kraft des Schlages wegstecken. Vor den Augen tanzten mir schwarze und weiße Kreise. Auf meiner Zunge war Salz und noch etwas anderes.

»Mann, es ist dein Gesicht«, sagte Jerry. »Wenn ich an der Hand auch noch einen Schlagring gehabt hätte, könnten sie dich jetzt in einem Beutel von hier wegtragen. Wo hast du ihn versteckt?«

Er wußte, wie die Antwort sein würde, denn er ließ die linke Schulter sinken und hob die schimmernde Faust an.

»Laß ihn doch in Ruhe, Jerry«, sagte sein Bruder. »Wenn er den Film hätte, warum sollte er dann hier herumschnüffeln?«

»Das will ich ja eben herauskriegen.« Er ließ jedoch seine Faust sinken. »Das Foto«, wandte er sich dann an mich. »Das mit der Nutte. Es wurde hier aufgenommen. Wer ist der Kerl, und was für ein Interesse hast du an dem Mädchen?«

»Sie wird vermißt«, erwiderte ich, als hätte ich eine Handvoll Kieselsteine im Mund. »Ihr Vormund hat mich engagiert, sie zu suchen. Sie ist vergangenes Jahr aus einer Schule in Lansing abgehauen. Das Foto ist der einzige Anhaltspunkt, den ich habe.«

»Klingt einleuchtend, Jer.«

»Halt die Klappe.« Der ältere Darling sah nachdenklich aus. Er hatte etwa meine Größe, aber zwanzig Pfund mehr Gewicht. Der Schlagring verschaffte ihm einen Vorteil von fünfzig weiteren Kilo. »Mir gefällt das nicht«, meinte er schließlich unwillig. »Das stinkt. Dieser Vormund. Hat er auch einen Namen?«

»Ben Morningstar.«

Es herrschte sekundenlang verblüffendes Schweigen. Dann brachen beide in wieherndes Gelächter aus. Es klang unsympathisch.

»Das ist ja reizend, wirklich«, sagte Jerry. »Wenn man bedenkt, daß Morningstar der Geld-Mann hinter dem ganzen Unternehmen ist.« Er machte eine ausholende Geste, die den Wohnwagen einschloß.

»Hinter welchem ganzen Unternehmen?«

»Storys Laden und einem Dutzend anderer Porno-Läden, Peep-Shows und Freudenhäusern in der Stadt. Wenn er nicht wäre, gäbe es hier kein Porno-Geschäft. Jedenfalls nicht in dem Umfang.«

»Das sagt wer?«

»Das hört man auf der Straße, verdammt. Stimmt's, Hube?«

»Na klar«, bestätigte Hube.

Der ältere Darling kniff seine Puppenaugen zusammen. Sein Gesicht war eine starre weiße Maske. »Was der Beweis ist, daß du dir in deine Tasche lügst, Schnüffler. Dafür werde ich dir jetzt die Zähne einschlagen. Halt ihn gut fest, Hubert.«

Hubert hielt mich gut fest. Jerry stellte sich in Positur und machte einen Schritt vorwärts, um mehr Gewicht hinter seinen Schwinger zu legen, und ich trat ihm so kräftig ich konnte zwischen die Beine.

Was nicht ausreichte, wenn man in Betracht zog, daß ich gehofft hatte, ihn umzubringen. Der Schock in Verbindung mit dem Schmerz haben das nach Aussagen meines Judo-Lehrers bei der Militär-Polizei schon zuwege gebracht. Aber als Jerry »Ga!« ausstieß und zu Boden ging, wo er sich stöhnend die Hände zwischen die Beine preßte und hin und her rollte, wußte ich, daß ich das Ziel nicht erreicht hatte.

»Jer! Bist du in Ordnung, Jer?« Huberts Stimme klang ängstlich. Er lockerte seinen Griff, und ich begann mich freizuringen, doch bevor es mir gelang, genügend festen Stand zu gewinnen, um herumschnellen zu können, packte er mich wieder fester und bog mir die Arme mit solchem Druck zurück, daß ich beinahe in die Knie ging. Ich stöhnte noch immer vor Schmerz und vor Anstrengung, als sich Jerry blaß und angeschlagen auf die Knie hochrappelte und schließlich schwankend aufstand. Sein Mantel und seine rechte Wange waren mit braunem

Staub verschmiert.

»Du Schwein!« Er versprühte Speichel. Sein Gesicht war kein Gesicht mehr, sondern ein grinsender Schädel mit glasigen, starren Augen in den Höhlen. Seine Stimme war nicht mehr als Luft, die er zwischen den Zähnen hervorstieß. »Halt ihn fest, Hube«, zischte er. »Laß ihn nicht los!«

Er baute sich vor mir auf und drehte mir die rechte Hüfte zu, um sich gegen einen weiteren Tritt zu schützen. »Ausgerechnet so ein gutaussehender Junge«, sagte er bedauernd, bevor er mir seine messingbewehrte Faust direkt auf den Mund schlug.

21

»Schlagringe sind die mieseste, hinterhältigste Erfindung, die je von Menschen gemacht wurde«, sagte eine Stimme. »Sie befinden sich fast immer im Besitz des Angreifers, dabei hat ein Mann, der zu schwach oder zu ängstlich ist, sich auf seine eigenen Fäuste zu verlassen, überhaupt kein Recht, zum Angriff überzugehen.«

»Aber dieser Kerl war kein Milchbubi«, protestierte jemand. »Er war gute ein Meter fünfundachtzig und wog zwei Zentner.«

»Um so mehr Grund, seinen Rückgriff auf derartige Hilfsmittel zu verachten. Da er sie nicht brauchte, sagt uns seine Entscheidung, sie dennoch zu benutzen, etwas Entscheidendes über ihn aus. Der Mann ist ein Sadist.«

Ich öffnete die Augen, um die zwei Kerle anzuschreien, die meine Bewußtlosigkeit störten. Aber da war niemand. Ich lag ganz allein auf einem Bett in einem gedämpft erleuchteten Raum, und die Stimmen waren nur in meinem Kopf. Mein Gesicht fühlte sich nicht wie mein Gesicht an. Es war eine taube Maske. Was eine gnädige Fügung war, denn als ich eine Hand hob, um es zu berühren, fühlte es sich an, als sei es überhaupt nicht vorhanden. Ich tastete mit der Zunge vorsichtig an meinen Zähnen entlang, von denen einige wackelten. Dann brach ich die Inspektion ab. Mehr wollte ich im Augenblick gar nicht wissen.

Das Licht kam von einer Lampe mit einem geriffelten Papierschirm und einem dicken Porzellanfuß. Sie stand auf einem niedrigen viereckigen Tisch mit einem Schubfach neben dem Bett. Auf der anderen Seite befand sich ein Schrank, dessen Schiebetüren weit genug offenstanden, um sehen zu lassen, daß er leer war. Abgesehen davon hatte der Raum zwei Türen. Eine rechts, die wahrscheinlich nach draußen führte, und eine hinter dem Fußende des Bettes, die auf einen schmalen Gang hinausging, den ich wiedererkannte. Es kostete mich eine Minute, wieder alles zusammenzubringen. Ich war in dem Schlafzimmer des Wohnwagens, in dem, das nie jemand zu benutzen schien, nicht einmal zum Schlafen.

Ich lag voll angezogen unter der Decke, bis auf meine Jacke, den Schlips und meine Schuhe, die zu einem Haufen zwischen dem Bett und der rechten Wand zusammengeschoben waren. Es ärgerte mich einen Augenblick, daß jemand die Kleidungsstücke eines anderen Menschen so behandelte, wenn gleich daneben ein unbenützter Schrank zur Verfügung stand. Ich dachte nicht ganz klar. Ich konnte schon seit geraumer Zeit nicht klar denken.

Die Schmerzen in meinen Armen und meine Ängste mißachtend, betastete ich noch einmal mein Gesicht. Es war doch nicht so schlimm, wie ich angenommen hatte. Mein Kinn und meine Unterlippe waren zwar geschwollen, und aus einer Platzwunde in der Lippe sickerte Blut, aber der Unterkiefer schien intakt zu sein, und auch die meisten meiner Zähne befanden sich fest an ihrem Platz. Meine Nase war völlig unbeschädigt davongekommen. Ich mußte noch stärker geblutet haben, aber jemand hatte mich abgewischt.

Meine Uhr zeigte zwei Uhr acht. Frühmorgens oder früher Nachmittag? Das viereckige Fenster am Wohnwagen-Ende über meinem Kopf war schwarz. Also frühmorgens. Und was für ein Tag?

Ich grübelte darüber nach, als ich von irgendwoher das Rauschen einer Toilettenspülung hörte. Gleichzeitig wurde mir bewußt, daß die ganze Zeit ein Lichtschein durch die Ritze der Badezimmertür gefallen war. Dann ging die Tür auf, und jemand kam aus dem Bad in das Schlafzimmer. Jemand mit einer schlanken Figur unter einem blaßgrünen Hosenanzug und einem Gang, der auf stelzenhohen Plattformsohlen ebenso graziös war wie in Clogs und sonst gar nichts. Jemand mit dem Namen Iris.

Sie lächelte, als sie sah, daß ich wach war, kam zu mir herüber, ließ sich auf die Bettkante nieder und stellte ihre Schultertasche auf den Boden. Dann nahm sie meine Hand und hielt sie zwischen ihren weichen Handflächen, die so blaß waren, beinahe violett im Kontrast zu dem tiefen Braun ihrer Haut. Ihre Augen glänzten strahlend, die Pupillen waren zu kleinen Pünktchen geschrumpft. Sie hatte sich gerade einen Schuß verpaßt, und die Welt war wieder ein herrlicher Aufenthaltsort.

»Dies muß der Himmel sein«, murmelte ich zwischen meinen aufgeplatzten Lippen hindurch. »Ich bin durch das Fegefeuer gegangen.«

»Beinahe. Du siehst jedenfalls recht ramponiert aus.« Sie drückte meine Hand.

»Hast du die Polizei mitgebracht?«

Sie schüttelte hastig den Kopf. »Ich habe mir gar nicht die Zeit genommen, sie anzurufen. Gleich nachdem du aufgelegt hattest, bestellte ich mir ein Taxi und fuhr direkt hierher. Tante Beryl habe ich gesagt, eine Freundin von mir hätte einen Unfall gehabt und sei ins Krankenhaus eingeliefert worden. Die Taxi-Vermittlung hatte ziemliche Schwierigkeiten, einen Fahrer zu finden, der bereit war, nachts zur John R Street zu kommen.«

»Erzähl mir am besten ganz genau, was los war. Mein Kopf tut weh.«

»Ich kann mir gar nicht vorstellen, warum. Die Blutlache, in der ich dich gefunden habe, war doch gar nicht so groß.«

»Du hast mich wo gefunden?«

»Du wolltest die ganze Geschichte hören.« Ihre dunklen Augen blitzten. »Was bildest du dir eigentlich ein, mich anzuweisen, zwei Stunden zu warten, um herauszufinden, ob du nun tot bist oder noch lebst, und dann einfach einzuhängen? Als ich schließlich ein Taxi bekommen hatte, fuhr ich direkt hierher und verbrachte erst einmal eine halbe Stunde damit, diesem Saufkopf im Büro zu entlocken, wo du hingegangen bist. Er hatte schon zwei Drittel einer Flasche Whisky intus und einen gewaltigen in der Krone. Du wirst ja wohl kaum etwas damit zu tun haben.«

»Tst, tst«, machte ich. »Ein Angehöriger deiner eigenen Rasse.«

»Von Rasse wollen wir lieber nicht reden! Abgesehen davon ist er Afrikaner, und ich stamme von den Inseln. Dazwischen liegen Welten! Und ein Saufkopf ist ein Saufkopf. Unterbrich mich gefälligst nicht. Als ich in den Wohnwagen kam, lagst du blutverschmiert auf dem Teppich. Es hat mich einen Extra-Zehner gekostet, den Taxifahrer zu bewegen, dich herüber in diesen Raum zu tragen. Anschließend war er nicht bereit, länger hier zu bleiben. Jemand hatte das große Bett drüben mit einem Messer bearbeitet, und das machte ihn nervös.«

Das war für mich ein Stichwort. »Wo waren die Hager-Zwillinge?«

»Wer? Spinnst du?«

»Nicht mehr als sonst. Ich meine die Darlings. Du weißt schon, Jerry und Hubert. Die den Apachentanz bei dir im Nebenzimmer aufgeführt haben.«

»Ich habe niemand gesehen. Willst du damit sagen, die beiden haben dich so zugerichtet?« Sie umklammerte meine Hand so fest, daß die Blutzirkulation stockte.

»Die beiden und ein Mordsding von Schlagring, das ihnen ein Jahr Jackson einbringen würde, wenn es die Polizei bei ihnen findet«, erwiderte ich. »Wahrscheinlich sind sie durch den Hintereingang verschwunden, als du mit dem Taxifahrer vorn reinkamst. Zwei gegen zwei ist nicht ihr Stil, und wer konnte bei der Dunkelheit schließlich wissen, wer da anrückte?« Ich ließ den Blick über ihre männliche Bekleidung wandern. »Gibt es heutzutage keine Röcke mehr? Oder ist es nicht erlaubt, das zu fragen? Ein Mann darf neuerdings ja kaum eine Frau noch eine Frau nennen, ohne fast gelyncht zu werden.«

»Mein Gott, sind wir wieder Macho. Dabei liegen deine Zähne im Nebenzimmer.«

»Nicht ganz.« Ich löste meine Hand mit einem leichten Druck aus den ihren und schob die Bettdecke zurück. Sie war schwerer, als sie aussah. Gewebter Stahl mit Kanonenkugeln vollgestopft.

»Was hast du denn vor?« Ihre Stimme klang mißbilligend.

»Na aufzustehen.« Ich stützte meine Ellbogen auf die Matratze.

»Das wirst du schön bleiben lassen!«

Ich setzte mich auf. Das schwarz-weiße Muster tanzte wieder vor meinen Augen, nur war es jetzt ein Netz, das jemand über meine Augäpfel gezogen hatte, um es hinter meinem Kopf festzuzurren. In meinem Schädel dröhnte das Blut. Ich ließ mich wieder zurücksinken. Es war ein langer Weg bis zur Matratze. »Ich lasse es bleiben«, stimmte ich Iris zu.

Ohne daß sie es aussprach, stand »das habe ich doch gleich gesagt« in ihrem Gesicht geschrieben. »Du hast sehr viel mehr abbekommen, als du glaubst«, stellte sie fest. »Wenn ich dir den Blutfleck auf dem Teppich zeigen würde, wüßtest du das selbst. Du bist keine zwanzig mehr und kannst nicht erwarten, das so einfach wegzustecken. Wie alt bist du? Fünfunddreißig? Sechsunddreißig?«

»Zweiunddreißig.«

»Ist das wahr? Du siehst aber viel älter aus. Ich war bei meiner Schätzung noch höflich. Du hast schon graue Strähnen im Haar.«

»Wenn ich halb so alt wäre, wie ich mich fühle, läge ich schon seit zehn Jahren unter der Erde.«

»Was du brauchst, ist eine Woche Ruhe.«

»Ich kann mir aber nur zehn Minuten erlauben.«

»Wie wäre es mit einer Stunde?«

Ich wollte den Kopf schütteln, ließ es jedoch lieber bleiben und sagte: »Ich habe eine Verabredung mit dem Menschen, der diesen Platz hier beaufsichtigt. Er weiß zwar noch nichts davon, aber ich will mich nicht verspäten.«

Sie starrte mich nur wortlos an. Allmählich merkte ich erst, wie ärgerlich und besorgt sie war. »Du bleibst in diesem Bett, und wenn ich mit dazusteigen muß«, erklärte sie gepreßt.

Ich grinste. Der Spalt in meiner Unterlippe riß ein Stückchen weiter auf, und ich schmeckte Blut, aber ich beachtete das gar nicht. »Aber nicht in diesen Hosen«, protestierte ich. »Da käme ich mir ja vor wie ein Schwuler.«

Sie sah mich sekundenlang an, ohne etwas zu sagen. Dann stand sie auf. Ich hörte ein leises Klicken, das Ziehen eines Reißverschlusses, dann schob sie die Hosen ihre langen, schlanken Beine hinunter und streifte sie zusammen mit ihren Schuhen ab. Falls sie überhaupt irgendwelche Unterwäsche trug, reichte die Stoffmenge nicht aus, einem Kanarienvogel damit die Augen zu verbinden. Sie schob das hinderliche Textilienhäufchen mit einem Fuß beiseite und glitt neben mich unter die Decke. Glitt war in der Tat das richtige Wort. Sie besaß die Grazie einer ausgebildeten Tänzerin.

Sie fühlte sich warm an, aber vielleicht war nur ich es, dem heiß wurde. Ihr Gesichtsausdruck war jedenfalls noch ziemlich wütend. Dann sagte sie etwas Taktloses. Ich kann nur zu meiner Entschuldigung anführen, daß ich recht angeschlagen war.

Ich sagte: »Das wird mich doch wohl aber hoffentlich nichts kosten? Die haben mir nämlich die Brieftasche geklaut.«

»Halt den Mund«, sagte sie und küßte mich. Es tat weh, aber nicht so sehr, daß sie hätte aufhören sollen.

22

Meine Armbanduhr zeigte zwei Uhr fünfundvierzig. Da ihre Batterie erst sechs Wochen alt war, hatte ich keinen Grund, an dieser Zeitangabe zu zweifeln. Manche Tätigkeiten scheinen weniger Zeit in Anspruch zu nehmen als andere. Ich grub mein zerdrücktes Zigarettenpäckchen aus meiner Brusttasche und streckte es Iris entgegen. Sie bediente sich dankend.

»Das war wirklich erholsam, nicht wahr?« sagte ich.

Sie hielt die Zigarette zwischen den Fingern und starrte zu der imitierten Walnuß-Täfelung an der Decke empor. Ihr Profil war klar geschnitten und ihr Hals der erotische Traum eines Pharaos. »Wenn das ein Beispiel dafür ist, was du in reduziertem Zustand bringen kannst, möchte ich dich einmal im Vollbesitz deiner Kräfte erleben.«

Ich revanchierte mich mit etwas ähnlich Schmeichelhaftem, wobei ich keineswegs lügen mußte, und ließ die Winston in meinem lädierten Mundwinkel hängen, während ich meine Taschen nach einem Streichholz abtastete.

»Reich mir meine Tasche rüber«, sagte Iris. »Da ist ein Feuerzeug drin.«

Die Tasche aus grünem Leder konnte man schon beinahe als kleinen Koffer bezeichnen, mit einem Riemen über der Schulter zu tragen, der breit genug war, einen Mähdrescher anzutreiben. Die Zeiten waren hart für Handtaschenräuber. Als ich sie anhob, klapperte etwas darin. Ich setzte mich auf, hievte sie auf meinen Schoß und öffnete den Verschluß. Iris zog scharf die Luft ein und wollte nach der Tasche greifen, doch meine Kräfte waren zurückgekehrt, und ich hielt die Tasche fest, um zwischen Schlüsseln, Cocktail-Servietten und Kleenex-Tüchern herumzukramen. Ich brachte eine Injektionsspritze zum Vorschein, die mir Iris unwillig aus der Hand riß.

Es herrschte ein unbehagliches Schweigen, während ich schließlich auch noch ein schmales Wegwerf-Feuerzeug aus grünem Plastik hervorzog – passend zu Iris' Hosenanzug und der Tasche –, erst ihr Feuer gab und dann meine Zigarette ansteckte. Sie stieß ärgerlich den Rauch aus.

»Wie lange schon?« fragte ich, nachdem ich ein paar tiefe Züge genommen hatte.

»Seit etwa zwei Jahren.« Sie rauchte langsamer als ich. »Sechsundzwanzig Monate und drei Tage.«

»Es geht mich nichts an.«

»Stimmt.«

Wir rauchten. Nicht weit entfernt sprang nach längerem Orgeln ein Motor an und lief sich stotternd warm. Vielleicht ein Fließband-Arbeiter auf dem Weg zur Frühschicht. Oder der Besucher eines illegalen Alkoholausschanks. Oder beides, was die Qualität der heutigen Wagen erklärte.

Iris nahm die Tasche von meinem Schoß, ließ die Injektionsspritze hineinfallen und klappte die Tasche zu. Die brennende Zigarette im Mund und die Tasche mit den Händen umklammernd, blieb sie dann regungslos sitzen und starrte vor sich hin. »Ich bin nicht dazu gezwungen worden, falls es das ist, was du wissen willst«, sagte sie. »Ich habe nur niemals Willenskraft besessen. Keine Spur davon.«

»Ich habe heute einen Mann gesehen, der mit einer Überdosis umgebracht worden ist. Wahrscheinlich ist das eine genauso friedliche Art zu sterben wie jede andere.«

Sie hörte mir nicht zu. »Ich habe daran gedacht aufzuhören. Aber ohne Methadon. Ich frage mir nur, ob es wirklich so viehisch ist, wie die Leute immer behaupten.«

»Noch viel schlimmer.«

Ihr Kopf fuhr zurück, als sei sie geschlagen worden. Mit aufgerissenen Augen starrte sie mich angstvoll an. »Was ich gehört habe . . .«

»Was du gehört hast, war Reklame, die von Drogen-Kliniken verbreitet wird. Wenn sie die Wahrheit bekanntmachen würden, kämen nur noch die Hälfte Patienten. Eine Woche, bis du zu schreien aufhörst. Zehn Tage oder zwei Wochen, bevor du über das Schlimmste hinweg bist und wenigstens etwas Schwereres als Hühnerbrühe bei dir behalten kannst. Zwei Jahre, bevor du aufhörst, den Stoff zu vermissen. Das ist die gefährliche Zeit. Manche glauben, sie könnten es schaffen und hängen dann doch wieder an der Nadel. Die Leute aus meiner Bekanntschaft, die es noch ein zweitesmal probiert haben, kann ich an einem Finger abzählen. Er starb.« Ich hielt inne, um einen Zug an meiner Zigarette zu machen. Iris schwieg. Der Motor draußen lief endlich rund, und der Wagen entfernte sich langsam. »Wenn es dir wirklich ernst ist mit dem Aufhören, kann ich dir den Namen eines Mannes geben, den ich in Hazel Park kenne. Er führt eine Klinik in einem Privathaus. Falls Jerry und Hubert nicht mit meiner Brieftasche abgehauen sind, habe ich seine Karte bei mir.«

»Ist er Arzt?«

»Er war es. Selbst die ärztliche Berufsgenossenschaft kann ihre Mitglieder nicht schnell genug ausschließen, wenn es um Drogen geht.«

»Spritzt er selbst?«

»Er hat es getan. Sechs Jahre lang. Deshalb weiß er besser als jeder andere, wie man so eine Klinik führen muß. Er hat einen Arzt angestellt, der die Glukose-Injektionen verabreicht und die Sterbeurkunden derjenigen, die es nicht schaffen, unterschreibt. Ich will dir keine Angst machen, du sollst nur wissen, was dich erwartet. Menschen mit starken Herzen brauchen nicht besorgt zu sein.«

»Was hat dich bewogen, Privatdetektiv zu werden?«

Ich war nicht überrascht von dem schnellen Themawechsel. Über fast alles redet es sich angenehmer als über die eigene Gesundheit. »Ein Mann, den ich sehr schätzte, war sich nicht zu gut für diesen Beruf.«

»Erzähl mir von ihm.«

Ich drückte meine Zigarette in der linken Handfläche aus, eine Gewohnheit, die ich im Dschungel angenommen hatte, als kein Aschenbecher in Reichweite gewesen war. »Als ich ihn kennenlernte, befand ich mich in der Polizei-Ausbildung, und er war Sergeant mit sechsundzwanzig Jahren Dienstzeit. Er mochte mich. Damals gab es ein paar Leute, die mich mochten. Er setzte seine Pension aufs Spiel, um mir aus einigen Schwierigkeiten zu helfen, in die ich mich hineingeritten hatte, und verlor sie beinahe, als es nicht klappte. Als ich aus der Armee ausschied, hatte er den Polizeidienst bereit quittiert und war Privatdetektiv geworden. Da ich keinen Job hatte, stellte er mich ein. Und da ich auch nicht wußte, wo ich bleiben sollte, nahm er mich in seiner Drei-Zimmer-Wohnung auf. Als ich mich zu heiraten entschloß, war er mein Trauzeuge, obwohl er mich zu warnen versuchte, daß sie nicht die richtige für mich sei. Er hatte recht. Er hatte gewöhnlich recht, aber er sagte nie, das habe ich dir gleich gesagt, nicht einmal beim Scheidungstermin.«

Ich schüttelte den Kopf. »Er war nicht besonders beeindruckend. Er war fett und alt und häßlich, und er trank zuviel, und er war kein toller Privatdetektiv. Aber es gab etwas, das er haßte, und das waren dunkle Machenschaften, die zu gut funktionierten. Er sagte, es sei die Pflicht jedes anständigen Mannes, Sand ins Getriebe zu streuen, wann immer sich die Gelegenheit dazu bietet.«

»Ich glaube, er würde mir auch gefallen«, meinte Iris. »Was ist aus ihm geworden?«

»Er ist tot.«

»Oh.« Sie wechselte wieder das Thema. »Warum haben die Darlings versucht, dich umzubringen?«

»Sie wollten mich nicht umbringen. Es gibt schnellere Arten, das zu erledigen, und ich denke, die meisten sind ihnen bekannt. Anfangs dachten sie, ich hätte etwas, das sie haben wollten. Dann dachten sie das nicht mehr, aber sie wollten wissen, was ich hier mache und für wen ich arbeite. Ich sagte es ihnen, aber sie glaubten mir nicht.«

»Hast du, was sie haben wollen?«

Ich nickte. »Vergangenen Abend – das heißt, inzwischen ist es schon der vorvergangene Abend – schossen sie einem Mann, den ich von früher kannte, eine Kugel in den Kopf, weil er sie und zwei ihrer Freunde dabei gefilmt hatte, wie sie letzten August jemanden exekutierten. Dieser Jemand im Film war ein Schwarzer, die Darlings und ihre Freunde sind Angehörige eines Klans, und den Rest solltest du dir selber denken können. Mein alter Bekannter, den sie erschossen, arbeitete für den militärischen Abwehrdienst, ich nehme aber an, er hat die ganze Zeit auf diesem Film gesessen und die Darlings samt Genossen erpreßt. Er war genau der Typ für so was, und nach dem, was mir der Verwalter dieser Wohnwagen-Kolonie erzählt hat, sind die Darlings bewaffnet. Hubert, der jüngere, trägt eine vierundvierziger Magnum, Kramer wurde mit einer Vierundvierziger erschossen. Außerdem habe ich die Entführung beobachtet. Nur hatte Kramer den Film nicht bei sich. Er war kein Genie, aber er war nicht blöd genug, ihnen zu sagen, wo sie den Film finden würden, weil er wußte, daß sie ihn danach umlegen würden. Daß er den Film nicht hatte, wußten wiederum die Darlings, weil sie ihn durch die ganze Stadt verfolgt und seine Sache danach beobachtet hatten. Darauf komme ich noch zurück. Sie konfrontierten ihn mit dieser Kenntnis der Lage, und er gestand ein, daß er so gut wie nichts wußte. Exit Kramer.«

Ich schwieg einen Augenblick und fuhr dann fort: »Vergangenen Abend statteten die Darlings auf der Suche nach dem Film einem Porno-Laden in der Erskine einen Besuch ab, der von einem Mann namens Story geführt wird. Aber jemand war schon vor ihnen dagewesen und hatte den Laden erfolglos durchsucht. Ich war als zweiter da und fand den Film, es ist jetzt egal, auf welche Weise. Story war tot. Er hatte einen Schlag über den Kopf bekommen und eine Überdosis von seinem eigenen Stoff. Vielleicht hat er sich gewehrt und dabei eins über die Birne gekriegt. Der Mörder dachte, er würde nicht wieder zu sich kommen und hat dann versucht, es wie einen Drogenunfall aussehen zu lassen. Das ist zwar nicht vernünftig, aber Mörder, für die das Töten von Menschen nicht zum täglichen Brot gehört, handeln selten vernünftig.«

Ich legte eine Pause ein, um Iris Gelegenheit zu einer Frage zu geben. Sie hob aber nur den Arm und drückte ihren Zigarettenstummel an der Schiebetür des Schrankes aus. Er hinterließ einen Fleck auf dem hellen Holz.

»Lee Q. Story kaufte und verkaufte sein ganzes Material oder zumindest das meiste davon in Detroit«, fuhr ich fort. »Einiges stammte hier aus diesem Wohnwagen und ging weiter an Sammler oder andere Geschäfte in der Stadt. Kramer hatte auf seiner Suche gerade die Wohnung eines Sammlers auseinandergenommen, der wahrscheinlich zu Storys Kunden gehörte, als Jerry und Hubert ihn einkassierten. Es war ein letzter verzweifelter Versuch, den Film aufzustöbern, der ihm das Leben retten konnte, nachdem er seine Erpressung zuweit getrieben hatte. Er war schon in allen Läden gewesen, mit denen Story in großem Stil Geschäfte machte, sonst hätte er sich nicht auf dem Weg zu einer Verabredung befunden, die er mit einem anderen Mitarbeiter des militärischen Abwehrdienstes getroffen hatte, um seinen persönlichen Schutz zu gewährleisten.« Ich schwieg sekundenlang, aber auch diesmal stellte Iris keine Zwischenfrage.

»Hier in diesem Wohnwagen war Kramer zuerst gewesen«, faßte ich weiter zusammen, »denn hier hatte er den Film versteckt, als die Sache brenzlig zu werden begann. Vor einer Woche wurde er gesehen, wie er aus dem Trailer herauskam. Deshalb schrieb Lee Q. diese Adresse hier nicht mit auf die Liste seiner Lieferanten, die er mir gab. Er befürchtete, jemand hier könne etwas wissen und wollte nicht, daß ich da hineinstolpere. Es war das perfekte Versteck. Wer würde darauf kommen, in einem Wohnwagen voller Porno-Filme in gleichen Verpackungsdosen nach einem Filmstreifen zu suchen, der einen Mord festhielt? Kramers Problem war, daß er niemanden ins Vertrauen zog und der Film unglücklicherweise mit einer der üblichen Lieferungen in Storys Laden geriet. Dieser Laden dürfte Kramers nächstes Ziel gewesen sein. Wahrscheinlich hat er nicht ganz so gründlich gesucht, wie er gern gewollt hätte, weil Story ein linker Hund war und wahrscheinlich drohte, ihn umlegen zu lassen, wenn er weiter herumschnüffelt. Da Kramer aber alles andere als ein Held war, begnügte er sich mit Informationen über die Etablissements und die Kunden, mit denen Story Geschäfte machte, und beschränkte seine Suche auf sie. Dabei konnte er nicht wissen, daß Story sich die Lieferung aus dem Wohnwagen näher angesehen hatte, dabei auf den Film gestoßen war und ihn für künftige Benützung beiseite geschafft hatte. Für erpresserische Zwecke selbstverständlich. Material wie dieses trägt den Erreger von Geldgier in sich, so wie Mary Mallon den Typhus in sich trug. Falls er nicht wußte, um wen es sich bei den Männern auf dem Filmstreifen handelte, beabsichtigte er, das in Erfahrung zu bringen. Nur wurde er ins Jenseits befördert, bevor er Gewinn aus der Sache ziehen konnte.«

Iris hatte sich auf die Seite gedreht und beobachtete mich. Ihr Körper schmiegte sich angenehm warm an den meinen. Sie war nicht parfümiert. Manche Frauen haben Parfüm nicht nötig. Ihr Finger fuhr zart über meine unrasierte Wange.

»Kramer muß den Darlings von Story aber nichts über den Wohnwagen erzählt haben«, redete ich weiter. »Sonst hätten sie nicht erst zu dem Laden in der Erskine fahren müssen, um diese Adresse hier ausfindig zu machen, so wie ich. Das ist erklärlich. Er dachte, er könne sich aus seiner Bredouille herausreden und wollte die Geschichte simpel und unglaubwürdig klingen lassen. Außerdem hat er vielleicht geargwöhnt, nicht Story, sondern jemand hier habe ihm etwas verschwiegen und plante, zurückzukommen. Warum die Darlings vierundzwanzig Stunden gebraucht haben, um der Erskine Street einen Besuch abzustatten, kann ich mir nur so erklären, daß sie zuerst ein paar von den anderen Läden abklappern wollten. Wie die meisten Fanatiker mit einer Aversion gegen die Schwarzen, dürften sie vermieden haben, sich in den schwärzesten Teil der Stadt zu begeben, bis es absolut nötig war. Zusätzlich wollten sie vermutlich auch erst den Einbruch der Dunkelheit abwarten, denn das gehört zu ihrem Arbeitsstil.«

»Was hat das alles mit Martha zu tun?« fragte Iris, den Blick forschend auf mich gerichtet. Ihre Augen waren auch groß, wenn sich keine Angst darin spiegelte. »Ich meine abgesehen davon, daß sie in jener Nacht die Darlings in ihrem Zimmer hatte. Das könnte ja auch Zufall gewesen sein.«

»In dieser ganzen Geschichte gibt es nur einen Zufall, und zwar, daß ich von zwei Seiten in dasselbe Dreckloch getreten bin. Um es gleich vorweg zu sagen, es gibt keine Martha Burns. Ihr Name ist Marla Bernstein, und das Foto, das ich dir gezeigt habe, wurde in diesem Wohnwagen gemacht. Zumindest das könntest du einen Zufall nennen, wenn ich nicht ein Telefongespräch mit Lansing geführt hätte, das diese Theorie ad absurdum führt. Die Darlings waren nicht als Kunden bei ihr, jedenfalls nicht, wie du denkst. Aber das ist im Augenblick unwichtig.« Ich schob die Decke zurück und schwang meine bestrumpften Füße auf die Erde. Eine Welle von Übelkeit stieg in mir auf, ebbte aber schnell wieder ab. Ich zog die Hose an, biß mir auf die Lippe und bückte mich, um mein Jackett und meinen Schlips aufzuheben. Dabei verlor ich fast das Bewußtsein, aber dann hatte ich mich wieder gefangen und zwängte mich in das Jackett. Den Schlips knäulte ich zusammen und stopfte ihn in die Tasche. Zuletzt schlüpfte ich in meine Schuhe.

»Amos!« rief Iris vorwurfsvoll. »Ich sagte eine Stunde!«

Aber ich war bereits aufgestanden und strebte zum anderen Ende des Wohnwagens. Ich kam mir vor wie ein Traumwandler, mit Wolken, die unter meinen Füßen dahinzogen. Mein Unterkiefer begann zu schmerzen. »Keine Zeit, Engel. Jerry und Hubert wollten verduften, sonst wären sie nicht gleich beim Auftauchen eines Wagens abgehauen. Ich muß nach einem Telefon suchen.«

Ein häßlicher brauner Fleck verunzierte den Teppich, wo mein Kopf gelegen hatte. Ich versuchte nicht daran zu denken, daß es sich um mein Blut handelte, und hob meinen Mantel vom Fußboden auf. Mein Hut lag noch an der Stelle, wo er beim ersten Hieb mit Jerry Darlings Schlagring hingeflogen war. Ich sammelte auch ihn ein, stülpte ihn mir auf den Kopf und zog den Mantel über. Bei der Queen-Anne-Matratze hatten sie ganze Arbeit geleistet. Der Bezug war kreuzweise aufgeschlitzt, und die Füllung hing wie Eingeweide heraus.

Iris kam mir nach, wobei sie gleichzeitig zu laufen und in ihre Hose zu steigen versuchte. Dem Unternehmen war wenig Erfolg beschieden. Ihre Tasche hatte sie über die Schulter gehängt, die seegrüne Jacke, die bei der Intensivierung zwischenmenschlicher Beziehungen im Wege gewesen war, hatte sie unter den Arm geklemmt. Ihre weiße Nylonbluse war milchig-transparent. Übrigens trug sie nichts darunter.

»Wen willst du denn anrufen?« Sie war stehengeblieben und machte endlich Fortschritte mit dem Anziehen der Hose.

»Alderdyce. Es ist sein Fall.« Meine Brieftasche und alles andere, was Jerry Darling mir aus den Taschen genommen hatte, lag noch auf dem kleinen Tisch mit den Schnappschüssen. Mein Revolver war mit den Brüdern verschwunden. Ich steckte die einzelnen Gegenstände in die richtigen Taschen zurück. »Übrigens, eins habe ich wohl vergessen, dir zu sagen. Der Mann, dessen Erschießung Kramer gefilmt hat, war Freeman Shanks.«

Iris hielt wie versteinert in ihrer Betätigung inne und starrte mich an. »Freeman Shanks«, formte sie lautlos mit ihren Lippen. Dann schloß sie langsam und bedächtig den Reißverschluß ihrer Hose, stopfte die Bluse in den Bund und zog ihre Jacke über. Die Dinge liefen entschieden zu schnell für sie. Ich wußte, was sie empfand.

»Sie können an den beiden Flughäfen Polizeiposten aufstellen«, erläuterte ich, »auf der Ambassador-Bridge den Zoll alarmieren und eine überregionale Fahndung auslösen. Dann könnten sie die Burschen vielleicht in sechs Monaten schnappen, sofern sich die Bundesbehörden nicht einschalten, was allerdings kaum zu hoffen ist. Kommst du oder nicht?«

»Mir bleibt ja wohl kaum eine Wahl ohne fahrbaren Untersatz«, erwiderte sie. »Das ist ja wirklich eine irre Geschichte. Wer hat denn nun Story umgebracht?« Sie hatte die Tasche von ihrer Schulter gleiten lassen, um den Arm in die Jacke stecken zu können. Jetzt schob sie den Trageriemen wieder auf die Schulter zurück. In der Tasche klirrte die Injektionsspritze.

Offenbar quollen mir fast die Augen aus dem Kopf, denn Iris bekam einen ängstlichen Gesichtsausdruck und fragte: »Was ist mit dir los, Amos? Ich habe ja gleich gewußt, daß du zu schnell aufgestanden bist.« Sie eilte auf mich zu und legte mir die Hand auf die Schulter, um mich zum Bett zurückzuführen. Ich wehrte ihre Hand nicht ab, rührte mich aber auch nicht vom Fleck. Ich war zu sehr in Anspruch genommen, auf ihre Tasche zu starren.

»Komm mit«, stieß ich dann hervor und packte ihr Handgelenk. »Wir geben ein großartiges Gespann ab. Ich bin Nick, und du bist Nora.« Ich riß die Tür auf und zerrte Iris hinaus in die Kälte und Dunkelheit.

Wir befanden uns noch drei Meter von meinem Wagen entfernt, als wir die beiden Schüsse hörten.

23

Im Abstand von einer Sekunde ein flacher Knall nach dem anderen, spröde in der kalten, feuchten Luft wie das Niesen einer Katze. Sie konnten aus dem Büro des Platzverwalters gekommen sein ebenso wie aus Chikago. Iris und ich blieben wie erstarrt stehen und blickten uns mit angehaltenem Atem an, ohne in der Düsternis etwas sehen zu können. Dann ließ ich ihr Handgelenk los, stürzte zum hinteren Teil des Cutlass, fummelte meine Schlüssel heraus und fluchte unterdrückt, als ich nach dem Kofferraumschlüssel tastete und ihn benutzte.

Im Kofferraum war kein Licht. Ich fühlte an dem Futter der rechten Seite entlang, bis ich an eine Ausbuchtung stieß, und holte die Luger aus ihrer Spezialtasche. Sie war kalt wie der Händedruck des Todes. Dann zog ich das Magazin heraus, sah, daß es wirklich geladen war, schob es zurück und steckte die Waffe in meine Manteltasche.

»Bleib hier!« rief ich, die Kofferraumklappe zuschlagend. Aber die Luft hätte ich mir sparen können. Iris hatte sich bereits auf den Beifahrersitz verkrochen. Die Innenbeleuchtung flammte kurz auf, tauchte ihren Kopf und ihre Schultern in gelbes Licht und ging wieder aus, als sie die Tür zuzog. Es war Zeit, daß ich das Türschloß reparieren ließ.

Es war nicht die Zeit zu argumentieren. Ich klemmte mich hinter das Lenkrad, brachte den Motor dazu, zögernd anzuspringen, schaltete die Scheinwerfer ein und ließ Schneematsch gegen die Seitenfront des Wohnwagens spritzen, vor dem ich geparkt hatte, als ich über ein viereckiges Stück Wiese preschte und mit einem Holpern auf dem Anthony Wayne Drive landete, das weder meinen Vorderreifen noch meinem lädierten Unterkiefer wohltat. Aus nervöser Angewohnheit schaute ich zum Rückspiegel hoch und erhaschte einen Blick auf die untere Hälfte eines verbissenen Gesichts, das von der Armaturenbeleuchtung in gespenstisches Grün getaucht war. Es sah nicht aus wie jemand, den ich kannte.

Ich fuhr etwa achtzig, als ich den Hauptweg erreicht hatte und beim Abbiegen fast darüber hinausschoß. Meine Stoßstange meißelte einen verharschten Klumpen aus dem am Straßenrand aufgetürmten Schneeberg, während meine Scheinwerfer die erstarrte Gestalt einer schlampigen Frau im Morgenrock mit Lockenwicklern im Haar erfaßte, die ihre Wohnwagentür geöffnet hatte, um nachzusehen, welcher verdammte Idiot ihren friedlichen Vorplatz zu einer Rennpiste machte. Den Schüssen hatte sie vermutlich keine Beachtung geschenkt. In den nahe gelegenen Wäldern wurde sicher oft gejagt, und selbst verschärfte Naturschutzgesetze hatten bisher noch nie entschlossene Wilderer abgeschreckt. Vielleicht war das sowieso die ganze Erklärung. Eine Wette hätte ich darauf jedoch nicht abgeschlossen. Trotzdem nahm ich auf der Geraden das Gas weg, was wahrscheinlich mir und Iris das Leben rettete.

Ein Paar aufgeblendeter Scheinwerfer kamen fast im gleichen Tempo, das ich drauf hatte, direkt auf mich zugerast. Ich wich nach rechts aus, und mein Heck schleuderte herum, so daß es fast die Straße blockierte. Die näher kommenden Lichter streiften von rechts nach links durch das Innere des Wagens, beleuchteten Iris, die gegen die Beifahrertür gepreßt worden war und sich mit den Fingernägeln in die Polsterung des Armaturenbretts gekrallt hatte, und tauchten dann einen kahlen Baum auf der linken Straßenseite in gleißende Helligkeit, während das Fahrzeug, ein schwerer Kleinlaster, ins Rutschen geriet, als es uns auswich und in den am Straßenrand aufgehäuften Schnee knallte. Der Laster bebte noch von dem Aufprall, als der Fahrer bereits den Rückwärtsgang eingelegt hatte, mit allen vier Rädern Kies und Dreck aufspritzend am Lenkrad kurbelte und in die Richtung davonschoß, aus der er gekommen war. Ein Stein, den eines seiner Hinterräder hochgewirbelt hatte, flog gegen mein Seitenfenster und hinterließ ein Spinnennetz haarfeiner Sprünge.

»Halt dich fest!« schrie ich, setzte zur Mitte der Straße zurück und nahm die Verfolgung auf, ohne auf die Unebenheiten zu achten.

Die Schlußlichter vor mir verloschen, als ich an dem Büro des Parkplatzverwalters vorbeipreschte, aber nicht zeitig genug, um mich nicht bemerken zu lassen, daß der Laster nach links auf die Straße abbog, die zurück zur Grand River Avenue führte. Ich verlor eine Viertelmeile mit dem Wenden, holte den Laster jedoch auf der ersten geraden Strecke wieder ein und konnte schon fast die Zulassungsnummer erkennen, als er plötzlich nach rechts abbog, über den verschneiten Straßenrand holperte und zur Avenue hinüber etwa vierhundert Meter abschnitt. Mein Tachometer war auf achtzig Meilen geklettert, aber vor mir endete die Straße. Ich nahm den Fuß vom Gaspedal und trat mehrmals hintereinander kurz auf die Bremse.

Es reichte nicht. Ich schoß über das Stop-Schild an der Ecke hinaus quer über die Grand River Avenue. Zu allem Überfluß blockierten auch noch meine Vorderräder und ließen meinen Wagen zu einem zwei Tonnen schweren Eissegler werden. Auf der Fahrspur in Richtung Westen herrschte kein Verkehr. Nur ein Taxi, dessen Scheinwerfer elliptische gelbe Kringel auf die vereiste Straßendecke warf, kroch ostwärts. Iris schrie. Der Taxifahrer riß am Lenkrad, um uns auszuweichen, es gelang ihm jedoch nicht, die Richtung seines Fahrzeugs zu verändern. In der letzten Sekunde schien es, als könne ich doch noch gerade rechtzeitig vor ihm vorbeikommen, aber es klappte nicht. Sein rechter vorderer Kotflügel traf mit einem Dröhnen gegen meinen rechten hinteren Kotflügel und prallte ab. Der Cutlass rollte weiter und landete mit noch soviel Schwung in einem Schneehaufen am Straßenrand, daß ich mir die Lenksäule in die Brust rammte. Der Motor kam zum Stillstand. Von dem Kleinlaster, den ich verfolgt hatte, war keine Spur mehr zu sehen.

Die Stille rauschte wie Luft, die ein Vakuum füllt. Ich rang keuchend nach Atem, erinnerte mich plötzlich an Iris und drehte hastig den Kopf. Sie massierte mit der Hand eine Stelle unter ihrem Haaransatz.

»Bist du okay?« Ich knipste die Innenbeleuchtung an.

»Ich bin mit dem Kopf gegen die Windschutzscheibe geknallt.« Ihre Stimme zitterte ein bißchen. »Gott sei Dank ist die Haut nicht aufgeplatzt.«

»Bist du wirklich in Ordnung?«

Sie bedachte mich mit einem Seitenblick. »Das habe ich nicht gesagt.«

»Sonst hätte man hier in einer Nacht wie dieser garantiert kein Taxi auftreiben können«, murmelte ich mißmutig.

Die Windschutzscheibe war heil geblieben. Ich schaltete die Scheinwerfer ab und stieg aus. Der Taxifahrer kam mit gewichtigen Schritten auf mich zugesteuert. In der Hand hielt er einen Wagenheber, obwohl weder an seinen noch an meinen Reifen etwas kaputt zu sein schien. Sein Taxi war auf der gegenüberliegenden Seite zum Stehen gekommen. Im Scheinwerferlicht eines vor Neugier noch langsamer als nötig vorbeikriechenden Wagens war der zerbeulte Kotflügel zu sehen. Der

Wagen hielt nicht an. Das taten Autofahrer in derartigen Situationen nur selten. In dem Taxi saß kein Fahrgast.

Der Taxifahrer war ein guter alter Schwarzer, dessen borstige weiße Augenbrauen angriffslustig unter dem glänzenden, zerbrochenen Schirm seiner Kappe mit der AnsteckNadel *TEAM-STERS LOCAL 299* hervorstachen. Sein Gesicht war breit, flächig und schmutzig-grau in der Dunkelheit, und der Körper unter seiner verschmierten Jacke mit den ausgebeulten Taschen alles andere als alt. Solche Burschen sind so leicht wie Hydranten zu Boden zu schicken. Er hatte kaum die Abbiegerspur überquert, als er bereits den Mund öffnete.

»Wo haben Sie denn fahren gelernt, Mann?« explodierte er in einem rauhen Tonfall, in dem nichts mehr von Alabama übriggeblieben war. »Beim Demolierungs-Derby?«

Die übliche Litanei des Geschädigten. Sie blieb sich von Jahr zu Jahr gleich. Ich zückte die Polizei-Marke, die ich für solche Fälle unter einer Lasche in meiner Brieftasche verborgen hielt. Das dämpfte ihn etwas.

»Sergeant Duffy«, sagte ich mit meiner Polizistenstimme. »Ich war hinter einem Kerl her, der Frauen mißhandelt. Dank Ihnen ist er mir jetzt durch die Lappen gegangen.« Ich steckte die Marke wieder ein, bevor er einen genauen Blick darauf werfen konnte, ging mit energischen Schritten um den Wagen herum und half Iris aussteigen. Sie fröstelte in ihrer dünnen Jacke. Übrigens war sie die erste Prostituierte, die ich je getroffen hatte, die keinen Pelzmantel zu besitzen schien. Dann geleitete ich sie hinüber zu dem Taxifahrer, der noch immer seinen Wagenheber in der Hand hielt.

»Vergeuden Sie keine Zeit mit Entschuldigungen«, fuhr ich ihn an. »Dies ist die Ehefrau des Rohlings. Fahren Sie die Ärmste nach Hause, während ich eine Fahndung ausschreiben lasse.« Ich schob ihm Iris entgegen.

Ihr fiel fast der Kinnladen herunter. »Was? Amos . . .!«

Ich bedachte den Taxifahrer mit einem Grinsen. »Ich bin mit ihrer älteren Schwester in die Schule gegangen. Sie nennt mich Amos, und ich nenne sie Madeline. Dies sollte im übrigen für das Fahrgeld und den Kotflügel reichen.« Ich drückte ihm einen der Hunderter-Scheine, die ich von Morningstar bekommen hatte, in die Hand und nannte ihm die Adresse in der John R. Street.

Der Taxifahrer starrte auf den Geldschein in seiner Hand, dann auf mich und verzog grinsend den Mund. Die Nacht war gleich nicht mehr so dunkel, als er das tat.

»Mann«, sagte er, »ich weiß nicht, wer Sie sind oder nach welchen

Regeln Sie spielen, aber Iris kenne ich jetzt mindestens schon ein Jahr. Die ist nicht verheiratet, und die hat auch noch nie Madeline geheißen. Ich habe ihr selbst ein paar ihrer besten Kunden geschickt. Aber Sie können sich das Recht kaufen, mich im unklaren zu lassen, solange Sie mir genug Geld geben, den Schaden richtig beheben zu lassen. Heutzutage kriegen Sie keinen neuen Kotflügel für weniger als zweihundert Eier.«

»Von wegen. Sie können sich auf jedem Schrottplatz einen für fünfundzwanzig Dollar kaufen und ihn selbst auswechseln. Es sei denn natürlich, Sie hätten Ihre Funkzentrale an Ihrer Nebentätigkeit als Zuhälter prozentual beteiligt?«

Das Grinsen verschwand. »Mann, Ihr ausgebufften Weißen laßt doch wirklich keine Gelegenheit aus, arme Nigger zu schröpfen!« In alter Entschlossenheit packte er seinen Wagenheber fester.

»So wie Sie reden, klingt mir das ganz nach altem Knast-Bruder«, sagte ich auf Verdacht. »Ich wette, Sie sind nur auf Bewährung draußen. Welcher Name steht denn auf Ihrer Fahrerlaubnis?«

Er bot mir etwas Unanständiges an, legte Iris eine Hand auf den Arm und wollte kehrtmachen, um zu seinem Wagen zurückzugehen. Aber Iris schüttelte seine Hand ab.

»Ich bin schließlich auch ein Mensch, verdammt noch mal!« Sie funkelte mich wütend an. Das ganze voraufgegangene Gespräch hatte ihr schon nicht behagt. »Du kannst mich nicht einfach herumzerren wie ein Kinderspielzeug. Ich fahre mit dir.«

»Nein, das wirst du nicht tun, mein Engel. Wenn ich in dem Büro finde, was ich befürchte, dürfte das kaum der richtige Ort für dich sein. Und schon gar nicht, nachdem ich die Polizei angerufen habe.« Ich wandte mich an den Fahrer. »Wenn Sie Iris nicht bis zu ihrer Haustür bringen, lasse ich Sie morgen früh in eine Arrestzelle sperren.«

Er hatte offenbar schon öfter widerspenstige Kunden gehabt. Jedenfalls drehte er ihr die Arme auf den Rücken, achtete darauf, daß seine Schienbeine außer Reichweite ihrer hochhackigen Schuhe blieben, und führte sie über die Straße zu dem Taxi. Als er sie schließlich hineinbugsiert hatte, schien sie resigniert zu haben, was nur gut war, da es keine Taxis nach dem Vorbild von Polizeiwagen gibt, ohne Türklinken im hinteren Teil des Fahrzeugs. Der Motor lief noch. Der Fahrer stieg ein, wendete mit winselnden Rädern über die halbe Straßenbreite und verschwand, den rechten Scheinwerfer nicht ganz auf der gleichen Höhe wie den linken, in Richtung Osten. Iris hielt durch das Rückfenster Ausschau nach mir, solange ich sie erkennen konnte. Sie sah aus wie ein kleines Mädchen, das gerade erst einen Tag von der heimatlichen Insel fort ist.

Mein Cutlass hatte den Kontakt mit dem Schneehaufen besser überstanden, als ich erwartet hatte. Ich stieg ein, ließ den Motor an und schaltete die Scheinwerfer ein. Eine Kette von vier Wagen und einem Tanker mit einer ungeduldigen Hupe kamen in Richtung Stadt mit einem Tempo von höchstens dreißig an mir vorbei. Ich wartete, bis sie einen gehörigen Abstand hatten, überquerte die Straße und bog wieder in den Trampelpfad ein, der zur Wohnwagen-Kolonie führte.

Diesmal fuhr ich bis hinter das Büro und parkte dort. Dann stieg ich geräuschlos aus und faßte nach der Luger in meiner Tasche. Niemand rief mir etwas zu. Ich erklomm die Holzblockstufen, blieb stehen, horchte ein paar Sekunden lang und machte dann vorsichtig die Tür auf. Meine Pistole schob sich zuerst hinein. Niemand schlug sie mir aus der Hand. Also folgte ich entschlossen nach.

Die Stehlampe brannte noch. Ob es dem Parkplatz-Verwalter nicht anders erging, war etwas zwischen ihm und seinem Gott. Sein Stuhl war nach hinten gekippt und lag auf der Rücklehne hinter dem Tisch, das x-förmige Untergestell mit den Drehrollen hochgereckt, so daß ich zum Tisch herantreten und mich vorbeugen mußte, um über die Kante sehen zu können. Er saß noch immer auf dem Stuhl. In seinem Körper hatte er zwei Löcher, das jedes für sich vollkommen ausgereicht hätte.

Wahrscheinlich hatte ihn die erste Kugel in die Brust getroffen, als er aufgestanden war, um seinen Gast zu begrüßen – etwas, das er für mich nicht getan hatte. Dann hatte er sich wieder hingesetzt, unsanft genug, um mit dem Stuhl nach hinten zu kippen. In diesem Augenblick hatte der Mörder in gleicher Höhe ein zweites Mal abgedrückt, so daß sich eine zweite Wunde drei Zentimeter über seinen Augen befand. Mein Trink-Kumpan hatte nicht viel geblutet. Dazu lag er zu flach. Seine halboffenen Augen sahen sanft und feucht aus und ein bißchen traurig. Ein fadendünner Streifen rosa Schaums trocknete zwischen seinen Lippen.

Die Einschüsse waren viel zu klein, um von einer Magnum irgendwelcher Art und schon gar nicht einer Vierundvierziger zu stammen. Etwas anderes hätte mich auch überrascht. Ich wußte jetzt, wer den armen Schlucker hier und Story getötet hatte. Jedenfalls nicht die Darlings.

Vom Tisch schien nichts zu fehlen. Die flache Whisky-Flasche, an der wir uns gemeinsam gelabt hatten, lag leer auf dem Berg Papierkram. Nichts war ausgeflossen, weil er sie bereits geleert gehabt hatte, bevor sie umgefallen war. Auf dem Kontoblatt, an dem er zwei

Stunden zuvor gearbeitet hatte, waren keine neuen Zahlen eingetragen. Der Knauf seines Armee-Colts lugte noch im gleichen Winkel aus seinem Versteck hervor. Auch der schwarze Metallkasten war noch offen, sein Inhalt jedoch nicht berührt worden. Ich ließ meinen Blick in die Runde schweifen, aber da gab es wirklich nichts, was des Nehmens wert gewesen wäre. Nur ein Menschenleben.

Ich langte über den Tisch, nahm das altmodische schwarze Metall-Telefon vom Fensterbrett, um es auf den Tisch zu stellen, und meldete die beiden Morde dem wachthabenden Beamten vom Detroiter Morddezernat, der mir gähnend mitteilte, Lieutenant Alderdyce sei nach Hause gefahren. Freeman Shanks erwähnte ich nicht. Das hätte die Polizei ein bißchen zu schnell auf die Beine gebracht. Ich bat ihn nur, Alderdyce zu informieren, und legte auf, als er meinen Namen wissen wollte.

Ich verließ das Büro so kühn wie jemand, der das Recht hat, es um drei Uhr dreißig früh zu verlassen, und ging zu Fuß bis zum Anthony Wayne Drive. Die Strecke war weiter, als es mir per Auto vorgekommen war, aber das ist ja wohl nie anders. In Nummer sechs brannte noch das Licht, so wie Iris und ich es zurückgelassen hatten. Ich schlenderte erst einmal um den Trailer herum, bevor ich hineinging, nur um sicher zu sein, daß mein Wild, das ich jagte, nicht zurückgekehrt war, während ich mich mit dem Taxifahrer aufgehalten hatte. Aber es war kein Wagen oder Kleinlaster in der Nähe geparkt, und im Schein meiner Taschenlampe konnte ich auch nirgendwo Spuren erkennen. Der Platz, wo zuvor mein Cutlass gestanden hat, war ebenfalls unbesetzt. Ich stieg in den großen Wohnwagen.

Ob die Rinkers, Ed und Shirly, das Licht ausgeknipst hatten, als sie verschwunden waren, wußte ich nicht. Auf jeden Fall würde es inzwischen der Aufseher getan haben. Ich tat es ihm gleich, nachdem ich zuerst den Thermostat heruntergestellt hatte. Dann machte ich es mir auf dem verwüsteten Traumbett bequem, aber nicht zu sehr, nahm meine Waffe heraus, balancierte sie auf meinem Oberschenkel und wartete.

Die meiste Zeit verbrachte ich damit, mühsam meine Augen offen zu behalten. Früh am Abend hatte ich zwei Stunden Schlaf gehabt, aber das war hundert Jahre her, und die erzwungene Ruhe, die ich dank der Bemühungen von Jerry und Hubert Darling genossen hatte, war schlimmer gewesen als gar keine.

Ich mußte doch eingenickt sein, denn das nächste, das ich wieder wahrnahm, war ein brummendes Geräusch, als nähere sich ein Wagen in vorsichtigem Schrittempo. Als ich auf meine Armbanduhr blickte, stellte ich fest, daß kurz und schmerzlos fünfzehn Minuten aus meinem Leben geschwunden waren.

Die Luger war mir vom Bein auf die Matratze gerutscht und drückte hart gegen meine Hüfte. Ich nahm die Waffe hoch. Draußen wurde das Motorgeräusch lauter. Ich konnte die Reifen über den Kies knirschen hören. Mit einem Satz sprang ich auf, nur um mich gleich wieder zu ducken, als ein harter, greller Lichtkegel die Dunkelheit durchdrang und den Wohnwagen in Fensterhöhe von vorn nach hinten abtastete. Es fühlte sich kalt an, als er über meinen Nacken strich, aber vielleicht war das Angst. Das Brummen schwoll an und erstarb. Auch der Lichtkegel blieb stehen, erlosch jedoch nicht. Die Stille schmerzte. Bevor jemand aus dem Kleinlaster steigen und mich hören konnte, kroch ich hastig zur Vordertür und ließ den Schnapper einrasten. Dann kroch ich unter dem gnadenlosen Lichtbalken zurück und richtete mich mit gezückter Pistole im Schatten hinter dem Dunkelkammer-Vorhang auf.

Eine Wagentür wurde geöffnet und mit einem Klacken wieder zugeschlagen. Sekundenlang herrschte Stille. Dann war das Scharren von Ledersohlen auf Zement zu hören und das vergebliche Rütteln an einem Türgriff. Ich war froh, daß ich gerade noch rechtzeitig daran gedacht hatte, die Tür zu verschließen. Dann wurde ein Schlüssel im Schloß herumgedreht und die Tür aufgezogen.

Zuerst war nur ihr Profil in dem harten Licht zu sehen, die gewölbte Stirn, die Stupsnase und das runde, wohlgeformte Kinn. Dann wandte sie sich langsam in meine Richtung, mit dem ganzen Körper, als stünde sie auf einer Drehscheibe, und verzog das Gesicht vor Anstrengung, die Dunkelheit zu durchdringen, in der ich mit angehaltenem Atem stand. Sie war klein, höchstens einen Meter sechzig, nicht mehr als fünfzig Kilo schwer, und ihr Gesicht verschwand fast zwischen den hochgeschlagenen Ecken des abgewetzten Lederkragens ihrer Jacke. Mit ein wenig Make-up hätte es hübsch sein können. So wie es war, wirkte es ausgemergelt. Nahm man den Riesenmop krauser Haare hinzu, die in einem freundlicheren Licht vielleicht rot waren, eine Schultertasche aus Segeltuch und engsitzende, scheckig ausgeblaßte Jeans, deren Beine in wadenhohen Fransen-Stiefeln aus Wildlederimitat steckten, dann hatte man, was der verblichene *Vistaview Mobile Home Park*-Verwalter als Hippie betrachtet haben mochte. Ihre kleine, nackte Hand tastete nach dem Lichtschalter an der Wand neben der Tür. Was nicht ganz leicht war, wenn man bedachte, daß die Hand eine Waffe umklammert hielt. Ich trat gerade weit genug vor, um das Scheinwerferlicht, das zum Fenster hereinfiel, einen hellen

Streifen auf den Lauf der Luger malen zu lassen.

»Kein Licht, Marla«, sagte ich so ruhig wie möglich. »Nicht, bevor Sie die Tür geschlossen und die Waffe aus der Hand gelegt haben.«

24

Sie gab ein Zeichen von sich.

Ich war darauf vorbereitet gewesen, daß sie schreien würde, zur Salzsäule erstarren oder versuchen würde zu schießen. Sie tat jedoch nichts davon, sondern öffnete nur den Mund und stieß einen tonlosen, trockenen Laut aus ihrer Kehle hervor. Bei dem Geräusch lief es mir kalt den Rücken hinab. Ich hob die Luger höher ins Licht. Marla verstummte. Ihr Mund, der mich an das bedrohlich geöffnete Maul einer Echse denken ließ, schloß sich langsam.

»Die Tür«, wiederholte ich. »Dann die Waffe. Werfen Sie das Ding auf das Bett.«

Sie schloß die Tür und schleuderte das Schießeisen von sich. Es landete auf einer Ecke der Matratze, schnellte noch einmal hoch und blieb erst dann liegen. Der Knauf ragte ein Stück über die Matratzenkante hinaus.

»Jetzt das Licht.«

Sie drückte auf den Schalter und tauchte den Trailer damit in gelbe Helligkeit. Ich mußte einen Augenblick blinzeln, aber nicht lange genug, um ihr einen Vorteil zu geben. Draußen wurde der Laster wieder angelassen, gewendet und vor den Wohnwagen gesetzt. Ich hatte das erwartet. Das Licht war das Signal für »Alles klar« gewesen.

Marlas Blicke huschten zwischen der Waffe auf der Matratze und der Geräuschquelle draußen hin und her. In dieser Beleuchtung war sie ein gutaussehendes Mädchen, bis auf die Haare, die viel zu üppig waren und für ihre Augen und ihren Teint eine zu helle Farbe hatten. Die Farbe, fast ein Orange, war einfach grauenhaft.

»Würde es Ihnen etwas ausmachen, die Perücke abzunehmen?« fragte ich nicht unhöflich. »Sie müssen natürlich nicht, aber ich würde es als einen persönlichen Gefallen betrachten. Sie werden mir zugeben, daß die Farbe eine Zumutung für die Augen ist.«

Sie zögerte. Draußen wurde eine Tür zugeschlagen, und auf dem Schnee knirschten Schritte. Es schepperte Metall. Dann hob sie den Arm, zog sich den orangefarbenen Mop vom Kopf und schüttelte ihre kohlschwarzen Haare aus, so daß sie ihr in zerzausten Wellen über die Schultern herabfielen. Das war die Marla Bernstein, die ich kannte, die kleine Schönheit auf dem Schulabschluß-Foto, die Schwert-Schluckerin auf dem Porno-Schnappschuß. Die abgewetzte Jacke, Jeans und Stiefel gaben ihr ein verwegen-exotisches Aussehen, während sie mich, die zottelige Perücke in der Hand, angriffslustig anstarrte.

Ich verließ die Dunkelkammer und ging mit Seitenschritten vor Marla zum Bett, wo die Waffe lag. Es war ein Zweiundzwanziger mit langem Lauf. Ich berührte ihn nicht, sondern bezog nur Position zwischen dem Revolver und Marla. Wenn die Polizei kam, sollten noch ihre Fingerabdrücke darauf sein.

Jemand scharrte draußen mit einer Schaufel Schnee vor dem Wohnwagen weg. Marla horchte auf die Geräusche.

»Keine Sorge, er wird bald zu uns hereinkommen«, sagte ich. »Dann können wir uns zu dritt unterhalten. Heißt er wirklich Rinker, oder ist der Name genauso falsch wie ›Martha Burns‹?«

»Er heißt wirklich Rinker.« Ihre Stimme klang ruhiger als erwartet. Sie hatte Zeit gehabt, ihre Fassung wiederzugewinnen. Es war keine schlechte Stimme, erotisch, aber flach, so wie ihr Gesang. Ihr Zischen hatte mehr Tiefe. »Ich habe ihn bei Aphrodite-Records kennengelernt. Er war Gitarrist bei einer Gruppe mit dem Namen *Accelerators*. Nach den ganzen Hits, die sie gelandet haben, hätten sie sich lieber ›Bremspedale‹ nennen sollen.«

»Er muß genauso auf Geld versessen sein wie Sie. Musiker haben gewöhnlich zu viele Träume, um einfach darauf zu verzichten und sich mit Erpressern zusammenzutun. Es sei denn, sie hängen an der Nadel und brauchen Geld, um sich Stoff zu beschaffen. Ist das sein Problem?«

»Er schluckt Pillen.« Ihre dunklen Augen glühten. »Er brauchte Geld, um sich *Reds* und *Angel Dust* kaufen zu können. Bei mir war es Rache.«

»Rache für Ihren ermordeten Freund«, half ich ihr weiter. »Freeman Shanks.«

Ihre Lippen öffneten sich überrascht. Es waren hübsche Lippen, die keinen Glanzfilm brauchten. Ihre Zähne waren gleichmäßig und sehr weiß. Dann machte sie den Mund wieder zu. »Woher wissen Sie das?«

»Ich hatte keine Ahnung, daß er mit im Spiele war, bis ich den Film sah.«

»Sie haben den Film gesehen!« Ein hungriger Ausdruck trat in ihren Blick. Sie wollte auf mich zu, doch meine Pistole hielt sie zurück.

»Das ist eine lange Geschichte«, sagte ich. »Ein ganzer Roman, aber er muß erzählt werden. Unterbrechen Sie mich, wenn ich zu weitschweifig werde. Sie haben Shanks kennengelernt, als sie beide in Lansing waren. Ich habe gestern abend Esther Brock angerufen, und sie hat mir erzählt, er hat in ihrer Schule gesprochen, während er sich in der Stadt aufhielt, um mit Leuten zu verhandeln, die seinen Wahlkampf unterstützten. Das war, als er sich um den Gewerkschafts-Vorsitz bemühte. Den Rest habe ich mir zusammengereimt, aber irgendwie sind Sie beide zusammengetroffen, und Sie verliebten sich in ihn. Vielleicht erwiderte er Ihr Gefühl, vielleicht machte ihm aber auch nur die Eroberung Spaß.«

»Er reagierte auf mich genauso wie ich auf ihn. Es war beim Kaffee im Aufenthaltsraum der Studenten nach seiner Ansprache.« Sie wurde tatsächlich rot. Es wäre bezaubernd gewesen, hätte ich nicht ihre andere Seite gekannt. »Wir gingen zusammen in mein Zimmer. Es nahm nicht sehr viel Zeit in Anspruch. Er war ein sehr beschäftigter Mann. Wir waren beide wieder auf der Party zurück, bevor uns jemand vermißt hatte.«

Ich nickte. »Er war ein sehr beschäftigter Mann, das stimmt. Aber nicht zu beschäftigt, um während einer harten Wahlkampagne nicht ab und zu eine kleine Abwechslung zu genießen. Außerdem ging er auf die Vierzig zu, und es schmeichelte ihm festzustellen, daß er die Zuneigung einer hübschen Achtzehnjährigen gewinnen konnte. Vielleicht wußte er sogar, wer Ihr Vormund war. Wahrscheinlich aber wohl doch nicht. Sonst hätte er Sie vermutlich fallenlassen wie eine heiße Kartoffel. Es hätte bei einem Mann, der versprochen hatte, die Gewerkschaft vom Einfluß der Mafia zu befreien, keinen guten Eindruck gemacht, ein Verhältnis mit dem Mündel eines unrühmlich bekannten Mafia-Bosses zu haben. Seine Wahlhelfer hätten mit ihrer Kritik sicher nicht hinter dem Berg gehalten, aber da war es bereits zu spät. Er hatte Sie mit nach Detroit genommen.«

»Wir wollten nach der Wahl heiraten.« In ihren Augen standen Tränen. Sie glänzten, ohne herabzurinnen. Aber ihre Stimme blieb fest.

»Vielleicht. Vielleicht auch nicht. Mischehen werden in dieser Stadt noch lange nicht akzeptiert. Ob er nun aber wußte, wer Sie waren, oder nicht, er versteckte Sie jedenfalls in einem Bordell, um Sie aus dem Verkehr zu ziehen, bis die Wahl vorüber war. Nur lief etwas schief. Etwas rief die Schwarze Legion auf den Plan. Diese braven, alten Burschen schätzen es gar nicht, wenn Schwarze höhere Ambitionen haben als Schuhputzen und Toilettenreinigen. Was für eine Lektion wäre es für seine Rassengenossen, ihren größten aktuellen Helden aus dem Weg zu räumen. Zweifellos haben sie es ein paarmal erfolglos versucht. Ich meine mich zu erinnern, von ein oder zwei mißlungenen Anschlägen auf Shanks' Leben gelesen zu haben. Die Polizei machte die Mafia dafür verantwortlich und behandelte die Fälle entsprechend, was erklärt, daß nie jemand dafür zur Rechenschaft gezogen wurde. Von der Legion oder dem Ku-Klux-Klan, oder wie immer der Verein sich zu nennen beliebt, dürften sie nichts gewußt haben, weil sich mit diesem Aspekt der Angelegenheit die Regierungsstellen befaßt haben und die betreffenden Herren eisern dichthalten. Jedenfalls war sehr wohl bekannt, daß Shanks über besseren Schutz verfügte als irgend jemand sonst, mit Ausnahme des Präsidenten, und daß man, um an ihn heranzukommen, zwanzig bewaffnete Leibwächter hätte ummähen müssen. Ihm wäre also höchstens mit einem Kamikaze-Angriff beizukommen gewesen, es hätte sich in diesem Angeber-Verein aber wohl kaum jemand finden lassen, der so erpicht darauf gewesen wäre, für seine Ideale zu sterben. Shanks mußte also ausgeräuchert werden, und damit kamen Sie wieder ins Spiel, Marla. Sie und die Darlings.«

Sie beobachtete mich mit zusammengekniffenen Augen. Jetzt standen darin keine Tränen mehr. Gar nicht vorzustellen, daß sie je Tränen in den Augen gehabt hatte. »Wer sind Sie?«

Es schien ein bißchen spät, diese Frage zu stellen, wenn sie die Antwort tatsächlich nicht wußte. Ich ging jedoch nicht weiter darauf ein.

»Das ist im Augenblick unwichtig. Jerry und Hubert gehören zu der Sorte verbohrter Fanatiker, die gebraucht werden, um zu verhindern, daß ihre Organisation auf das Niveau von Veteranentreffen absinkt, wo sich die Leute in Laken hüllen und lauthals über Neger, Puertoricaner, Juden, Kommunisten und Steuern schimpfen. Vielleicht sind sie sogar die Anführer. Irgendwie erfuhren die beiden jedenfalls von Ihrer Existenz. Ich glaube nicht, daß sie Shanks verfolgten, als er Sie besuchte, sonst hätten sie ihn vermutlich irgendwo unterwegs zusammengeschlagen, denn zu Ihnen kam er ohne seine Leibwache. Höchstwahrscheinlich erkannten sie ihn zufällig, als er von Ihnen wegging und die beiden in das Bordell kamen. Sie waren gelegentlich Kunden dort. Das brachte sie vermutlich auch auf die Idee, ihn erst einmal irgendwo hinzulocken. Sie hätten natürlich auch das Haus bewachen und ihm auflauern können, aber sie waren zu bekannt dort. Deshalb erschienen sie eines Nachts bei Ihnen und überzeugten Sie, ihnen dabei zu helfen, Ihren Freund von seiner Privatarmee wegzumanövrieren. Vermutlich boten Ihnen die beiden erst einmal Geld, und als Sie ablehnten, wurden sie grob. Eines der anderen Mädchen hat es gehört und bemerkte später auch Ihr blaues Auge. Sie sahen nicht besonders hübsch aus damit.«

»Die Kerle drohten mir, mich richtig fertigzumachen.« Ihre Stimme verriet sie endlich. Sie bedeckte ihr Gesicht mit beiden Händen. »Sie fragten mich, ob ich ein gutes Foto von mir besäße, um mich zu erinnern, wie ich einmal ausgesehen hätte.«

»Das war nur die Entschuldigung vor Ihnen selbst, Kindchen. Im Grunde waren Sie schon bereit, mit den beiden gemeinsame Sache zu machen, als das Geld erwähnt wurde. Aber ein bißchen länger standhaft zu bleiben war romantisch. Vielleicht trieb es auch den Preis hoch.«

Es mußte Verachtung in meinem Ton mitgeschwungen haben, denn sie begann sehr langsam die Hände sinken zu lassen und musterte mich mit aufsteigendem Haß.

»Sie wollten ein Gesangsstar werden«, fuhr ich fort, bevor sie etwas sagen konnte. »Sie waren so versessen darauf, daß Sie so ziemlich alles dafür getan hätten. Das war das einzige, worin alle, die Sie gekannt haben, übereinstimmten. Aber niemand außer Ihnen selbst wußte, wie weit Sie tatsächlich gehen würden, um diesen Traum zu verwirklichen. In Beryls Haus sangen Sie Barney Zacharias vor, und er erzählte Ihnen, er könne Sie zu einem Star machen, wenn Sie nur das Geld hätten, den Aufstieg zu finanzieren. Bloß Sie hatten das Geld nicht. Ihr Schulgeld und die Kosten für Ihren Lebensunterhalt hatte Morningstar immer an Esther Brock direkt überwiesen. Auch Shanks gab Ihnen nichts, weil Sie sonst womöglich Lust bekommen hätten, etwas davon auszugeben, und das hätte ein Verlassen des Hauses bedeutet. An Ihren Vormund konnten Sie sich nicht wenden und ihn um Geld bitten, weil er mit Ihren Plänen nicht einverstanden gewesen wäre. Und wenn er herausgefunden hätte, daß Sie von Ihrem Liebhaber, noch dazu einem Schwarzen, unter einem falschen Namen in einem Bordell eingemietet worden waren, hätte er Sie schneller nach Arizona zurückbefördert, als Sie hätten piep sagen können. Sie verlegten sich also aufs Anschaffen, was ganz gut und schön gewesen wäre, hätten Sie nicht andere an Ihrem Verdienst beteiligen müssen. Dann erschienen die Darling-Brothers auf der Bildfläche und boten Ihnen das große Geld dafür, Ihren Freund zu verraten. Und das war ein Geschenk des Himmels für Sie.« Ich hielt einen Augenblick inne, bevor ich weitersprach.

»Meiner Ansicht nach wußten Sie nicht, daß es darum ging, Shanks in den Tod zu locken. Das hätten die Darlings Ihnen unter keinen Umständen verraten. Vielleicht nahmen Sie an, die beiden wollten ihn nur einmal allein erwischen, um ihn sich ein bißchen vorzuknöpfen. Nicht allzu sehr, nur gerade soviel, um ihn zu überzeugen, sich lieber aus der Gewerkschaftspolitik zurückzuziehen. Also erklärten Sie sich einverstanden. Aber dann änderten Sie Ihre Meinung plötzlich. Sie nahmen, was Ihnen die Darlings angezahlt hatten und was Sie bei Tante Beryl verdient hatten und verschwanden. Warum? Es kann garantiert nicht genug gewesen sein, einen Blutsauger wie Zacharias zufriedenzustellen und auch noch davon zu leben.«

Sie betrachtete mich mehrere Sekunden lang, bevor sie antwortete. Draußen klirrte ein Wagenheber und wurde unter das Vorderteil des Trailers geschoben. Es folgte eine kurze Pause, dann begann es zu klicken. Nach ein paar vergeblichen Umdrehungen hatte er eingerastet, und ich spürte ein leichtes Vibrieren unter den Füßen. Bald würden wir angeschirrt sein und abfahrbereit.

»Die Razzia«, sagte sie schließlich. Es war nicht mehr die Stimme einer Sängerin. Nur eine ganz normale Stimme, und nicht einmal eine angenehme. »Es ist unmöglich, im Gefängnis zu schlafen, wußten Sie das? Zuviel Geschrei. Sie haben da Leute eingesperrt, die eigentlich in Krankenhäuser gehören. Ich bekam eine Menge nachzudenken. Über das Angebot, das mir die Darlings gemacht hatten. Daß sie mir vielleicht zuviel dafür zahlen wollten, Freeman allein zu erwischen, um mit ihm zu reden. Ich bin in sehr viel Geborgenheit aufgewachsen, aber Papa Ben konnte nicht die ganze Welt von mir fernhalten. Das kann heutzutage niemand. Ich war nicht so naiv, wie alle dachten. Naiv genug, um einem Typ wie Zacharias auf den Leim zu gehen, aber nicht den Darlings. Nachdem wir wieder freigelassen worden waren, blieb ich also noch ein paar Tage bei Tante Beryl, für den Fall, daß Jerry und Hubert das Haus überwachen ließen. Als ich mich jedoch sicher fühlte, haute ich ab.«

»Auch mit dem Geld von Iris und einem kleinen goldenen Herz, das sie in einem Schmuckkasten aufbewahrte. Wo ist das übrigens abgeblieben?«

»Ein Herz?« Marla runzelte die Stirn. »Ach so, das. Ich habe es versetzt. Bei einem Pfandleiher mit Namen Gershom, drüben auf der Warren Street. Zwanzig Dollar habe ich dafür bekommen, gerade genug für die ersten paar Tage Miete in der schäbigen, kleinen Pension, in der ich nach meiner Flucht gelandet war.«

»Ich will noch ein bißchen weiter fabulieren. Sie liebten Shanks genug, um mit ihm zu brechen, weil Sie selbst glaubten, Sie seien Gift für ihn. Deshalb verheimlichten Sie ihm Ihre Absicht wegzugehen. Als er davon erfuhr, brüllte er fast das ganze Haus zusammen.

Vielleicht war es Liebe. Wahrscheinlicher ist jedoch, daß er Angst hatte, Sie könnten die Geschichte Ihrer Beziehung einem Skandal-Blatt enthüllen und damit seine Chancen, gewählt zu werden, kaputt machen. So wird heutzutage öfter verfahren. Jedenfalls gelang es ihm, Sie bei Aphrodite-Records aufzuspüren – vermutlich auf dem gleichen Wege, wie ich das gemacht habe –, aber statt das Risiko einzugehen, persönlich dort zu erscheinen, rief er Sie nur an. Sie wurden schwach, und die Affäre nahm ihren Fortgang. Aber hier fehlt ein Stück. Vielleicht sind Sie bereit, es zu ergänzen. Eines Abends verließen Sie Zacharias' Studio und kehrten nicht wieder zurück. Meine Vermutung ist, daß Sie auf die Darlings trafen.«

»Sie lauerten mir in einer Seitenstraße auf, als ich aus dem Studio kam«, bestätigte Marla. »Wenn Sie eine Frau wären und dieser widerliche Hubert würde Ihnen mit einer Hand eine Pistole zwischen die Augen drücken und Ihnen mit der anderen unter den Rock fassen und dann fragen, von welcher Seite Sie zuerst bedient werden wollen, was würden Sie machen? Jerry stand hinter mir. Er sagte, ich hätte noch eine dritte Wahl. Für die entschied ich mich.«

»Und ein paar Abende später, während einer Veranstaltung, um Shanks triumphalen Sieg zu feiern, manövrierten Sie sich an seine Seite und überredeten ihn, seinen Leibwächtern zu entwischen und sich irgendwo mit Ihnen zu treffen. Nur waren Sie nicht am angegebenen Ort. Dafür aber Jerry und Hubert. Mit ein paar Freunden.«

Sie nickte. Die Tränen waren ihr wieder in die Augen getreten und kullerten jetzt ihre zarten weißen Wangen hinab.

»Und am nächsten Morgen wurde er mit drei Kugeln im Rücken gefunden«, bohrte ich weiter. »Und für Marla Bernstein war es an der Zeit für eine kleine Privatrache.«

Diesmal schwieg sie und zuckte mit keiner Miene. Aber das war auch nicht nötig.

Ich ließ trotzdem nicht locker. »Rache nimmt manchmal merkwürdige Gestalt an. In diesem Fall steckte sie in einer flachen runden Metalldose, auf ein paar Meter Film gebannt, den ein Geheimagent aufgenommen hatte, der am Ort des Geschehens gewesen war, als die Exekution stattgefunden hatte. Ein mieser und korrupter Agent, der dieses Beweisstück benutzte, um die Mörder zu erpressen und der, als ihm die Situation über den Kopf zu wachsen begann, den Film an einem Platz versteckte, wo er unter einem Haufen ähnlicher runder Metallbüchsen nicht auffiel. Hier in diesem Wohnwagen, von wo täglich mehrere Porno-Streifen zum Verkauf an Etablissements wie *Story's After Midnight* hinausgehen, oder zumindest bis gestern hinausgingen, bevor Story getötet wurde und Sie den Laden hier dichtmachten. Wem gehört das Unternehmen übrigens, Ihnen oder Rinker?«

»Uns beiden je zur Hälfte.« Sie schien nicht überrascht, daß ich von Storys Tod wußte. Inzwischen mußte sie sich das wohl gedacht haben. »Dieser Idiot Ed glaubte, ich wolle auf Dauer in dieses schäbige Porno-Geschäft einsteigen. Für ihn war es, als wir uns zusammentaten, nur ein Nebenerwerb, um seine Pillen zu finanzieren und während der Durststrecken zwischen Engagements existieren zu können. Er wußte nicht, daß ich bloß einstieg, um Geld zum Leben zu haben, während ich nach den Darlings suchte. Wir konnten alles nur ganz billig aufziehen. Manchmal mußte ich selbst posieren, wenn wir nicht genug Geld hatten, zwei Modelle auf einmal zu bezahlen. Ist das mein Fehler gewesen?«

Ich holte den Schnappschuß hervor und warf ihn ihr zu. Sie senkte kurz den Blick darauf, verzog das Gesicht und legte das Foto dann mit der Rückseite nach oben zu den anderen auf dem Tisch. »Das war gleich zu Anfang, als ich noch nicht auf die Idee mit der anderen Aufmachung gekommen war.« Sie hob die Perücke, die sie noch immer in der Hand hielt.

»Ihr Vormund hat es gesehen und mich engagiert, Sie zu suchen.«

»Verdammt. Das hätte ich mir denken müssen.« Sie wirkte nicht beschämt. Ich fragte mich, wie Morningstar so lange mit ihr zusammengelebt haben konnte, ohne diese Seite ihres Wesens zu bemerken. Aber Eltern, selbst wenn es sich nicht um die leiblichen handelte, waren wohl oft blind.

Ed hatte aufgehört, den Wagen hochzuwinden. Der Laster setzte mit dumpfem Dröhnen bis zur Anhänger-Kupplung zurück. Das war nicht leicht, wenn niemand daneben stand, um Zeichen zu geben. Ed mochte sich wundern, wo Marla so lange blieb. Ich sprach hastig weiter.

»Etwas ist mir noch unklar. Ich weiß, daß Francis Kramer Sie an der Erpressung beteiligte, als ihm die Sache für einen allein zu heiß wurde. Aber woher wußte er von Ihrer Existenz?«

»Er pflegte Freeman zu verfolgen, wenn der mich bei Tante Beryl besuchte.«

»Er verfolgte Freeman!«

»Ich entdeckte Kramer von meinem Fenster aus an zwei verschiedenen Abenden, als Freeman bei mir war, im Schatten auf der gegenüberliegenden Straßenseite. Beim zweitenmal bekam es Freeman mit der Angst, weil der befürchtete, es könne sich um einen Reporter oder einen Spion von der anderen Seite handeln, und ging hinunter, um den Mann zur Rede zu stellen. Aber bis Freeman unten ankam, war Kramer schon verschwunden. Ich hatte keine Ahnung, daß er beim Geheimdienst war, bis Sie das eben gesagt haben. Er erwähnte kein Wort davon, als wir uns kennenlernten.«

Ich ging darauf nicht weiter ein. »Der Film«, sagte ich. »Wie kam es, daß er Ihnen aus den Händen geriet?«

»Das war dieses Idiot Ed. Wir hatten ihn nicht eingeweiht, und er schickte die Dose mit fünf anderen Filmen bei einer Lieferung für Story mit. Kramer hätte ihn fast umgebracht, als er es bemerkte.«

»Da Sie gerade Story erwähnen, was hatte es mit ihm auf sich? Natürlich haben Sie ihn umgebracht. Shanks war Diabetiker. Er brauchte regelmäßig Insulin-Spritzen für sein Wohlbefinden. Deshalb hat er Ihnen vermutlich den Umgang mit einer Injektionsspritze gezeigt für den Fall, daß er ohnmächtig würde, wenn Sie mit ihm allein sind. Sie benutzten also dieses Wissen, um Story eine Extra-Dosis von dem Heroin zu geben, das er sich bereits gespritzt hatte, als Sie auf der Suche nach dem Film bei ihm erschienen. Haben Sie ihn vorher über den Schädel geschlagen oder war das Rinker?«

Sie schwieg. Ein Mordgeständnis fällt auch angesichts einer gezückten Pistole nicht leicht.

»Rinker«, nahm ich ihr die Antwort ab. »Während Story sich stur stellte und Sie vermutlich mit diesem Zweiundzwanziger dort auf dem Bett bedrohte, kam Ihr Partner von hinten heran und schlug ihn nieder. Nur besorgte er das etwas zu heftig, so daß Story schon halb erledigt war. Den Rest besorgten Sie. Dann durchsuchten Sie den Laden.«

Sie machte keinen Versuch, mich zu unterbrechen.

»Bleibt nur noch der Parkplatz-Verwalter heute abend. Der einzige Mensch, der noch in der Lage gewesen wäre, der Polizei die richtigen Hinweise zu geben. Sie haben mit ihm keine Zeit vergeudet. Um ihn zu erschießen, benutzten Sie Storys Waffe, dann wollten Sie bloß noch Ihren Trailer abholen und losfahren. Nur klappte das nicht, weil ich Sie hier erwartete. Gleich zweimal.«

Sie versuchte angestrengt, den Blick nicht von mir zu wenden, er wanderte aber doch unwillkürlich über meine rechte Schulter hinweg. Dann hörte ich ein Atmen und wußte, daß zum zweitenmal an diesem Abend ein Mann mit einem Schießeisen hinter mir stand.

25

Ich hatte ihn nicht zu der Tür am anderen Ende des Wohnwagens gehen hören, weil draußen noch immer der Motor des kleinen Lasters lief. Meine Annahme, er manövriere nur besonders vorsichtig herum, um den Wohnwagen besser ankoppeln zu können, war also ein Irrtum gewesen. Schließlich hatte mich doch noch die Strafe dafür ereilt, die Türen leichtsinnigerweise nicht verriegelt zu haben. Ich vergeudete jedoch keine Zeit mit Selbstvorwürfen. Ohne mich umzudrehen, warf ich mich zur Seite, in der Absicht, mit der Schulter auf der ruinierten Matratze zu landen, blitzschnell herumzuschnellen und zu schießen, ob ich dabei nun traf oder nicht. Ein Versuch kostete ja nichts.

Natürlich klappte es nicht. Solche Tricks funktionieren nur im Kino. Während ich noch durch die Luft flog, stieß Marla ihr bekanntes Zischen aus und schleuderte mir ihren zotteligen Staubwedel von Perücke ins Gesicht. Die Haare schienen mich förmlich einzuhüllen. Ich vergaß die Pistole in meiner Hand und ruderte in vergeblichem Bemühen, die Balance wiederzufinden, mit beiden Armen. Dabei wand mir jemand die Luger aus der Hand. Ich prallte auf das Bett und schnellte hoch, aber bevor ich das zu meinem Vorteil nützen konnte, kam Marla zischend herbeigestürzt, griff nach dem Zweiundzwanziger, umklammerte den Knauf mit beiden Händen und zielte auf mich. Das Mündungsloch sah nur winzig aus, aber eine Kugel daraus hatte bereits einen Mann getötet. Ich bremste meinen Schwung ab und ließ die gequälten Sprungfedern unter mir zur Ruhe kommen.

Ed Rinker – ich nahm jedenfalls an, daß er es war, da es in diesem russischen Roman keinen Platz gab für weitere Figuren – war ein knochiger Jüngling mit einer Menge Akne-Pickel auf der Stirn und dem langen Kinn. Die strohigen blonden Haare trug er in einem ungepflegten Afro-Look. Seine Haut war blaß, und hinter der getönten Nickelbrille blickten blaßblaue Augen hervor. Die blassen Hände mit den zerbrechlich wirkenden Gelenken ragten aus den zu kurzen Ärmeln einer Militärjacke in schmutzigem Olivgrün. Er war zu jung, um schon seinen Wehrdienst abgeleistet zu haben. Er war zu jung für fast alles. Die Luger in seiner Rechten machte ihn allerdings älter. Seine Hand hatte sich unter dem Gewicht ein wenig vorgeneigt, so daß die Mündung der Waffe jetzt auf meinen Unterleib statt auf meine Brust zeigte. Eine andere Waffe hatte er nicht. Er hatte von Anfang an keine gehabt, nur in meiner Einbildung. Er zitterte wie Espenlaub.

Seine Partnerin war an ihre Ausgangsposition neben der Tür zurückgekehrt. Der Revolver in ihrer Hand bewegte sich um keinen

Millimeter. Ihre dunklen Augen glitzerten, aber nicht von Tränen.

»Sie haben eine Menge Fragen gestellt«, sagte sie scharf. »Nun wollen wir einmal sehen, ob Sie auch genauso gut antworten können. Wer sind Sie?«

Meine Auskunft schien sie zu befriedigen. Ein Mann lügt nicht, wenn ihm der Tod ins Gesicht starrt.

»Leider habe ich nie von Ihnen gehört. Sicher schade, wo Sie doch so ein guter Detektiv sind. Wie sind Sie darauf gekommen, daß Story ermordet wurde?«

»Erst nennen Sie mich einen guten Detektiv und dann beleidigen Sie meine Intelligenz«, versetzte ich. »Da war erst einmal eine verletzte Schädeldecke und ein völlig auf den Kopf gestellter Laden, der am Vormittag, als ich Story einen Besuch abgestattet hatte, noch bestens in Ordnung gewesen war. Und da waren drei Streichhölzer.«

»Drei Streichhölzer? Wovon reden Sie?«

Ich setzte mich am Ende des Bettes auf. Der Revolver zuckte. Mit einer beschwichtigenden Geste hob ich die Hände und begann meine Finger abzuzählen. Ein etwas albernes Unterfangen, aber Marla sollte sich daran gewöhnen, daß ich mich bewegte. »Eins, um die Nadel zu sterilisieren. Ein zweites, um den Zucker zu schmelzen, damit er sich mit dem Heroin vermischt, mehr ist nicht nötig. Es waren aber drei abgebrannte Streichhölzer in der Toilette. Story rauchte nicht. Nirgendwo waren Zigarettenstummel oder Aschenbecher. Die Erklärung war, daß er sich gerade selbst eine Spritze verpaßt hatte, als Sie bei ihm erschienen. Und nachdem ihm Ed – vermutlich mit einem der Liebeswerkzeuge aus Storys Angebot – über den Kopf geschlagen und Ihnen geholfen hatte, Story in die Toilette zu bugsieren, verwendeten Sie das dritte Streichholz, um eine frische Dosis zu schmelzen. Die Nadel noch einmal zu sterilisieren, hielten Sie für überflüssig, also brauchten Sie kein viertes Streichholz. Wie man mit einer Injektionsspritze umgeht, wußten Sie. Und selbst wenn das nicht der Fall gewesen wäre, hätte sich Ed mit seiner ausgiebigen Erfahrung in der Rock- und Rauschgift-Szene nützlich machen können. Genauso wie er Ihnen die Zubereitung einer Überdosis gezeigt hat. Das alles wußte ich noch nicht, als ich mir die Geschichte zusammenreimte, aber es paßt ins Bild. Der richtige Zusammenhang wurde mir erst heute abend klar, als ich ein anderes Mädchen mit einer Injektionsspritze erlebte.«

»Vielleicht hat Ed ihn umgebracht.« Sie grinste, aber ihr Gesicht war nicht gemacht für ein Grinsen.

»Vielleicht, aber ich bezweifle es. Er ist nicht der Typ für einen so kaltblütigen, überlegten Mord. Allein diese Waffe in der Hand zu halten, läßt ihn schon schlottern. In jedem Fall wären Sie aber eine Komplizin, was in den Augen des Gesetzes auf dasselbe hinausläuft.«

»Sehr gut«, lobte sie mich noch immer grinsend. »Sie sind ja ein richtiger Lord Peter Wimsey.«

»Einmal in sechs Fällen landet man einen Treffer.«

»Ich glaube, da unterschätzen Sie sich. Ich wette, Sie können uns auch erzählen, was Kramer passiert ist, nachdem er hier verschwand, und wie Sie dazu gekommen sind, mit ihm zusammenzuarbeiten.«

»Ich arbeite nicht mit ihm zusammen.«

»Beweisen Sie das.«

»Es ist schwierig, mit jemandem in eine geschäftliche Beziehung zu treten, der sich weigert, die Porzellanschüssel zu verlassen, in der er in einem Kühlraum liegt. Ich hatte noch nie genug Geduld dazu.«

»Sie reden ziemlich kariert daher, Herr Privatdetektiv. Vielleicht sollte Ed Ihrem Schädel mit dem Pistolenknauf die gleiche Behandlung zuteil werden lassen, die Story mit einem seiner widerlichen Souvenirs bekommen hat.«

»Ich habe lediglich versucht, Ihr Zartgefühl nicht zu verletzen. Kramer ist tot.«

Sie erstarrte, doch jetzt gab ich es ihr doppelt und dreifach.

»Abgemurkst«, fuhr ich fort. »Kaltgemacht. Ins Jenseits befördert. Abserviert. Erledigt. Weggeputzt. Umgelegt. Aus dem Weg geräumt. Oder, falls Sie poetisch veranlagt sind, er wurde in die ewigen Jagdgründe geschickt. Mit anderen Worten: ermordet.«

»Halten Sie den Mund! Wer war es? Sie?«

Ich schüttelte den Kopf. »Ich habe meine Chance bei Hue verpaßt. Das war eine Sonderanfertigung der Darlings. Sie haben ihn sich vor etwa achtundvierzig Stunden geschnappt. Am nächsten Morgen fand er sich dann auf einem Parkplatz am City Airport.«

»Jetzt weiß ich, daß Sie lügen!« Ihre Augen glitzerten triumphierend. »Ich habe keine Zeitungsnotiz und keine Radiomeldung ausgelassen, seit er losgezogen ist, um den Film aufzuspüren, und nicht wiederkam. Daß in der Stadt eine Leiche gefunden worden ist, hat niemand gemeldet.«

»Begreifen Sie doch endlich! Er war ein Regierungs-Agent. Was die Medien betrifft, so sterben solche Typen nicht, bevor es die zuständige Dienststelle bekanntgibt. Er wurde mit einem Loch im Kopf im Kofferraum eines gestohlenen Chevy entdeckt, und die Kugel, von der das Loch stammte, steckte im Wagenpolster. Eine Kugel aus einer vierundvierziger Magnum, und die gehört Hubert. Jerry dürfte der Achtunddreißiger gehören, mit dem Shanks getötet wurde. Mit

Kramers Rückkehr hätten Sie aber sowieso nicht rechnen dürfen. Der wollte Sie verkaufen, mein liebes Kind, und zwar an den Höchstbietenden. Und das wäre in diesem Fall Onkel Sam gewesen.«

»Was heißt das?«

»Da bin ich wieder auf Vermutungen angewiesen.« Ich mußte sie unbedingt beschäftigen und ablenken. Der gepolsterte Tisch mit dem Videogerät und den Filmkameras befand sich gerade noch in meiner Reichweite, aber kilometerweit entfernt, solange sie mich beobachtete und nicht von dem in Anspruch genommen war, was ich sagte. Wegen Rinker machte ich mir keine Sorgen. Der Sicherheitshebel der Luger war eingerastet, als er mir die Waffe aus der Hand gewunden hatte, und er hatte ihn nicht wieder gelöst. Die Pistole würde nicht schießen, selbst wenn er mit einem Hammer daraufschlug.

»Sie haben zuviel verlangt. Kramer war ein Opportunist – sonst hätte er es niemals geschafft, das Kommando über unsere Einheit in Vietnam zu bekommen –, aber er war nicht aggressiv. Er hätte sich damit zufriedengegeben, den Film zu benützen, um die Darlings anzuzapfen und dann zu verschwinden. Aber Sie wollten Rache. Sie wollten die Darlings ausräuchern und ihnen das gleiche antun, was die beiden Ihrem Freund angetan hatten. Kramer war derjenige, der zuerst Kontakt mit den Brüdern aufgenommen hatte, so wurde er der Vermittler. Er befand sich im wahrsten Sinne des Wortes in der Mitte zwischen Ihnen und den Darlings. Wahrscheinlich hatte er schon mit dem Gedanken gespielt, sich abzusetzen, als der Film verschwand. Aber er hatte Angst vor Ihnen, davon bin ich überzeugt. Also machte er sich halbherzig auf die Schuhe, und als es den Anschein hatte, als würde der Film so schnell nicht wieder auftauchen, traf er eine Verabredung mit einem anderen Agenten, um zu verraten, was er wußte, und sich dafür Schutz zu erkaufen. Offen gestanden wäre ich überzeugt gewesen, daß Sie ihn auf dem Gewissen haben, hätte ich nicht mit eigenen Augen gesehen, wie ihn Jerry und Hubert am hellichten Tag auf offener Straße einkassiert haben.«

»Sie scheinen auf alles eine Antwort zu wissen.« Ihre Stimme klang gepreßt, und ihr Gesicht sah gar nicht mehr hübsch aus. Es hatte wieder die hageren, scharfen Züge, für die ich anfangs das grelle Straßenlicht, das durch das Fenster hereinfiel, verantwortlich gemacht hatte.

»Das sollte man eigentlich erwarten«, meinte ich. »Schließlich habe ich lange genug Zeit gehabt, über alles nachzudenken. Zumeist vor der Mündung von anderer Leute Schießeisen.«

»Vielleicht wissen Sie auch, wo der Film ist. Das müßten Sie eigentlich, sonst könnten Sie nicht wissen, was auf ihm zu sehen ist. Vielleicht haben Sie ihn sogar.«

Ihre Fingerknöchel waren weiß, so krampfhaft hielt sie den Zweiundzwanziger umklammert. Ich beobachtete ihre Hände und ihre Augen und bemühte mich, nicht auf den Tisch zu meiner Linken zu blicken. Dann schüttelte ich den Kopf.

»Kein Geschäft zu machen«, wehrte ich ab. »Was, wenn ich ihn nun hätte und Ihnen sagen würde, wo er ist? Morden wird mit jedem weiteren Mal leichter. Sie hatten vor, von hier zu verschwinden, sonst wären Sie nicht zurückgekommen, um den Wohnwagen zu holen, der im Augenblick Ihre einzige Erwerbsquelle ist. Jetzt bin ich Ihre letzte Chance für Ihre Rache – einmal angenommen ich besitze, wonach Sie suchen –, und Sie hätten nichts zu verlieren, mich dabei über die Klinge springen zu lassen. Ich würde mir nur meine eigene Fahrkarte ins Jenseits lochen.«

Um meinem letzten Satz mehr Nachdruck zu verleihen, hob ich beide Hände. Damit war meine Linke nur noch etwa einen halben Meter von dem Tisch entfernt.

»Etwas haben Sie ausgelassen, Herr Privatdetektiv.« Sie hob den Revolver mit beiden Händen um ein paar Millimeter, so daß der Lauf auf mein Schlüsselbein zielte. »Als Sie auf der Bildfläche erschienen, hatte ich die Hoffnung schon aufgegeben, den Film noch zu finden. Was Sie soeben gesagt haben, hat meine Zuversicht nicht gesteigert. Ich werde Sie aber trotzdem erschießen, auch wenn Sie stumm bleiben. Für Freeman, einen guten Mann – den besten, den diese verdammte Stadt je gehabt hat und je haben wird.« Bei den letzten Worten brach ihr die Stimme. Sie legte ihren Daumen über den Hammer und zog ihn zurück, um leichter abdrücken zu können.

Ein hohes, dünnes, durchdringendes Geräusch, dem niemand von uns Beachtung geschenkt hatte, wurde plötzlich lauter, als es in die Wohnwagen-Kolonie einbog und sich mit einem tieferen an- und abschwellenden Heulton vereinte. Irgendwo in der Nähe des Verwalter-Büros wurde es etwas schwächer, um gleich wieder anzuschwellen und sich uns mit ohrenbetäubender Lautstärke über den Hauptweg zu nähern.

Marla spähte hastig zum Türfenster. Das genügte. Was Ed machte, kümmerte mich nicht. Ich streckte die linke Hand aus und schleuderte den kleinen Tisch auf Marla. Er war schwerer, als ich gedacht hatte. Statt zu fliegen, kippte er bloß um, so daß die gewichtigen Apparate krachend vor Marlas Füßen landeten. Sie schoß, aber der Schock hatte sie ihr Ziel verfehlen lassen. Ich war bereits aufgesprungen und hechtete auf sie zu. Die Kugel durchschlug das gegenüberliegende Fenster im gleichen Augenblick, als ich Marla erreicht hatte und mit beiden Armen ihre Knie umklammerte. Sie stieß ein Grunzen aus und prallte gegen die Tür. Die Waffe flog ihr aus der Hand und knallte in einiger Entfernung auf den Teppichboden. Marla verlor die Balance und fiel, ohne daß ich ihre Knie losließ.

Während wir miteinander kämpften, zischte etwas an meinem linken Ohr vorbei, und ich erhaschte einen Blick auf Ed Rinker, der über mir stand und die Luger wie eine Keule schwang. Es mußte ihm unerklärlich sein, warum nichts passierte, wenn er abdrückte. Noch bevor er sich nach dem verfehlten Schlag wieder aufgerichtet hatte, ließ ich Marla los und riß die vier steif durchgedrückten Finger meiner rechten Hand in einem Uppercut hoch, der ihn unter der Wölbung seines Rippenbogens traf. Er stieß keuchend die Luft aus, ließ die Pistole fallen und sackte vornüber auf sein pickeliges Gesicht.

Draußen hielten mit heulenden Sirenen die Polizeiwagen. Wie viele es waren, konnte ich nicht heraushören. Ihre rotierenden Blinklichter tauchten die Fenster in Rot und Blau. Aus den Funksprechanlagen dröhnte ein wirres Durcheinander von Stimmen, halb menschlich und halb elektronisch. Die zuschlagenden Türen knallten wie Silvesterfrösche.

Marla hatte sich auf alle viere hochgerappelt und versuchte kriechend den Revolver zu erreichen, der kurz vor der gegenüberliegenden Wagenseite liegengeblieben war. Die welligen, schwarzen Haare hingen ihr in die Augen, und sie zischte jetzt ununterbrochen wie eine Sidewinder-Rakete, die aus ihrem Rohr kommt. Dann hatte sie die Waffe erreicht und warf sich auf den Ellbogen herum, um auf mich zu schießen. Ich hob blitzschnell die Luger auf, schob mit dem Daumen den Sicherungshebel beiseite und drückte auf Marla ab. Für den Bruchteil einer Sekunde sah ich ihre aufgerissenen Augen und den aufgerissenen Mund. Dann schlug die Tür an mein Bein, und ich war von einer Horde schreiender, pistolenbewaffneter Männer in dunkelbraunen Uniformen umgeben.

26

Ich hatte um John Alderdyce gebeten, deshalb schickten sie natürlich einen Kriminalbeamten mit dem lyrischen Namen Christoforo, einen stämmigen Puertoricaner mit glänzenden schwarzen Augen, in denen man noch die Spuren des Kammes erkennen konnte, zarten

Gesichtszügen und sanften, beinahe weiblichen schwarzen Augen. Sein Jackett war eine Nummer zu klein um die Schultern, so daß die Waffe, die er unter dem linken Arm trug, auffällig hervorragte. Er folgte dem Rudel hochgewachsener, gutaussehender Uniformierter mit den breitkrempigen Hüten der Wayne-County-Polizei und den Krankenträgern, die Ed Rinker und seine Frau Shirley, alias Martha Burns, alias Marla Bernstein, weggeschafft hatten, wobei Eds Zustand der bedenklichere gewesen war, weil ihn der Stoß in den Solar Plexus beinahe umgebracht hatte. Marla war mit einem Neun-Millimeter-Durchschuß durch ihre rechte Schulter davongekommen, der sie vermutlich etwas von der Beweglichkeit des Armes kosten würde, aber nicht das Leben. Christoforo gehörte ebenfalls zur Destrikt-Polizei. Der Beamte vom Nachtdienst hatte meinen Bericht von dem Mord auf dem Wohnwagen-Parkplatz an Christoforos Büro weitergeleitet, weil die Sache in die Zuständigkeit von Wayne County fiel.

Es stellte sich heraus, daß die Polizisten auf dem Weg zum Wohnwagen des Verwalters gewesen waren, als eine alte Frau sie angehalten hatte, die auf der anderen Seite des Hauptweges wohnte, um ihnen mitzuteilen, daß sich in Nummer sechs irgend etwas Merkwürdiges abspiele. Sie glaube durch das Fenster jemanden mit einer Pistole gesehen zu haben. Was hieß, daß sie Gott sei Dank neugierig gewesen war.

Ich erzählte Christoforo, was ich den Unformierten erzählt hatte, nachdem sie mich durchsucht und über meine Recht belehrt hatten, dann war er wieder verschwunden, um von anderen Kriminalbeamten abgelöst zu werden, diesmal aus der Stadt. Sie scherten sich keinen Deut um den Tod des Parkplatz-Verwalters, sondern wollten alles genauestens über die Ermordung von Story wissen. Alderdyce war auch jetzt nicht dabei. Ich erzählte wieder alles zweimal, bevor sie fürs erste befriedigt waren, dann gab mir einer von ihnen meinen Hut, und ich wurde zu einem neutralen Wagen hinausgeleitet, nicht unhöflich auf den Rücksitz geschoben und dann ins Polizeipräsidium gebracht. Ein uniformierter Polizist fuhr meinen Cutlass. Alderdyce erwartete mich in seinem Büro, als wir hereinkamen. Außer ihm waren Proust anwesend und noch zwei weitere Herren. Colonel Vespers und General Spain.

John lehnte an der Kante seines Schreibtisches, trank Kaffee aus einem Plastikbecher und sah so derangiert aus, wie ich ihn selten erlebt hatte, das heißt, er trug keine Krawatte. Im übrigen machte er einen mürrischen, müden Eindruck. Der Inspektor, in zerknautschtem Anzug und Mantel, auf dem Kopf den unvermeidlichen Fedora, stand mit rotem Gesicht etwas abseits. Der militärische Abwehrdienst war makellos korrekt vertreten. Der jugendlich-straffe Vespers und der ernste Spain saßen nebeneinander auf zwei Klappstühlen vor dem Schreibtisch. Ihre maßgeschneiderten Anzüge hatten tadellose Bügelfalten, und die weißen Oberhemden waren frisch gestärkt. Beide sahen aus wie aus dem Ei gepellt. Allerdings trug Vespers eine verärgerte Miene zur Schau, während Spain den Eindruck eines Magenkranken machte, was für ihn aber wohl normal war. Die elektrische Uhr an der einzigen Wand, die nicht aus gelbgetöntem Krisselglas bestand, zeigte zehn Minuten vor sieben. Bald würde es hell werden.

»Die Distriktpolizei hat uns einen Durchschlag von Christoforos Bericht zukommen lassen«, sagte Alderdyce, nachdem meine uniformierte Eskorte den Raum verlassen und die Tür hinter sich zugemacht hatte. Er sprach zur gegenüberliegenden Wand. »Mit dieser Art von Zusammenarbeit ist normalerweise nicht zu rechnen, es sei denn, ein Fall liegt so kompliziert, daß eine Dienststelle allein damit nicht klarkommt. Bis jetzt fehlt mir noch immer der Durchblick. Was hältst du davon, uns über anderthalb Tage im Leben eines modernen Privatdetektivs ins Bild zu setzen? Angefangen um halb sechs Uhr nachmittags vor zwei Tagen.«

Ich begann also erneut zu berichten. Alles. Von der Zigarette, die ich mir vergeblich auf der Woodward Avenue hatte anstecken wollen, über einen Telefonanruf während der »Barfüßigen Gräfin«, Ben Morningstar, Barry Stackpole, Beryl Garnet, Vespers und Spain, Berney Zacharias, drei Besuchen in Storys After Midnight, die Privatvorführung des Films, der eine Exekution zeigte, die ihrerseits drei Morde zur Folge gehabt hatte, bis zur Vistaview-Wohnwagen-Kolonie und den Ereignissen dort. Nur etwas ließ ich aus, ein Mädchen namens Iris. Das ging niemanden etwas an.

Als ich geendet hatte, zeigte die Uhr an der Wand fünf nach sieben. Das Leben zu leben dauert immer länger, als davon zu erzählen.

»Warum erkannten die Darlings Marla nicht, als sie das Foto sahen?« wollte Alderdyce wissen.

»Es war nicht besonders ähnlich«, erwiderte ich. »Morningstar und sein Geschäftsfreund erkannten sie, weil sie ihnen durch lange Jahre vertraut war. Fast alle anderen mußten erst mit der Nase draufgestoßen werden oder hatten sie noch in so frischer Erinnerung, daß sie schalteten. Und das Schulfoto war nahezu bis zur Unkenntlichkeit retuschiert. Die Darlings wußten nicht einmal, daß sie hinter der Erpressung steckte. Für die war Marla überhaupt kein Thema.«

»Verdammt noch mal, Walker, du hast doch gesagt, du würdest an einem ganz anderen Fall arbeiten.« Er schrie nicht. Dazu war er zu müde. Komischerweise wäre mir fast lieber gewesen, er hätte geschrien.

»Das stimmte ja auch. Zumindest dachte ich, an einem anderen Fall zu arbeiten, was auf dasselbe hinausläuft. Bin ich jetzt verhaftet oder was? Wenn ja, verlange ich einen Anwalt.«

»Hast du Handschellen an? Wir führen Gefangene in Handschellen vor. Zeugen erscheinen freiwillig. Begreifst du, wie das funktioniert? Du brauchst nicht gleich nach einem Anwalt zu rufen.«

»Gar nicht einzusehen, warum er keine Handschellen trägt«, ließ sich Proust vernehmen. Obwohl er mich ansah, sprach er mit dem Lieutenant. »Ich könnte mühelos fünf Straftaten aufzählen, die er allein in den letzten vierundzwanzig Stunden begangen hat. Unterschlagung von Beweismaterial. Unterlassene Meldung eines Kapitalverbrechens. Einbruch und unbefugtes Betreten. Körperverletzung. Ich wette, daß er für diese Pistole, mit der er auf das Mädchen geschossen hat, nicht einmal einen Waffenschein besitzt. Also auch noch unbefugter Waffenbesitz. Rücksichtslose Fahrweise, das macht schon sechs. Und das ist nur der Anfang. Wenn sich erst einmal der Staatsanwalt dahintersetzt, wird ...«

»Wir würden uns nur ins eigene Fleisch schneiden, Inspektor«, fiel ihm Alderdyce ins Wort. Seine Stimme klang erschöpft, dabei hatte er wenigstens ein paar Stunden geschlafen. Ich fragte mich, wie ich klingen mochte. »Den Mord an dem Parkplatz-Verwalter können wir dem Mädchen aufgrund der Tatwaffe nachweisen. Mit den anderen Fällen kommen wir ohne Walkers Hilfe nicht weiter. Bei Story gab es keinen Hinweis, der auf etwas anderes als eine zufällige Überdosis hingedeutet hätte. Für die Darlings haben wir zwar einen Fahndungsbefehl herausgegeben, aber ohne den Film ...!« Er wandte sich an mich. »Wo ist der Film übrigens?«

Ich war gerade dabei, mir eine Zigarette anzuzünden, und sprach zwischen die Rauchwolken hindurch. »In meinem Postkasten, gegenüber vom Haus.«

»Um Himmels willen!« stöhnte Proust.

Alderdyce sah irritiert aus. Er stieß sich vom Schreibtisch ab, riß die Tür auf und gab die Information zum Dienstzimmer weiter. Es folgte ein allgemeines Stühlerücken, dann schrammten eilige Schuhsohlen über das Linoleum, während Alderdyce die Tür wieder schloß und mich mit einem vernichtenden Blick bedachte.

»Konntest du dir nicht etwas anderes ausdenken?«

»Was hättest du denn vorgeschlagen?« Ich benutzte meine Hand, um den Zigarettenrauch beiseite zu fächeln. »Mein Haus war bereits einmal durchsucht worden. In dem Kasten ist der Film sicher, bis der Postbote kommt. Die Diebe aus der Nachbarschaft müssen inzwischen wissen, daß ich bloß wertlose Drucksachen bekomme.«

»Sei bloß nicht überheblich. Wärst du früher zu mir gekommen, könnte dieser Parkplatz-Verwalter vielleicht noch am Leben sein. Glaube nicht, weil ich das vorhin gesagt habe, würde ich dich nicht den Wölfen zum Fraß vorwerfen. Ich bin sehr versucht dazu.«

»Wer ist überheblich? Ich bin verprügelt und mit einem Pistolenknauf zusammengeschlagen worden. Man hat auf mich geschossen und mein Leben bedroht. Ich bin durchsucht, verschleppt, beschattet, festgenommen und verhört worden, und in der ganzen Zeit habe ich nicht mehr als zwei Stunden Schlaf gehabt. Überheblich? Wer hat Zeit überheblich zu sein? Mein Kinnladen tut bei dem bloßen Gedanken schon weh.«

»Hast du etwas Besseres erwartet?«

»Nein, und ich beklage mich ja auch nicht. Ich bin bloß müde zum Umfallen.«

»Trotzdem hat der Lieutenant recht.«

Ich wandte meine Aufmerksamkeit den Klappstühlen zu, wo Colonel Waspers mit übereinandergeschlagenen Beinen saß und auf den Boden starrte. General Spain neben ihm verharrte in seinem gewohnten steinernen Schweigen. Ich hatte ganz vergessen, daß die beiden vorhanden waren, bis der jüngere sich eingemischt hatte. Das war zweifellos eine der Voraussetzungen für ihre Tätigkeit – ein Talent übersehen zu werden.

Vespers sah mich an. Er besaß das durchschnittlichste Gesicht, das ich je bei einem Menschen erlebt hatte. Nicht ein einziger Zug verdiente Erwähnung. »Ihr Schweigen, Walker, hat uns alle unnötige Zeit und Anstrengungen gekostet, gar nicht zu reden von Geldern der Steuerzahler. Wir hatten Jerry und Hubert Darling unter Überwachung bis zu jenem Nachmittag in der Hauptverkehrszeit, als die beiden uns entwischten. Hätte sich der Film zu diesem Zeitpunkt bereits in unseren Händen befunden, hätten wir zugreifen können, und die Brüder säßen jetzt schon hinter Gittern. Sie hätten die Legion aufbrechen und sich selbst dabei eine Menge Unannehmlichkeiten ersparen können.«

»Ach, halten Sie doch den Mund«, sagte ich.

Proust starrte mich an, als hätte ich gerade die Nationalflagge bespuckt.

Alderdyce mahnte: »Vorsichtig, Walker.«

Ich ignorierte alle beide. Meine Worte waren allein an Vespers gerichtet. »Reden Sie mir bloß nicht von Schweigen. Dazu gab es, noch bevor ich in die ganze Sache einstieg, schon eine viel zu lange Vorgeschichte, ohne die sich diese letzten sechsunddreißig Stunden niemals abgespielt hätten. Sie haben mir weisgemacht, der militärische Abwehrdienst arbeite daran, die Schwarze Legion auffliegen zu lassen. Aber ich weiß es besser. Heute früh ist mir ein Licht aufgegangen. Sie haben sich nie im geringsten um die Darlings oder den Ku-Klux-Klan geschert beziehungsweise wen diese Leute umgebracht haben. Sie behaupteten interessiert zu sein, weil die Legion bereits die Armee infiltriert habe. Aber falls das stimmt, müßte es bereits in viel größerem Ausmaß geschehen sein, als ich mir vorstellen kann. Sie haben Jerry und Hubert gar nicht überwacht, bis Ihnen die beiden mehr oder weniger zufällig über den Weg liefen. Ich bezweifle, ob Sie überhaupt von der Existenz wußten. Sie überwachten Freeman Shanks.«

Alle Anwesenden hatten die Augen auf mich gerichtet, mit Ausnahme von Spain, der das Wabenmuster der gegenüberliegenden Glaswand studierte. Er blickte offenbar niemanden an. Vespers Gesichtsausdruck hatte sich nicht verändert, sondern war geduldig und gleichmütig wie der eines alten Mannes, der auf einen Bus wartet. Alderdyce und Proust beobachteten mich gebannt.

»Shanks plante, auch das Militär gewerkschaftlich zu organisieren«, fuhr ich fort. »Angefangen mit den Transport-Einheiten. Damit hätte er sich natürlich nicht begnügt, sondern versucht, auch den anderen Truppenteilen seinen Gewerkschaftsstempel aufzudrücken. Nicht ohne Erfolgschance. Der Kongreß hat den Streitkräften zwar eine gewerkschaftliche Organisation untersagt, das hätte Shanks aber ebensowenig gehindert, wie Harry Bennets Schläger damals vor mehr als zwanzig Jahren Reuther und Franksteen daran gehindert haben, die Ford-Arbeiter zusammenzuschließen. Der militärische Abwehrdienst konnte dem natürlich nicht untätig zusehen. Deshalb wurden Sie beide beauftragt, Shanks zu überwachen.« Ich schwieg sekundenlang, aber Vespers erhob keinen Einwand.

»Vielleicht wollten Sie nur etwas gegen ihn in die Hand kriegen, das schwerwiegend genug war, ihn aus Angst vor einer Bloßstellung zum Rückzug zu zwingen, vielleicht hofften Sie ihn auch öffentlich zu diskreditieren. Munition dazu wäre weiß Gott vorhanden gewesen. Vielleicht argwöhnte er, überwacht zu werden. Ganz sicher war er intelligent genug, damit zu rechnen. Jedenfalls unternahm er Schritte, sein Verhältnis mit Marla Bernstein bis nach der Wahl geheimzuhalten. Womöglich sogar für immer. Aber diese Schritte waren nicht ausreichend. Das sind sie nie, wenn man im politischen Leben steht. Ihr Fehler war es, einen Mann wie Francis Kramer mit Shanks' Überwachung zu betrauen, wenn seine Wahl auch in mancher Beziehung ideal schien. Immerhin war er töricht genug, auf das patriotische Theater hereinzufallen, das Sie ihm vermutlich von wegen nationaler Sicherheit und öffentlichem Nutzen vorgespielt haben. Nach all den Hearings und Untersuchungen in den diversen Abteilungen Ihrer vorgesetzten Behörde dürften Ihnen nicht mehr viele zuverlässige Agenten geblieben sein. Aber nicht übermäßig aufgeweckte Burschen wie Kramer kommen manchmal auf recht raffinierte, wenn auch nicht immer anständige Ideen. Seinen Job erledigte er zufriedenstellend. Zweifellos lagern in irgendeinem Geheimkeller des Pentagons seitenweise Berichte über Shanks' Kommen und Gehen in Beryl Garnets Freudenhaus. Das heißt, falls sie nicht nach seiner Ermordung verbrannt oder sonstwie vernichtet worden sind. Vermutlich behielt sich Kramer ein paar Auszüge für seine eigenen erpresserischen Zwecke zurück. Und dann stieß er durch Zufall auf eine Goldmine.« Ich legte eine kleine Kunstpause ein, die jedoch niemand zu einer Frage benützte.

»Er muß Shanks mit seiner Filmkamera beschattet haben, als dieser die Wahlnachts-Veranstaltung verließ, um sich mit Marla zu treffen, und beobachtete die Entführung. Dann folgte er und hielt die Szene, von der ein Kameramann nur träumen kann, auf Infrarot-Film fest. Eine Szene, die ihn für den Rest seines Lebens aller Sorgen entheben konnte. Was sie auch getan hat, wenn auch anders, als er sich das vorgestellt hatte. Die ganze Geschichte reimte sich für mich erst heute früh zusammen, als mir Marla erzählte, Kramer habe Shanks verfolgt. Es erklärte eine Menge, was mir noch schleierhaft gewesen war, vor allem die Nachrichtensperre, die Sie über den Mord an Kramer verhängt hatten. Eigentlich hatte ich das nur für eine etwas alberne Überreaktion gehalten. Ich war gar nicht auf den Gedanken gekommen, daß Sie in der Tat etwas zu verbergen haben.«

»Sie können das nicht beweisen!« Es war die trockene Kommandostimme von Spain, die wie ein Peitschenknall durch den Raum klang. Er hatte sich in seinem Stuhl halb herumgedreht und durchbohrte mich mit dem Blick seiner harten grauen Augen.

»Nein.« Ich stieß einen Seufzer aus. »Das kann ich nicht. Meine einzige Zeugin ist eine zweifache Mörderin und obendrein die Ziehtochter eines Gangsters. Man würde sie vor Gericht nur auslachen.

Vor Ihnen steht nur der kleine Mann, der mit einer Wasserpistole gegen Kanonen kämpft.«

Vespers studierte mich mit einem klinisch-prüfenden Ausdruck. »Ist Ihnen je der Gedanke gekommen, Walker, daß wir nicht der Feind sind? Daß wir gezwungen sind, gewisse unangenehme Dinge zu Ihrem Schutz zu tun?«

»Wer schützt uns vor den Beschützern?« Ich wandte mich an John. »Darf ich jetzt gehen?«

Er warf Proust mit hochgezogenen Brauen einen fragenden Blick zu. Proust zuckte die Achseln und sagte: »Es ist immer noch Ihr Fall.«

Alderdyce kritzelte etwas auf ein Blatt Papier, das er von einem Block auf seinem Schreibtisch abgerissen hatte, und reichte es mir dann. »Gib das unten dem Diensthabenden, damit er dir deinen Wagen aushändigt. Ich verzichte darauf, meinen Atem darauf zu verschwenden, dich aufzufordern, die Stadt nicht zu verlassen. Du machst ja doch, was du willst.« Er kippte den Rest seines Kaffees hinunter und schleuderte dann den Plastikbecher in die Ecke hinüber zu dem grünen Metall-Papierkorb. Der Becher streifte den Rand und landete auf dem Fliesenboden.

»Noch ein Wort des Rates«, sagte Vespers.

Ich war schon an der Tür und blieb stehen, ohne mich umzublicken.

»Halten Sie sich raus aus der Spionage, Walker. Dazu sind Sie ein zu netter Kerl.«

»Ja, ich bin Sonderklasse.«

27

Die Stadt war ein metallisches Blau unter dem allmählich heller werdenden Himmel, als ich mich unterwegs nach Grosse Pointe befand. Sie sah beinahe schön aus, bis einem klar wurde, daß das meiste davon Monoyxd war und sich bis gegen Mittag in ein häßliches Anthrazit-Braun verwandelt haben würde, nur ein paar Schattierungen heller als die Lunge eines Durchschnitts-Detroiters. Streufahrzeuge mit Salz waren schon in den frühen Morgenstunden unterwegs gewesen und hatten die Straßen sicher gemacht, nur nicht für die Autos. Der Schnee, der während der Nacht gefallen war, bildete einen krustigen Rand von der Farbe angetrockneten Urins an den Bordsteinen. Der Sturm vom Vortag hatte die Wolken weggefegt und einen blauen Himmel hinterlassen, gegen den sich die Umrisse der Stadt verschwommen abhoben. Es war schwer zu glauben, daß die Sonne, eine geschwollene blutrote Halbkugel über dem Horizont, auch auf weiße, unberührte Schneefelder schien, deren Anblick die Augen blendete. Auf den vergammelten Fassaden der Häuser neben mir wirkte das Sonnenlicht eher hart und indiskret und ließ mich an Prostituierte denken, die sich zu früh am Tag auf die Straße hinausgewagt haben und deren dick aufgetragene Schminke nur für gedämpfte Beleuchtung und Schatten gedacht ist. Aber damit kam auch die Erinnerung an Iris zurück, und so lenkte ich meine Gedanken schnell auf etwas anderes.

Nichts an Morningstars Haus hatte sich verändert. Eigentlich hatte ich auch keine Veränderung erwartet, aber es war soviel in den vergangenen vierundzwanzig Stunden geschehen, daß ich unwillkürlich stutzte, nachdem ich angehalten und gehupt hatte, als der gleichmütige junge Deutsche zum Tor kam und so aussah, als sei er inzwischen überhaupt noch nicht abgelöst worden. Er schien mich zu erkennen, sprach in einen Telefonhörer, den er von einem an den marmornen Torpfosten montierten Apparat genommen hatte, legte wieder auf, öffnete das Tor und winkte mir durchzufahren.

Bei Tageslicht wirkte das Haus nicht ganz so groß wie bei Scheinwerferbeleuchtung, aber es sah noch immer aus, als könne es dem Publikum Raum bieten das an guten Spieltagen nicht mehr in das Tiger Stadium hineinkam. Ich parkte vor dem geschmacklosen Vorbau und fand die Haustür schon geöffnet, als ich die Treppenstufen heraufkam. Wiley, der die Türklinke in der Hand hielt, wirkte in einem Anzug, der sich nicht zwischen Blau oder Schwarz entscheiden konnte, als wolle er zu einer Beerdigung. Seine weiche, graue Krawatte hätte bei einem Pfandleiher wahrscheinlich mehr gebracht als mein Mantel, den er sich mir übrigens nicht abzunehmen anbot. Eine Anzahl von Koffern und Reisetaschen stapelte sich hinter ihm auf dem Teppich.

»Sie sind ganz schön spät dran«, informierte er mich ungehalten. »Um genau zu sein, acht Stunden zu spät.« Er ließ mich vorbei und machte die Tür hinter mir zu.

»Meine Uhr ist stehengeblieben. Wollen Sie weg?«

Er deutete mit einer Kopfbewegung zur Bibliothek auf der gegenüberliegenden Seite der Eingangshalle. »Ich nicht. Die anderen. Ich bin in dieser Stadt zu Hause.«

Während er sprach, glitten die Schiebetüren gerade weit genug auf, um Paul Cooke durchzulassen. Cooke sah mich, schloß die Türen, ohne sich umzudrehen, und kam dann in der Haltung eines Mannes auf mich zu, der an vielen Orten gleichzeitig sein müßte, ohne genügend Zeit zu haben. Diesmal zeigte sein Erscheinungsbild kaum etwas, das an den Westen denken ließ. Das karierte Hemd und die Levi's waren einem beigefarbenen Maßanzug gewichen, dessen Material meilenweit über meine finanziellen Verhältnisse hinausging. Eine breite, handgewebte Krawatte hatte den Rodeo-Bindfaden ersetzt, der ihm bei unserer ersten Begegnung das Aussehen eines alternden Country-Sängers verliehen hatte. Die veränderte Garderobe ließ seine Gesichtszüge nicht mehr so verwittert und hart wirken, nur die tiefe Bräune weckte weiter die Assoziation von Freiheit und Natur. Allerdings begann ich zu argwöhnen, daß er seine gesunde Farbe einer Höhensonne verdankte. Nach seiner Miene zu urteilen, war er über etwas stocksauer.

»Er wartet drinnen auf Sie«, sagte er und deutete dabei mit dem Daumen hinter sich. »Er hat die ganze Nacht gewartet.«

In seinem Unterkiefer zuckte ein Muskel. Diesmal bot er mir nicht zur Begrüßung die Hand, wofür ich dankbar war.

»Er weiß, was ich ihm sagen werde, nicht wahr?« fragte ich.

»Was er weiß oder nicht, geht mich nichts an. Ich arbeite nur für ihn.«

»Wo ist denn Ihr schönes Texanisch geblieben? Ich dachte, Sie stammen aus dem ehemals Wilden Westen?«

»Ich habe Texas seit siebenunddreißig Jahren nicht mehr gesehen.«

»Darüber hätten Sie mich glatt hinwegtäuschen können. Ist Donophan bei ihm?«

»Ja. Warum?«

»Ich möchte lieber mit ihm allein sein.«

Daran hatte er sekundenlang zu schlucken. »Heben Sie die Hände«, befahl er dann.

Ich gehorchte, und Wiley tastete mich ebenso geschickt wie erfolglos ab. Die Luger befand sich in Polizei-Gewahrsam, und überdies waren wir ja inzwischen alte Freunde, so daß ich ohnehin unbewaffnet gekommen wäre. Da niemand darauf erpicht zu sein schien, mir auch diesmal wieder das Geleit zu geben, ließ ich die beiden stehen und wollte gerade an eine der beiden großen Flügeltüren klopfen, als sie aufglitten.

Merle Donophan, häßlich und unerschütterlich wie gewohnt, in demselben zu eng sitzenden schwarzen Anzug und der Würgekrawatte, stand links neben dem Türspalt, den rechten Daumen in das Knopfloch seines Jackettaufschlages gehakt. Seine Augen, die noch immer wie aufgemalt wirkten, musterten mich von oben bis unten. Er war ein guter Leibwächter. Der Bursche mit der Pistole in der Socke mußte ihn an einem schlechten Tag erwischt haben.

»Geh raus und spiel ein bißchen, Kleiner«, empfahl ich ihm. »Wir Erwachsenen wollen uns unterhalten.«

Er erwiderte nichts, nur sein Kopf sank noch ein Stückchen tiefer zwischen seine Schultern, und die fetten Wülste des Narbengewebes über seinen Brauen schoben sich zusammen wie zwei kopulierende Würste.

»Verschwinde, Merle«, kam von drinnen eine Stimme, die nichts von einer Stimme an sich hatte. »Wenn ich dich brauche, werde ich dich rufen.«

Diesmal gab Merle einen Laut von sich, aber nur, um mich in Bewegung zu versetzen. Ich trat zur Seite, während er sich an mir vorbei durch den Türspalt preßte, der zwar breit genug für meine Schultern, aber nicht für die seinen war. Die Türflügel ließ er offen. Ich schob sie zu.

Morningstar saß in dem grünen Sessel unter dem Licht der kupfernen Stehlampe und sah aus, als habe er sich seit unserem zurückliegenden Gespräch nicht mehr bewegt. Vermutlich war sein Hemd frisch, aber das war auch das einzige, bis hinunter zu den braunen Schuhen, die, wir mir erst jetzt auffiel, keine Falten hatten, als sei in ihnen kaum gelaufen worden. Er saß mit geschlossenen Augen und zurückgelehntem Kopf, die blassen Hände wie ein Toter über der Stelle gefaltet, wo normalerweise der Magen gewesen wäre, hätte er noch einen gehabt. Mit den Lidern über den Augäpfeln sah sein Gesicht uralt, runzlig und eingefallen aus – das Gesicht eines mumifizierten Affen, der eine Brille trägt. In der Luft hing ein penetrant süßlicher Geruch von Medikamenten und Verfall.

Ich trat durch die lastende Stille an seinen Sessel heran, schaute auf ihn hinunter und wartete, daß er etwas sagen würde. Aber er schwieg und regte sich nicht.

Allmählich wurde ich ungeduldig. »Wer hat Sie informiert?« wollte ich wissen.

»Bitte«, sagte er. Seine Augenlider hoben sich und gaben die trüben schwärzlichen Tümpel frei. Aber in der Tiefe war noch Energie zu erkennen, verbliebene Lebenskraft, die sich gegen die Hinfälligkeit zur Wehr zu setzen versuchte. »Ich mag zwar wie hundert aussehen, aber ich war doch nicht so lange weg, daß mich meine Freunde nicht mehr kennen.«

»Ich wette, einer dieser Freunde ist Inspektor Proust.«

Er wischte die Bemerkung beiseite, oder unternahm zumindest den Versuch dazu. Eine seiner Hände zuckte. »Ich habe es über Umwege erfahren. Aber ich will es jetzt noch einmal aus Ihrer Sicht hören.

Bevor ich einen Besuch im Krankenhaus mache. Bevor ich nach Phoenix zurückfahre, um die Sache mit meinen Anwälten zu besprechen. Reden Sie. Es wird mich nicht umbringen. Mein Herz ist in Ordnung, so komisch das klingt.«

Also erzählte ich noch einmal alles von vorne. Während ich sprach, hielt er unverwandt den Blick auf mich gerichtet, selbst als ich Marlas eigene Version dessen wiedergab, was mit ihr nach Shanks' Tod geschehen war, und schilderte, wie sie reagiert hatte, als sie von meiner Kugel getroffen worden war. Bis ich geendet hatte, schloß er nicht wieder die Augen.

»Sie hat niemals um Verzeihung gebeten.« Er sprach jetzt so leise, daß ich ihn kaum verstand. »Als sie noch ein kleines Mädchen war, habe ich ihr öfter den Hintern versohlt, wenn sie etwas Ungezogenes getan hatte, so wie es Kinder eben tun. Aber sie wollte sich nie entschuldigen. Nicht einmal, wenn ihr das Prügel erspart hätte. Ich dachte immer, es sei reine Dickköpfigkeit. Aber das war es nicht. Es tat ihr wirklich nie etwas leid. Sie wußte gar nicht, wie das ist, ein Gewissen zu haben.«

»Psychopathisch, würden die Ärzte sagen«, warf ich ein. »Solche Menschen können sich nicht einmal verlieben, wenn sie sich das auch gelegentlich einbilden. Marla dachte, sie sei in Shanks verliebt. Als er ermordet wurde, reagierte sie ganz automatisch. Etwas war ihr genommen worden, und sie wollte sich mit gleicher Münze revanchieren. Sie würde Shanks gar nicht mehr wiedererkennen, wenn er heute in ihr Krankenzimmer träte.«

»Mußten Sie auf das Mädchen schießen?«

Er sah mich wieder an, und ich hielt seinem Blick stand. Schließlich nickte er, indem er seinen Kopf millimeterweise auf und ab bewegte, als befürchte er, sein gebrechlicher Hals würde sonst nicht standhalten.

»Ja, es war wohl nicht anders möglich. Was wird jetzt mit ihr geschehen?«

»Das hängt von Ihnen ab. Sie haben wahrscheinlich genug Einfluß, um beide Anklagen von Mord auf Totschlag abmildern zu lassen. Oder falls nicht, werden Sie bestimmt jemanden kennen, der das für Sie tut, was auf dasselbe hinausläuft. Vielleicht wird sie jeweils für fünf Jahre verurteilt. Bei guter Führung könnte sie nach zwei Jahren schon wieder draußen sein. Ich hoffe jedoch, es liegt Ihnen genug an ihr, das nicht zuzulassen.«

»Wie meinen Sie das?«

»Ich meine, Sie sollten einen Anwalt nehmen, der Marla psychiatrisch untersuchen und feststellen läßt, daß sie nicht fähig ist, einen Prozeß durchzustehen. Das Gericht wird sie ohnehin von einem Psychiater untersuchen lassen, aber es ist sicherer, wenn das auch von Ihrer Seite aus geschieht. Sie wird dann in eine psychiatrische Anstalt eingewiesen, für wie lange, hängt von ihrem Zustand ab. Vielleicht dauert es drei Jahre, vielleicht gelingt es gar nicht, sie gewissermaßen normal zu machen. Die Hauptsache ist, daß sie in eine geschlossene Anstalt kommt, wo sie anderen Menschen keinen Schaden zufügen kann. Höchstens dem Personal, aber das ist darauf trainiert und wird überdies entsprechend bezahlt. Wenn das nicht geschieht, wird sie wieder töten. Ich will keine Prognose stellen, wann. Vielleicht geht es zehn oder fünfzehn Jahre lang gut. Aber sie wird wieder töten, das ist so sicher wie das Amen in der Kirche. Bloß Sie werden dann vielleicht nicht mehr dasein, um ihr helfen zu können.«

Seine Miene war unbewegt geblieben. Aber das hatte ich auch nicht anders erwartet. Dazu hatte er schon zuviel erlebt und gesehen. Er hielt mich nur unverwandt mit dem Blick dieser ausdruckslosen Augen gefangen, denen ich mich zwanzig Jahre früher nur höchst ungern gegenübergesehen hätte. Ach was, selbst jetzt war mir dieser Blick noch unangenehm.

»Ich hätte Sie umbringen lassen können«, sagte er. »Weil Sie dafür verantwortlich sind, daß Marla ins Gefängnis muß. Weil Sie auf Marla geschossen haben. Und ich bin mir noch immer nicht sicher, ob ich es nicht wirklich tun sollte.«

»Das weiß ich. Ich habe es gewußt, als ich kam. Aber ich bin trotzdem gekommen, weil ich Ihnen einen Bericht versprochen hatte, und weil Sie mir noch zweihundert Dollar plus hundertfünfzig Spesen schulden.«

»Dafür haben Sie riskiert, hier nicht lebend wegzukommen.«

»So bin ich nun mal. Ich arbeite nicht gratis.«

Er seufzte. Sehr leise. In seinem verbliebenen Lungenflügel war nicht genug Luft, um viel Geräusch zu machen, wenn er sie ausstieß. Sein Kopf ruhte müde auf der Sessellehne. »Sagen Sie Cooke, wenn Sie hinausgehen, daß er Ihnen einen Scheck über fünfhundert Dollar ausstellen soll. Und nun verschwinden Sie. Lassen Sie mich in Ruhe.«

»Da gibt es aber noch etwas, das ich Ihnen mitteilen muß«, sagte ich. »Über Paul Cooke.«

»Über Paul Cooke?« wiederholte er gereizt.

»Sie sollten einmal die Investitionen überprüfen, die er für Sie gemacht hat. Er läßt Sie da im unklaren.«

»Woher wollen Sie das wissen? Ich zweifle nicht an dieser Möglichkeit. Ich will nur wissen, woher Sie Ihre Informationen haben.«

»Von den Gebrüdern Darling.«

Da er schwieg, fuhr ich fort.

»Sie sagten, das Detroiter Pornogeschäft läge in den Händen von Ben Morningstar. Sie sagten, das sei auf der Straße allgemein bekannt. Es stellte sich heraus, daß die Brüder mit dem Aufnahmestudio im Wohnwagen unrecht gehabt hatten. Das betrieben Marla und Rinker selbständig. Aber derartige Verallgemeinerungen passieren eben leicht, wenn ein Mann soviel besitzt. Ich nehme an, wenn Sie gewußt hätten, daß es Ihr Geld ist, das hinter dieser Art von Geschäften steckt, wäre es Ihnen möglich gewesen, auch ohne meine Hilfe etwas über Marlas Verbleib zu erfahren. Im übrigen ist mir Ihre Meinung über Pornofilme bekannt, und Sie machen auf mich nicht den Eindruck eines Heuchlers. Wenn Cooke Ihnen, als diese ganze Geschichte anfing, nicht gesagt hat, daß Sie einen direkten Draht zu der Szene besitzen, in der sich Marla bewegte, mußte er dafür einen guten Grund gehabt haben. Daß er Sie hinterging, scheint mir also Grund genug zu sein.«

»Er hätte helfen können, Marla zu finden.« Morningstar ballte die Hände langsam zu Fäusten. »Er hätte all das verhindern können. Und er hielt den Mund.«

»Er ist Anlage-Berater. Pornographie ist ein lukratives Geschäft. Es muß ihn aufs tiefste gewurmt haben, zusehen zu müssen, daß jemand anders all das schöne Geld verdiente, weil Sie es ablehnten, etwas mit der Branche zu tun zu haben. Das ist auch schon anderen passiert, die Vollmacht über anderer Leute Geld besaßen. Warum nicht ihm?«

»Sind Sie wirklich ganz sicher?«

»Jerry und Hubert hatten keinen Grund zu lügen. Und was auf der Straße geredet wird, ist im allgemeinen zuverlässig. Eine Frage. Haben Sie Wiley angewiesen, mich nach meinem Besuch hier zu beschatten?«

Morningstar sah verblüfft aus. »Nein. Warum?«

Ich nickte. »Das ist die Erklärung. Cooke hatte Angst, ich könnte sein Geheimnis aufdecken, deshalb schickte er mir Wiley nach, um dafür zu sorgen, daß ich ihm nicht auf die Schliche komme. Wiley würde ich daraus keinen Vorwurf machen. Er gab auf, nachdem ich ihn hatte wissen lassen, daß ich ihn bemerkt hatte. Ich glaube, er ist Ihnen gegenüber loyal. Aber Cooke hat ihn eingestellt, deshalb befolgte er dessen Anweisung, wenn auch nur der Form halber. Gestern nachmittag erschien er bei mir im Büro, um sich zu vergewissern, daß ich Ihnen, wie versprochen, einen Bericht gebe. Das hat er wohl von sich aus getan.«

Morningstars Fäuste zitterten vor Anstrengung, geschlossen zu bleiben. Seine Metallstimme kratzte blechern, als er sprach. »Schikken Sie mir Cooke rein.«

Das tat ich. Aber erst, nachdem er mir meinen Scheck ausgehändigt hatte.

Die feuchte Novemberluft draußen war schon nicht mehr so blau, sondern hatte begonnen sich bräunlich zu färben. Der Wind, der von den Ford-Werken herüberkam, brachte den schwefeligen Gestank nach faulen Eiern mit. Wenn er schon diesen exklusiven Vorort so verpesten konnte, mußte er in der Stadt unerträglich sein. Er hing wahrscheinlich auch über dem Krankenhaus, in dem Marla Bernstein und Ed Rinker noch lagen und auf Versorgung durch überlastete Ärzte und Chirurgen warteten. Und er hatte sicher das Polizeipräsidium erreicht, wo Polizisten wie John Alderdyce trotz Kollegen wie Proust und Regierungsbeamten wie Vespers und Spain versuchten, ihre Arbeit zu tun. Er würde durch die Filter der oberen Etagen des neuerbauten Detroit Plaza sickern, wo der Colonel und der General zweifellos auf Kosten der Steuerzahler Quartier bezogen hatten, während sie einen Bericht für ihre Vorgesetzten vorbereiteten, den Steuerzahler nicht zu Gesicht bekamen. Auch an mir haftete jetzt der Gestank, zu intensiv, um ihn mit Wasser und Seife wegwaschen zu können. Es war wie bei dem Betrunkenen in dem alten Witz, der in einer Bar das Bewußtsein verliert und von jemandem wiederbelebt wird, der ihm Knoblauch unter die Nase reibt. Der Betrunkene rappelt sich hoch, torkelt aus der Bar und schnüffelt, schnüffelt wieder und jammert dann, daß alles keinen Zweck habe – die ganze Welt stinkt. Der Gestank war inzwischen ein Bestandteil von mir.

Ich hatte recht, daß es in der Stadt noch schlimmer war. Es haute mich fast um, als ich aus der Pfandleihe in der Warren Street kam, in der Tasche das kleine goldene Herz von Iris, aber um fünfzig Dollar leichter, weil ich gezwungen gewesen war, den Pfandleiher zu bestechen, mir das Herz ohne Pfandschein zu überlassen. Ich stand da, rang nach Luft und überlegte, während mir die Passanten auswichen. Dann steuerte ich ein Papiergeschäft ein paar Häuser weiter an, erstand einen gefütterten Umschlag, steckte das kleine Schmuckstück und die Karte meines alten Arzt-Freundes in Hazel Park hinein, kritzelte darauf Iris' Vornamen – wie sie weiter hieß, hatte ich nie in Erfahrung gebracht – und die Adresse von Beryl Garnets Haus in der John R Street, frankierte ihn und steckte ihn in den ersten Briefkasten, den ich fand.

Das befreite mich zwar nicht von dem Gestank, aber ich fühlte mich ein bißchen besser.

28

Es war später Nachmittag. Ich fühlte mich erfrischt nach vier Stunden Schlaf, einem Bad, einer Rasur und einer warmen Mahlzeit und saß jetzt in meinem Wagen, unzulässig geparkt in der Watson, kurz vor der Kreuzung Woodward Avenue, auf dem Nebensitz meine Nikon, und beobachtete die Häuserfront gegenüber.

Allmählich hatte ich begonnen mich zu fragen, ob George Gibson vielleicht doch ein anständiger Kerl war. Drei Wochen lang hatte ich nun schon sein Kommen und Gehen verfolgt, ohne daß es mir gelungen war, ihn ohne seine Stöcke zu erwischen oder bei irgendwelchen Aktivitäten, die einem Mann mit einer partiellen Lähmung unmöglich sein mußten. Wenn er kein falsches Spiel trieb, war anzunehmen, daß ihn alle für einen Schwindler gehalten hatten, obwohl er tatsächlich das Opfer eines Unfalls war. Falls dies zutraf, hatte ich Grund zum Feiern, weil mir Erfolg beschieden war, wo Diogenes versagt hatte.

Ich hatte beide Abendzeitungen bei mir. Die Aufklärung des Mordfalles Freeman Shanks nahm in beiden Blättern die erste Seite ein. Die *Free Press* hatte Fotos von Jerry und Hubert Darling aus dem Jahr 1972 veröffentlicht, als die beiden für sechs Jahre hinter Gitter geschickt worden waren, nachdem ein Autodiebstahl-Ring aufgeflogen war, den die beiden in Georgia unterhalten hatten. Es wurde berichtet, die Brüder seien von einem Tankwart in Kentucky erkannt worden, als sie am frühen Morgen des Tages bei ihm Benzin gekauft hätten. Angeblich sollten sie noch im Besitz von mehreren hunderttausend Dollar sein, die bei ihrer damaligen Verhaftung wegen Diebstahls nie gefunden worden waren. Die *News* brachte eine Aufnahme von Alderdyce und Proust, die beide auf einen grauen Metallbehälter starrten, in dem sich laut Untertitel der belastende Film im Fall Shanks befand. Wahrscheinlich handelte es sich jedoch um eine Attrappe, weil die echte Filmdose längst im Labor war. Einer letzten Meldung dieser Zeitung zufolge waren die Darlings in Tennessee aufgegriffen worden, in den Rundfunknachrichten hieß es jedoch, bei den Festgenommenen habe es sich um Geschäftsfreunde aus Toronto gehandelt, die sich auf einer Urlaubsreise nach Florida befanden und nach Überprüfung ihrer Angaben wieder auf freiem Fuß waren. Kramers Ermordung wurde in den *News* mit drei Zeilen auf Seite sechs erwähnt, *Free Press* hatte die Nachricht von seinem Tod sogar in den Beilagenteil verbannt, wo sie nur als Bildunterschrift unter einem Foto des verlassenen Nova auftauchte. Eine Verbindung zwischen ihm und Shanks wurde von keinem der beiden Blätter hergestellt, und obwohl erwähnt wurde, daß zwei Verdächtige verhaftet worden seien, tauchten keine Namen auf. Lee Q. Story wurde in den *News* als »Besitzer eines Geschenkartikelladens an der East Side« bezeichnet, während er in der *Free Press* ohne das Q als »ein renommierter Händler von Untergrund-Literatur« firmierte. In beiden Fällen war die Erwähnung seiner Person in den Beiträgen über Shanks so weit nach unten gerückt, daß die betreffenden Stellen nicht mehr auf Seite eins standen. Der Verwalter der Wohnwagenkolonie mußte sich mit ein paar belanglosen Worten begnügen.

Der Hauptverkehrsstrom war bereits abgeebbt, als Gibson auf seine Stöcke gestützt aus der Haustür kam und sich in südlicher Richtung die Woodward Avenue entlangzuschleppen begann. Ich gähnte und wartete darauf, daß er meinen Blicken entschwinden würde, damit ich endlich nach Hause fahren konnte.

Bei grünem Ampellicht hatte er gerade Anstalten gemacht, die Watson zu überqueren, als ihm einer seiner Stöcke auf einem Eiswulst an der Bordsteinkante wegrutschte und er hart auf seine Hüfte fiel. Ich wollte schon aus dem Wagen springen, zwang mich jedoch zurück auf meinen Sitz und zog die Tür wieder zu. Mein Jagdinstinkt war geweckt.

Niemand kam Gibson zu Hilfe. Langsam rollte er sich auf die Seite. Es gelang ihm, seinen zweiten Stock unter seinen Körper zu schieben und sich darauf zu stützen, während er sich schwerfällig hochrappelte. Ernsthaften Schaden schien er jedoch nicht genommen zu haben. Ganz im Gegenteil.

Der andere Stock war am Rinnstein entlang weiter gerutscht und lag jetzt außerhalb von Gibsons Reichweite. Der Invalide blickte sich hastig um, klemmte den zweiten Stock unter seinen linken Arm, machte ein paar schnelle Schritte und beugte sich hinab, um den verlorenen Stock aufzuheben. Ich knipste einen ganzen Film für diese Szene ab. Dann fuhr ich nach Hause, um meinen Bericht für die Versicherung zu machen und mich vollaufen zu lassen.

ANDREW VACHSS

Kata
Roman, 496 Seiten
Ullstein Taschenbuch 23301

Strega
Roman, 352 Seiten
Ullstein Taschenbuch 22982

Bluebelle
Roman, 416 Seiten
Ullstein Taschenbuch 22845

Hard Candy
Roman, 272 Seiten
Ullstein Taschenbuch 23096

Blossom
Roman, 292 Seiten
Ullstein Taschenbuch 23231

Kult
Roman, 336 Seiten
Ullstein Taschenbuch 23382

Jeder Roman gleicht einer Reise ins Herz der Finsternis, die an Céline erinnert – Andrew Vachss ist einer der wichtigsten Autoren unserer Zeit.

Martha Grimes

Ullstein

Ullstein Kriminalromane

»Bestechen durch ihre Vielfalt«
(Westfälische Rundschau)

Andrew Vachss
Bluebelle (22845)

Andrew Vachss
Strega (22982)

Andrew Vachss
Hard Candy (23096)

Andrew Vachss
Blossom (23231)

Andrew Vachss
Kult (23382)

Michael Collins
Die rote Rosa (10730)

Angus Ross
Wettlauf nach Luxemburg (10731)

Bill Granger
Mitten im Winter (10732)

James Lee Burke
Blut in den Bayous (10734)

James Hadley Chase
Mach mir den Pelz nicht naß (10735)

Ed McBain
Priester, Tod und Teufel (10736)

Michael Collins
Freak (10738)

Angus Ross
Ein Auftrag in London (10739)

James Hadley Chase
Einmal zuviel geheiratet (10740)

William Wingate
Die Vergeltung des Fremden (10166)

James Melville
Der getarnte Phönix (10741)

Erle Stanley Gardner
Perry Mason und der wunde Punkt (10743)

James Hadley Chase
Man muß für alles zahlen (10745)

Erle Stanley Gardner
Perry Mason und die feurigen Finger (10746)

Michael Collins
Der Schlächter (10747)

James Hadley Chase
Nach Gebrauch vernichten (10749)

Ross Thomas
Letzte Runde in Mac's Place (23366)

James Hadley Chase
Millionentanz (10753)

Loren D. Estleman
Detroit Blues/Der Tod in Detroit (10754)

James A. Howard
Spezialist für Mord/Generalprobe für Mord (10757)

Ian St. James
Die Balfour-Verschwörung (10764)

William Wingate
Blutbad/Crystal (10759)

James Hadley Chase
Schwarze Perle aus Peking (10760)

Ross Thomas
Wahlparole Mord/Nur laß dich nicht erwischen (10761)

Loren D. Estleman
Die Straßen von Detroit/Frühling in Detroit (10763)

Geoffrey Homes
Mariachimelodie (10766)

James Hadley Chase
Ängstlich sind die Schuldigen/Mord am Canal Grande (10767)